W0318758

Robert Cohen

Die Unbeschwerten

Robert Cohen

Die Unbeschwerten

Roman

Rotbuch Verlag

Von Robert Cohen liegt bei Rotbuch außerdem vor:
Exil der frechen Frauen (2009)

ISBN 978-3-86789-093-9

1. Auflage
© 2010 by Rotbuch Verlag, Berlin
Umschlaggestaltung: Buchgut, Berlin
Umschlagabbildung: Fisch: ullstein bild, NMSI/Science Museum
Animateure: Club Med
Druck und Bindung: CPI Moravia Books GmbH

Ein Verlagsverzeichnis schicken wir Ihnen gern:
Rotbuch Verlag GmbH
Neue Grünstraße 18
10179 Berlin
Tel. 01805/30 99 99
(0,14 Euro/Min., Mobil abweichend)

www.rotbuch.de

Inhalt

Cancún,
Anfang Mai 1977

EINATMEN. *Mit dem Zwielicht war die vertraute leichte Beklemmung aufgekommen. Eben noch war hier alles hell und freundlich gewesen. Jetzt mussten sich Wolken vor die Sonne geschoben haben, das Wasser war graublau, die Sichtweite hatte sich verringert. Unter dem Tauchanzug lief mir ein Wasserfaden über den Rücken. Der Tiefenmesser zeigte vierundzwanzig Meter.* AUSATMEN. EINATMEN. *Die fünf* G.M. *folgten nahe hinter mir. Duane, der Texaner im roten T-Shirt mit der Aufschrift* amateur gynecologist *war in den vergangenen Minuten nicht von meiner Seite gewichen. Er würde bestimmt bald die Reserve ziehen. Charlene und Gilbert, das Paar aus Québec, hielten sich an den Händen, sie hatten den Lichtwechsel wohl ebenfalls gespürt. Die beiden kalifornischen Studenten mit den Scubapro-Lungenautomaten folgten am Schluss.* AUSATMEN. EINATMEN. *Kleine Barsche flitzten vor der niedrigen Felswand hin und her. Zwei tellergroße Engelfische verschwanden in einer Felsspalte. Eine Kolonie von Blumentieren zog sich, als wir uns näherten, in ihre Röhrchen zurück, dabei blieben mehrere Putzergarnelen ohne Deckung. Sie glitten rückwärts in eine Ritze, neben der sich die Stacheln eines Seeigels in der Strömung leicht bewegten. Ein Schwarm Falterfische erschien über der Riffkante und verschwand gleich wieder. Wo waren die großen Zackenbarsche, die uns während des Tauchgangs begleitet hatten? Die Strömung wurde stärker, sie trug uns zum Ankerseil zurück.* AUSATMEN. EINATMEN. *Am Fuß des Riffs, wenige Meter unter uns, löste sich eine Tauchgruppe aus dem Grau. Der junge Brian grüßte nachlässig zu mir herauf. Die* G.M. *winkten einander zu. Wir näherten uns der Höhle. Dahinter lag der Anker der* Emilio Adolfo. AUSATMEN. EINATMEN. *Duane packte mich am Arm und signalisierte ›Reserve gezogen‹. Ich machte das Handzeichen für ›Alles in Ordnung?‹. Er nickte. Ich schaute auf die*

Uhr: Achtundzwanzig Minuten waren seit dem Abtauchen vergangen. Charlene und Gilbert folgten immer noch nahe hinter uns. Die beiden kalifornischen Taucher waren zurückgeblieben, und ich wartete, bis sie aufgeschlossen hatten. Es wurde Zeit zum Auftauchen. AUSATMEN. EINATMEN. *Unter mir der Eingang zur Höhle. Ich ließ mich kopfüber hinabgleiten, schwerelos, es war ein Spiel, ein Traum. Salziger Geschmack im von der Atemluft ausgetrockneten Mund, leichtes Brennen in den Augen.* AUSATMEN. EINATMEN. *Der hintere Ausgang der Höhle, groß wie ein Garagentor, war nicht sichtbar. Ich wartete, bis sich meine Augen an die Dunkelheit gewöhnt hatten. Die Höhle war verstellt. Ich vergaß zu atmen. Wulstige Lippen, ein Maul, das langsam immer weiter aufging, bis es groß genug war, dass ich hätte hineinschwimmen können. In dem mächtigen Schlund glitten Fische hin und her. Neben dem Maul ein glotzendes Auge, dahinter öffneten und schlossen sich Kiemen, groß wie die Türen eines Schranks. Es war eine Halluzination. Ich zuckte mit den Schultern. Ich war erst wenige Tage hier und hatte mich an den Anblick der großen Barsche noch nicht gewöhnt. Im Zwielicht der Höhle erschien mir ein Zackenbarsch so groß wie ein VW Käfer, das war alles. Ein Knall, das Riff erbebte, ich wurde gegen die Höhlenwand gepresst, Schmerz in der Schulter, dann schwemmte mich ein Wasserschwall ins Freie.* AUSATMEN EINATMEN AUSATMEN EINATMEN AUSATMEN EINATMEN. *Duane und die anderen G.M. waren beim Höhleneingang angekommen. Ich zeigte in die Höhle, Pulsschlag im Hals. Die Taucher blickten mich fragend an. Ich schaute in die Höhle, sie war leer, der Ausgang gut zu sehen, die Sonne musste hinter den Wolken hervorgekommen sein. Im Gegenlicht wurden kleine Riffbarsche und Rabenfische heftig hin und her gespült.* AUSATMEN. EINATMEN. *Ich hatte mich narren lassen. Der Lichtwechsel hatte mich in eine euphorische Stimmung versetzt, ich kannte das.* AUSATMEN. EINATMEN. *Es war wieder hell im Riff. Wenige Meter von uns entfernt lag der Anker der* Emilio Adolfo *auf dem sandigen Grund. Duane bedeutete mir abermals, er habe die Reserve gezogen. Seine Augen in der Tauchmaske waren groß und starr, als erwartete er, dass ihm jeden Augenblick die Luft ausginge. Ich gab das Signal zum Aufsteigen, wir folgten dem Ankerseil nach oben.*

Cancún,
Ende Juni 1977

Vormittag

»Hast du sie gefickt?«

Enzo nickte.

»Ehrlich?« Zach gähnte.

»Als Enzo seinen Prügel ausgepackt hat«, sagte Richard, »ist es ihr gekommen.« Er lag in der zerfransten Hängematte, die wir zwischen den beiden mickrigen Palmen aufgespannt hatten. Die Strahlen der aus dem Meer aufsteigenden Sonne erreichten eben die Spitzen der beiden Palmen. Hitze breitete sich aus.

»Woher willst du das wissen?«

»Ich war dabei, er hat sie bei uns im Zimmer gevögelt.« Richard teilt das Zimmer mit Enzo.

»Ehrlich?«, sagte Zach abermals, das Gespräch begann ihn zu interessieren.

»Wovon sprechen sie?«, fragte mich der junge Brian auf Englisch. Mit seinem Schulfranzösisch hatte er Mühe, unseren Gesprächen zu folgen.

»Rate mal«, sagte ich.

»Mit den Mädchen Liebe machen?«

»Habt ihr sie zu zweit genagelt?«, fragte Zach.

»Nein«, sagte Richard, »ich bin in die Dusche gegangen. Als ich frisch wie ein *bébé* zurückkam, hat sie mir einen geblasen.«

»Ehrlich?«, fragte Zach schon wieder. Die Geschichte gefiel ihm.

»Hab ich doch gestern in der Disco gleich gesagt, dass die mich ranlässt«, meinte Enzo, »erinnerst du dich nicht?«

Zach dachte nach. »Kann sein.«

Ich wischte mir den Schweiß aus dem Gesicht. Die Sonne hatte sich vom Meer gelöst, die beiden kümmerlichen Palmen spendeten kaum Schatten.

Zach grinste: »Und dann?«

»Habe ich mich angezogen«, sagte Enzo, »und bin nochmals in die Disco gegangen.«

»Wie heißt sie?«, fragte Zach.

»Keine Ahnung.«

»Da wirst du einen schlechten Eindruck machen, wenn du sie an der Bar siehst, und du weißt nicht mal ihren Namen.«

»Von wegen«, sagte Enzo, »ich habe sie ja nur im Halbdunkel gesehen. Ich würde sie gar nicht wiedererkennen.«

Yves erschien neben dem Eingang zum Tauchlokal. »Hallo Leute«, sagte er.

»Noch so ein Ficker«, meinte Richard.

»Hast du meine *nana* gesehen, gestern Abend?«, fragte Yves. »Ein solcher Arsch und Riesentitten.« Er lachte sein schrilles Lachen.

»Sie war ganz schön fett«, bestätigte Zach.

»Ich hatte seit zwei Wochen keine mehr gebumst«, verteidigte sich Yves, »mein Sack war randvoll. Es war mir egal, wie dick sie war.«

»Hast dich anstrengen müssen?«, fragte Richard.

»Mir tun jetzt noch die Eier weh.«

»Ist das so?« Enzo fasste Yves zwischen die Beine. Yves schlug ihm die Hand weg.

»*Enzo, vous êtes un cochon*«, sagte der junge Brian korrekt.

»Hör mal, Biran«, sagte Enzo, der mit Brians Namen Mühe hat, »komm her.« Er zog sich die Badehose runter. »Blas mir einen.«

Wir sind eine G.O.-Equipe wie jede andere. Zach, der Chef, ist dreiundzwanzig. In Belgien, wo er herkommt, hat er Spengler gelernt. Er arbeitet schon im Club, seit er neunzehn ist. Der Club ist sein Leben, er kennt nichts anderes. Er ist locker und freundlich und abgeschlafft. Außer für unsere Fickgeschichten interessiert er sich noch für Chuck Berry, den King of Rock 'n' Roll. Er ist nicht groß, aber schlank und hat eine mädchenhaft samtene dunkelbraune Haut, schulterlange braune Haare und einen kleinen Schnurrbart. Er könnte hier mehr *nanas* ficken als jeder von uns, aber seit er mit Tracy zusammen ist, kümmert er sich zur allgemeinen Verwunderung – auch zu seiner eigenen – kaum mehr um die weiblichen G.M.

Richard ist sein Stellvertreter, auf Französisch *adjoint*. Er ist groß und schwer wie ein Ochse. Er kommt aus Luxemburg, ist in England aufgewachsen und spricht akzentfrei Französisch und Englisch. Er ist auch schon seit Jahren im Club und möchte Tauchchef werden wie Zach. Bisher hat er es aber nicht geschafft. Dafür spielt er sich als *adjoint* groß auf und geht uns auf die Nerven. Ganz im Gegensatz zu Zach, der nie den Chef rauskehrt.

Brian, der junge Schotte, ist im siebten Himmel. Er ist der Jüngste von uns, gerade zwanzig Jahre alt. Es ist seine erste Saison im Club. Groß und dünn, mit einem bartlosen Knabengesicht, geht er herum wie ein kleiner Junge, der zu Weihnachten eine elektrische Eisenbahn bekommen hat. Die *nanas* reißen sich um ihn. Seit wir vor zwei Monaten hier angekommen sind, ist er jede Woche neu verliebt. Mit den üblichen Fickereien hat das für ihn nichts zu tun, da sieht er keinen Zusammenhang.

Enzo kommt aus Como an der Schweizer Grenze. Er hat in vielen Clubdörfern gearbeitet, auf Sardinien, in Griechenland, in Tunesien und im neuen Dorf an der Elfenbeinküste. Außerdem war er als Einziger von uns auf Tahiti. Er begann als Kinderbetreuer im *Miniclub*, während mehrerer Saisons war er Schnorchellehrer, und eine Saison war er als Zauberer in der Unterhaltungsequipe. Während der vergangenen sechs Monate, die er mit den meisten von uns in Guadeloupe verbracht hat, war er *adjoint* von Zach. Er hatte damit gerechnet, dass er es auch hier in Cancún sein würde. Aber als wir Anfang Mai eintrafen, war Richard bereits da und verkündete, er sei der neue zweite Mann in der Tauchequipe. Zach, der Richard nicht mag, dem aber eigentlich alles ziemlich egal ist, telefonierte immerhin nach Paris, aber Banane, der Obertauchchef, sagte ihm, die Sache sei gelaufen. Enzo war sauer, er hat wegen dieser Sache mit Richard häufig Streit. Trotzdem teilen sich die beiden das Zimmer. (Ich habe einmal von zwei verfeindeten Brüdern gehört, die zwanzig Jahre lang kein Wort miteinander sprachen. Jeden Abend vollführten sie unter der Zirkuskuppel eine Trapeznummer, bei der das Leben des einen buchstäblich in den Händen des anderen lag.) Enzo ist siebenundzwanzig. Er hat schwarze Haare und einen Schnurrbart und gleicht im Profil ein wenig Al Pacino, was ihm bei den *nanas* nicht gerade schadet.

Yves ist Halbvietnamese. Er ist untersetzt und hat Muskeln wie ein Möbelpacker und den schwarzen Gürtel in Karate. Er ist neunundzwanzig und hat lange als Berufstaucher bei der Comex, der Compagnie maritime d'expertises, gearbeitet, die härteste Taucherei, die es gibt. Trotzdem hat er, glaube ich, Minderwertigkeitskomplexe, entweder weil er aussieht wie ein Vietnamese oder weil er klein ist oder beides. Er demonstriert uns ständig seine Kraft und Beweglichkeit, geht minutenlang auf den Händen oder macht ein Dutzend einarmige Liegestütze oder kickt den einen oder anderen von uns in einer Finte gegen den Kopf oder springt aus dem Stand auf die Kühlerhaube des Chevy-Lasters. Er ist völlig unberechenbar. Yves arbeitet zum ersten Mal im Club. Er findet sich hier nur schwer zurecht, und ich frage mich, ob er die Saison durchstehen wird.

Ich heiße Daniel und bin aus der Schweiz. Das ist meine zweite Saison. Vor Cancún war ich, wie gesagt, in Guadeloupe, mit Zach und Enzo und Kevin und Issa. Ich bin Mitte dreißig, der alte Mann der Tauchequipe. Vorher habe ich zehn Jahre lang als Regisseur in einer Auftragsfilmproduktion in Zürich gearbeitet. Davon hatte ich seit längerem die Nase voll, und als Nicolas plötzlich starb und ich ziemlich aus dem Tritt geriet, sah ich keinen Grund mehr weiterzumachen und ging als Tauchlehrer in den Club. Ich trage eine Brille und bin gut in Form, weil ich zu Hause fast jeden Tag vor der Arbeit auf dem Vita-Parcours trainiert habe, sogar im Winter.

Zu unserer Equipe gehören noch Patrick und Kevin. Patrick ist ein achtundzwanzigjähriger Bauernsohn aus Val d'Isère. Im Winter arbeitet er als Skilehrer. Er ist klein und kräftig und sieht sehr französisch aus (finden die amerikanischen *nanas*). Er ist ein Sporttalent. Als Skilehrer und als Tauchlehrer hat er das französische *brevet national* (nicht einmal Zach hat das *national*). Darüber hinaus spielt er ausgezeichnet Volleyball und Fußball und ist in der Eishockey-A-Mannschaft seines Heimatdorfes. Er arbeitet zum ersten Mal im Club. Patrick und ich teilen das Zimmer miteinander.

Kevin, der fünfundzwanzigjährige Engländer, war ebenfalls in Guadeloupe. Er ist mager und hat blonde Haare, die ihm vom Kopf wegstehen, und eng zusammenliegende Augen. An der rechten Hand fehlen ihm zwei Finger, er hat sie in der Schraube eines Außenborders verloren. Im Gegensatz zu Brian ist Kevin ziemlich humorlos. Er spricht wenig Französisch und ist unter uns Tauchern etwas isoliert.

Schließlich gehört zu unserer Equipe noch Issa, siebenundzwanzig, gelernter Automechaniker. Issa ist verantwortlich für die Kompressoren, die er stundenlang auseinandernimmt, um sie vom Sand zu reinigen. Nach jedem Tauchgang füllt er die Geräte. Während die Kompressoren dröhnen, sitzt er vor dem Tauchlokal im Schatten und träumt von Afrika oder von *nanas*, was weiß ich. Er ist groß und stark und schwarz und kommt aus dem Senegal. Er war früher mal eine Weile Berufsboxer und hat eine gebrochene Nase, aber er sieht trotzdem gut aus, und die *nanas* sind scharf auf ihn, weil sie endlich einmal einen Mohren ranlassen wollen, wie er mir neulich gesagt hat.

Der verbeulte und verrostete Chevrolet-Kleinlaster wurde rückwärts neben das Tauchlokal geparkt. Patrick stieg aus.

»Guten Morgen, Sportsfreunde, wie geht's?«

»Hast du aufgetankt?«, fragte Zach.

»Ja. Der zweite Gang geht nicht mehr rein.«

»Scheiße.« Zach fuhr sich mit dem Zeigefinger über seinen Schnurrbart.

»Natürlich geht er rein«, tönte Richard aus der Hängematte, »man braucht nur etwas Gefühl im Handgelenk.«

»Du sagst es, du Oberwichser«, sagte Enzo.

»Leck mich am Arsch.«

»Habt ihr das hier gesehen?« Patrick deutete auf eine der beiden mickrigen Palmen. An einem Palmwedel baumelte ein hellblaues Damenunterhöschen.

Enzo trat zu Patrick und betrachtete das Höschen aufmerksam. »Da hat's jemand eilig gehabt«, meinte er. »Die ist vielleicht in der Hängematte vernascht worden.«

»Meinst du?« Richard erhob sich und untersuchte die Hängematte. »Nichts zu sehen.«

»*Qu'est-ce qu'on fait avec ça?*«, fragte Brian und deutete auf das Höschen.

»Lassen wir hängen«, sagte Enzo, »als neue Tauchfahne.«

Ich trat ins Tauchlokal. An der linken Wand standen auf Betonsockeln die beiden französischen Luchard-Kompressoren. Daneben hing eine Tafel mit der Aufschrift *bouteilles pleines/full tanks*. Unter der Tafel waren an die vierzig gelbe 12-Liter-Tauchgeräte aufgereiht. Sie waren zerkratzt vom täglichen Transport auf dem Chevy. Neben den Kompressoren standen zwei Dutzend nagelneue Geräte. Die wurden geschont, bis wir in wenigen Wochen ins neue Tauchlokal, einen Kilometer weiter unten am Strand, umziehen würden. Die schweren Doppelgeräte der Tauchlehrer waren noch an die Hochdruckschläuche der Kompressoren angeschlossen. An der rechten Wand neben dem Eingang eine vergammelte Werkbank, darüber eine Schreibtafel und ein von Enzo sauber gezimmerter Werkzeugkasten, den Patrick anschließend so dick mit roter Farbe bepinselt hatte, dass seither die Türen klemmten. In einem Nebenraum standen Kästen mit den Ersatzteilen für die Tauchausrüstungen und ein Kühlschrank mit Cola-Flaschen, der jeden Tag nachgefüllt werden musste. Durch eine Tür gelangte man in einen Abstellraum, wo wir unsere Ausrüstungen und Tauchanzüge aufbewahrten. In der Mitte dieses Raums hingen mehrere Tauchgeräte an Stahlseilen von der Decke. Irgendjemand hatte begonnen, sie neu zu streichen. Das musste schon eine Weile her sein, denn in all den Wochen, in denen wir nun schon hier waren, hatte ich nie jemanden daran arbeiten sehen. An der Rückwand standen zwei Johnson-Außenbordmotoren in eisernen Halterungen. Ein dritter Motor lag zerlegt auf dem

Boden. Neben der Tür eine Wandtafel, darauf hatte Zach unser Arbeitsprogramm schematisch aufgezeichnet. Daneben war mit Reißnägeln ein DIN-A4-Blatt befestigt, auf dem das Vorgehen bei Dekompressionsunfällen festgehalten war. Es bestand darin, dass man auf dem mehrere Kilometer entfernten Flugplatz von Cancún ein Flugzeug zu organisieren hatte, mit dem das Unfallopfer in einer Höhe von nicht mehr als fünfzig Metern zur zehn Flugminuten entfernten Insel Cozumel geflogen werden musste. Dort gab es eine Druckkammer und die entsprechenden Fachleute. Ich fragte mich, ob es am Ende dieser Transportiererei bei einem Unfallopfer noch viel zu behandeln geben würde. Aber bei dem System, nach dem wir im Club tauchten, war ein Dekounfall fast ausgeschlossen.

»Wie geht's, Daniel?« Zach war an die Werkbank getreten und begann, an einem Bleigurt die Schnalle zu ersetzen.

»Gut.«

»Gefällt es dir eigentlich hier?«

»Klar.«

»Ich habe den Eindruck, es gefällt dir nicht besonders.«

»Wieso?«

»Die Hitze und die Feuchtigkeit. Die ständigen Bauarbeiten, die Elektrizitäts- und Wasserausfälle.« Er schnippte die alte Schnalle in eine Ecke der Werkbank. »Die G.O.-Equipe ist mittelmäßig, ausgenommen natürlich die Taucher. Nur ficken kannst du hier, soviel du willst.«

Ich nickte vage.

»Jedenfalls ist es hier nicht wie in Guadeloupe.«

»Stimmt.«

»Natürlich stimmt's«, sagte er, »du warst ja auch dick im Geschäft mit den *nanas*. In Guadeloupe, meine ich.«

Ich dachte an Yvette mit dem kreolischen Kopftuch, das sie älter aussehen ließ, auf dem Flughafen von Pointe-à-Pitre, als wir auf das Flugzeug warteten, das mich vorzeitig nach Hause bringen sollte, weil Illy gestorben war.

Zach versuchte es erneut. »Hier scheint's nicht besonders zu laufen.«

»Nicht besonders.«

»*Nanas* gibt's hier genug.«

»Woher willst du das wissen? Du lebst ja mit Tracy in eheähnlichen Zuständen.«

Er grinste. »Vor einem Jahr habe ich hier in Cancún die Eröffnungssaison gemacht, ohne Tracy. Während sechs Monaten habe ich jeden Abend eine andere gevögelt, stell dir vor.«

Ich versuchte es.

Er zupfte den Tauchgurt durch die neue Schnalle. »Trotzdem ist es hier besser, wenn man eine feste *nana* hat.«

»Stimmt«, sagte ich, »lass mich als Ersten wissen, wenn es zwischen dir und Tracy aus ist.«

Er grinste erneut.

»Wir müssen die Liste nachführen.« Richard war zu der Wandtafel im vorderen Raum getreten. Oben auf der Tafel stand mit Kreide *Bonne saison à tous*, Unterschrift: *Thierry*. Thierry war der Tauchchef der vorigen Equipe. Niemand hatte den zwei Monate alten Spruch weggewischt. Darunter war ein waagerechter Strich gezogen, dann folgten die Anfangsbuchstaben unserer Vornamen. Unter jedem Vornamen gab es eine Anzahl Striche. Mein Vorname fehlte.

Die übrigen Taucher waren hereingekommen.

Richard sagte: »Yves«, und machte unter dem Y einen neuen Strich. »Ich selbst«, er machte unter dem R einen Strich. »Brian?«

»*Qu'est-ce qu'il y a?*«

»Hast du gestern Abend gevögelt?«

»Das geht Sie nichts an, *monsieur*.«

»Also nicht. Enzo?« Unter dem E stand ein Lattenzaun von Strichen. Er fügte eine weitere Latte hinzu.

»Mach noch einen Strich«, sagte Enzo.

»Zweimal dieselbe gebumst, zählt nicht, wie sollen wir denn das nachprüfen?«

»Arschloch«, sagte Enzo, »ich bin doch nachher noch mal in die Disco gegangen. Dort habe ich die *nana* aufgerissen, die Antoine und Rudi von der Segelequipe vorgestern im Segelhaus vernascht haben.«

»Die kleine Chinesin mit den irren Dingern?«

»Sie hat mich in ihr Zimmer mitgenommen. Ihre Zimmerkollegin schlief schon, da hat sie mir in der Dusche einen runtergeholt.«

»Das zählt nicht«, sagte Yves.

»Doch, das zählt.«

»Dann kannst du bei mir auch zwei Striche machen«, meinte Yves, »meine Dicke zählt für zwei.«

»Ich denke nicht daran.«

»*Bande de cons*«, sagte Yves.

»Kevin«, fuhr Richard ungerührt fort, »hat jemand gestern Abend Kevin gesehen?«

»Er fickt diese Woche eine Kanadierin«, informierte uns Enzo.

Richard machte einen Strich unter das K. »Patrick?«

»Ich habe mich mal schonen müssen.«

»Zach?«

»Für mich und Tracy kannst du für die ganze Saison Striche machen.«

Richard blickte zu mir. Ich tat, als würde ich es nicht merken.

Dann trafen die ersten G.M. ein, ein amerikanisches Ehepaar um die vierzig. Der Mann hatte eine Instrumentenkonsole mit Tauchuhr, Tiefenmesser, Thermometer, Kompass und Dekometer an den Unterarm geschnallt und schleppte eine pralle Tauchtasche. Um den vorstehenden Bauch hatte er sich, der Clubmode folgend, einen Pareo gebunden. Er sah aus wie ein übergewichtiger Kellner. Seine Frau trug einen breitrandigen Strohhut, eine Sonnenbrille aus Perlmutt, ein dünnes Leibchen mit der Aufschrift *scuba divers do it deeper* und nichts darunter.

»*Hi guys*«, sagte der Mann. Er wischte sich den Schweiß vom Gesicht.

»Guten Morgen, Harvey«, sagte Zach, der sich immer an die Namen der Taucher erinnert, obwohl die meisten nur eine Woche bleiben. »Wie geht's, Zelda?«

Enzo war zu Zelda getreten. Er legte einen Arm um ihre Hüften und glotzte auf ihr Leibchen. »Wir Taucher tun es aber auch an Land, *darlink*«, sagte er.

»*He's crazy*«, kicherte Zelda zu niemand Bestimmtem. Sie fand es offensichtlich großartig, dass ein G.O. mit ihr flirtete.

Wir grinsten einander an.

»Sag mal, Zach«, sagte Harvey, »tauchen wir heute tiefer? Gestern waren wir nur auf fünfzehn Metern.«

»Wir wollen mal sehen.«

»Ich tauche gerne tief. In Südkalifornien gehen wir oft bis fünfundzwanzig Meter, manchmal sogar bis dreißig.«

»Heute gehen wir bestimmt tiefer als gestern. Wir müssen aber auch auf die schwächeren Taucher Rücksicht nehmen.«

»Warum macht ihr nicht eine Gruppe nur für Erfahrene?«

Zach fuhr sich mit dem Zeigefinger über seinen Schnurrbart. »Ich will mal sehen«, wiederholte er. »Legt zwei Geräte auf den Chevy, Brian hilft euch. Dann geht ihr zur Palapa. Wir kommen in ein paar Minuten nach.«

Als die beiden außer Hörweite waren, sagte Richard: »Jetzt ödet dieser Harvey uns schon wieder mit seinen Tauchtiefen an.«

»Falls er heute mit mir taucht«, sagte Yves, »dreh ich ihm die Luft ab, diesem Arschficker.«

»Zelda kannst du mir mitgeben«, sagte Enzo zu Zach, »ich werde ihr unter Wasser die Muschi putzen.«

»Pass auf«, sagte Patrick, »das lockt die Haie an.«

Zwei junge Amerikaner traten ins Lokal und sagten, sie hätten am Vortag den Testtauchgang bestanden und wollten nun mit uns tauchen.

»Eure Namen?«, fragte Zach.

»Rosen«, sagte der Hagere. Er trug eine Baseballmütze mit der Aufschrift *SD Padres*, ein Davidstern hing an einem goldenen Kettchen auf seine behaarte Brust. Aus seiner Badehose führte eine rosarote Narbe bis zum Bauchnabel. »Weill«, sagte der mit dem wilden Lockenkopf.

»Wir brauchen eure Vornamen«, sagte Richard. Für Vornamen sagte er auf Englisch *christian names*. Die beiden blickten sich einen Moment an. Dann sagte der Lange: »Sid«, und der Gelockte: »Dave«. Als ich Richard zum ersten Mal von *christian names* schwafeln hörte, wies ich darauf hin, dass die Amerikaner *first name* sagen. Außerdem war es idiotisch, die jüdischen G.M., die hier mit uns tauchten, nach ihrem *christian name* zu fragen. Das hatte ich ihm aber nicht gesagt. Er blieb bei *christian name.* So ein Arschloch war er.

»Okay, Sid und Dave, legt zwei Geräte auf den Chevy und geht zur Palapa.«

»Palapa?«, fragte Sid.

»Das Restaurant weiter unten am Strand, bei der Disco.«

Bei irgendeiner Gelegenheit hatte Zach einmal zu mir gesagt, unter den G.O. hätten die Juden besonders gute Aussichten, Chef einer Equipe oder sogar *chef de village* zu werden. »Wieso?«, fragte ich.

»Trigano ist Jude«, sagte er, »hast du das nicht gewusst?«

»Doch.«

Ich hatte nicht gewusst, dass der oberste Herr des Clubs ein Jude war, hatte auch nie darüber nachgedacht. Ich war genauso überrascht, wie wenn von jemandem gesagt wurde, er sei schwul. Ich hatte jedes Mal das Gefühl, ich sei der Einzige, der das nicht wusste. Ein Mann von Welt weiß so etwas, lässt es sich aber nicht anmerken. Ich war eben kein Mann von Welt. Zu Zach sagte ich: »Du bist Tauchchef. Bist du vielleicht Jude?«

Er grinste: »Ich nicht, aber du.«

Nachdem Sid und Dave ihre Geräte auf dem Lastwagen verstaut hatten, kamen sie noch mal zurück und wollten wissen, ob sie auf dem Tauchgang ihre eigenen Lungenautomaten benutzen konnten.

»Marke?«, fragte Richard.

»Scubapro.«

»Habt ihr Zwischenringe?«

»Zwischenringe?«

»Der Anschluss bei den amerikanischen Automaten«, dozierte der Vizechef, »ist um den Bruchteil eines Millimeters kleiner als bei den französischen Geräten. Da kann euch in zwanzig oder dreißig Metern plötzlich die Luft abblasen. Mit den Zwischenringen kann man amerikanische Lungenautomaten an die französischen Geräte anpassen.«

»Mist!«, sagte Dave. »Wir haben die Automaten extra für diese Ferien gekauft.«

»Nehmt eure Lungenautomaten mit aufs Schiff«, sagte Zach, »wir werden dann sehen.«

Die beiden verließen das Lokal.

»Musst du ihnen gleich Angst einjagen?«, fragte Zach.

»Hab ich etwa nicht recht?«

Zach sagte nichts. Er mag sich nicht streiten.

Ich nahm die leere Plastik-Eisbox, die hinter den gefüllten Geräten stand, und trat ins Freie.

»Hi Daniel.« Phil und Linda, ein Paar aus Minneapolis, kamen mir entgegen. Phil war ein blonder Hüne mit Muskeln wie ein Bodybuilder und einem freundlichen, offenen Gesicht. Linda war nur wenig kleiner. Sie hatte eine Figur wie eine Sanduhr, lange rote Haare und Sommersprossen. Sie trug einen winzigen Bikini. Ihre Haut war ebenmäßig braun, Schweißperlen glänzten auf ihrem flachen Bauch. Ihre Unterarme waren von einem leichten Flaum bedeckt, im überhellen Morgenlicht konnte man jedes Härchen sehen.

Phil schüttelte mir die Hand. Ich stöhnte und ließ sie kraftlos fallen.

»Mach dir keine Sorgen«, sagte Phil, »in zwei bis drei Monaten ist das wieder in Ordnung.«

»Du müsstest eigentlich am ganzen Körper blaue Flecken haben«, sagte ich zu Linda und küsste sie nach französischer Art dreimal. Ich musste mich dazu auf die Zehen stellen. Sie sagten, sie würden gern wieder mit mir tauchen, und ich antwortete, das würde mich freuen, sie sollten es Zach sagen.

Ich ging auf der festgetretenen Erde den kurzen Weg zum Wirtschaftsareal. Nach wenigen Metern in der Tropensonne rann mir ein Schweißfaden den Rücken hinunter. Ich überquerte den verlassenen Hinterhof, auf dem sich leere Kisten und Kartons und leere übelriechende Dosen stapelten, und betrat den zweistöckigen Küchenbau. Die Küchenmannschaft war an der Arbeit. Nur die Küchenchefs waren G.O., die niederen Arbeiten, das Abwaschen und Zurichten, besorgten mexikanische Hilfskräfte.

Falls es noch jemanden geben sollte, der das System der G.O. und G.M. nicht kennt, will ich es kurz erläutern. In den Feriendörfern des Clubs gibt es drei Gruppen von Menschen. Die erste Gruppe sind die zahlenden Gäste. Sie werden »G.M.« genannt, die französische Abkürzung für *gentil membre*, auf Deutsch etwa »liebenswürdiges Mitglied«. Von den Gästen in den üblichen Hotels unterscheiden sie sich durch den Wunsch, mit den Angestellten zu tauschen. Die meisten G.M. sagen, sie kämen wegen der vielen Sportmöglichkeiten in den Club. (Die beliebtesten Sportarten sind Sonnenbaden und Backgammon.) In Wahrheit kommen sie wegen der Fickerei. Die männlichen G.M. sehen aber bald ein, dass sie gegen die Konkurrenz der G.O. nichts zu bestellen haben und treiben dann wirklich Sport. Bei den weiblichen G.M. liegt die Sache anders. Wieder zu Hause, erzählen die männlichen G.M. von ihren Fickereien und davon, dass der Tischwein im Preis inbegriffen sei. Letzteres stimmt. Die weiblichen G.M. erzählen vom Wetter und von den Ausflügen und zeigen den schönen G.O.-Pareo, den sie geschenkt bekommen haben, ohne jeden Hinweis darauf, von wem und wofür sie ihn geschenkt bekommen haben. In Cancún gibt es Platz für sechshundert Gäste. Die meisten kommen aus den Vereinigten Staaten und aus Kanada, nur wenige aus Europa, es ist zu weit oder zu teuer. Die amerikanischen G.M. bleiben nur eine Woche. An jedem Wochenende reisen gegen fünfhundert G.M. ab, und fünfhundert neue kommen an, was den Betrieb noch zusätzlich anheizt.

Wir G.O. sind die zweite Gruppe. »G.O.« steht für *gentil organisateur*, »liebenswürdiger Organisator«. Wir sind die eigentliche Erfindung des Clubs: Angestellte, die in einer klassenlosen Feriengesellschaft mit den Gästen zusammen leben, wohnen, essen, sich mit ihnen duzen und ihre Frauen ficken und sich nur dadurch von ihnen unterscheiden, dass sie die *signes démentiels* – einen Clubtanz für geistig Zurückgebliebene – beherrschen.

Wir sind der Motor des Clubs, die Animateure, Spaßmacher, Unterhalter, Sportlehrer und liebenswürdigen Sonnenkinder, stets mit einem lustigen Spruch auf den Lippen und Langmut im Herzen. Das hält nicht jeder aus. Die G.O. sind in Equipen eingeteilt. Wir Taucher gehören zur Sportequipe, zusammen mit den G.O. vom Wasserski, vom Segeln, Schnorcheln, Windsurfing, vom Schwimmen und vom Tennis. Außerdem gibt es eine Unterhaltungsequipe mit Regisseur, Beleuchter, Tontechniker, Bühnenbildner, Discjockey und Band; eine Exkursionsequipe; eine Equipe der Hostessen; eine Barequipe; eine Boutiqueequipe; eine Küchenequipe; eine Ökonomieequipe, verantwortlich für den Nahrungseinkauf und den Unterhalt der Gebäude, und eine Büroequipe, die sich um Kasse, Bank, Zimmerbelegung, Flugreservationen, Post und Telefon kümmert. Wir sind mehr als hundert. Ich sollte noch erwähnen, dass wir ein lächerlich geringes Gehalt beziehen sowie jeden Monat ein paar Gratisdrinks an der Bar. Über das geringe Gehalt beschwert sich kaum jemand, denn einerseits verliert man nach ein paar Monaten im Club ohnehin jede Beziehung zum Geld und andererseits bevölkern an der Place de la Bourse in Paris, dem Hauptsitz des Clubs, das ganze Jahr über Jungs und Mädchen die Gänge, die sich nichts sehnlicher wünschen als den einen oder die andere von uns zu ersetzen.

Die dritte Gruppe in den Clubdörfern bildet das *personnel local*, die Arbeiterinnen und Arbeiter aus der Umgebung. In den Prospekten des Clubs fehlen sie, ich erwähne sie der Vollständigkeit halber. Sie machen die Zimmer, reparieren die Gebäude und reinigen den Strand, sie arbeiten in der Küche und servieren das Essen. In Cancún gehören zum *personnel local* etwa hundertfünfzig Menschen. Sie werden von den G.M. und G.O. nicht beachtet. Die mexikanischen Hilfskräfte duzen niemanden, essen in ihrer eigenen Kantine, und es ist ihnen nicht gestattet, sich in der Freizeit unter die Gäste zu mischen oder am Strand zu liegen. Sie ficken wohl auch keine G.M. Das *personnel local* in Cancún stammt von den Maya ab, die vor mehr als tausend Jahren, als die Europäer noch auf den Bäumen lebten, in Yucatán und in Guatemala ihre Kultur entwickelt und jene Pyramiden gebaut haben, die die G.M. heute, bei den Ausflügen nach Chichén Itzá, Tulum und Uxmal, von einem Entzücken ins andere fallen lassen. Die mexikanischen Hilfskräfte sind klein, haben eine dunkle Haut, schwarze Haare, die ihnen in Strähnen ins Gesicht fallen, und lachen verlegen, wenn man sie grüßt. Viele Frauen haben eine Augenkrankheit, bei der ein Lid halb geschlossen ist. An diesen Anblick habe ich mich noch nicht gewöhnt. Das *personnel local* erinnert mich an die italienischen Arbeiter, die in der Schweiz die Drecksarbeit machen und von den Schweizern verächtlich »Tschingge« genannt werden. Die schweizerische Sehnsucht nach Capri oder Venedig schmälert das nicht.

Im ersten Stock des Küchengebäudes durchquerte ich den großen Saal, wo etwa zwei Dutzend Mexikanerinnen beim Abwaschen, Aufräumen und Zurüsten waren. Aus einer Geschirrspülmaschine strömte Dampf, das Knallen von Kesseln und Schüsseln und die lauten Zurufe der Arbeiterinnen machten einen höllischen Lärm. Aus einem geöffneten Kühlraum strömte eisige Luft. Der Schweiß trocknete mir auf der Haut, ich begann zu frösteln. Ich füllte die Kühlbox mit Eiswürfeln, nickte den Mexikanern zu, die hier arbeiteten, sagte: »*Ça va, Hervé?*« zum Küchen-G.O. und nahm die Kiste mit dem Imbiss, der jeden Morgen für das Tauchschiff bereitgestellt wird. Ich trug die Sachen die Treppe hinunter, stellte sie neben dem Ausgang in den Schatten und trat wieder in die Sonne.

Auf dem Weg zurück zum Tauchlokal traf ich Issa. Er trug eine winzige weiße Badehose, die auf seiner dunklen Haut ungemein elegant aussah, und über den Augen den blauen Mützenschirm mit der Aufschrift *G.O. Cancún*, den wir zu Beginn der Saison erhalten hatten.

»Wie geht's, Papa Daniel?«

»Die übliche Scheiße.«

Wir gingen nebeneinander her.

»Weißt du, was mir gestern Abend passiert ist?«, fragte er. »Ich war mit einer *nana* in der Disco, und alles lief bestens. Dann musste ich mal pissen, und als ich zurückkam, sah ich Enzo mit ihr verschwinden.«

»Eine Chinesin?«

»Woher weißt du das?«

»Mit irren Dingern?«

»*Merde*«, sagte er, »Enzo hat es euch erzählt.«

»Mit zahlreichen technischen Einzelheiten.«

»Ach, ist ja egal. Es gibt genug *nanas*, und die meisten machen sich fast in die Hose, wenn man sie nur anschaut. Ich habe eine nette kleine Kanadierin aufgerissen. Und du? Man sieht dich nicht oft in der Disco.«

»Ich mach mir nicht viel aus der Hopserei. Außerdem möchte ich mit einer *nana* von Zeit zu Zeit ein paar Worte sprechen können.«

»Damit kommst du hier nicht weit. Die *nanas* wollen nicht auch noch lange reden. Wenn du bumsen willst, musst du das Spiel hier mitspielen. Wenn du eine Frau fürs Leben suchst, musst du heim zu Mami.«

»Klug gesprochen«, sagte ich.

Wir trugen die schweren Doppelgeräte zum Chevy und stemmten sie auf die Ladefläche. Als ich die Fahrerkabine öffnete, schlug mir eine Hitzewelle entgegen. Die zerschlissene Plastiksitzbank schmolz in der Hitze. Ich angelte das schmutzige Handtuch unter den Pedalen hervor und breitete es auf dem Fahrersitz aus. Zach und Brian setzten sich neben mich, die übrigen Tauchlehrer kletterten auf die Ladefläche.

»Kevin fehlt«, sagte Zach.

»Er kommt heute nicht mit, er macht den Schnorcheltest.«

»Hey Biran, hast du noch etwas Platz für mich?« Enzo zwängte sich zu uns in die Fahrerkabine und setzte sich bei Brian auf die Knie.

»*Ça va, ma chérie*«, sagte Brian.

»Pass auf, er will dich vergewaltigen«, sagte Zach zu Brian.

»Nur, wenn er mich drum bittet«, sagte Enzo.

Der Chevy hatte eine Anlassvorrichtung wie ein Doppeldecker aus dem vorletzten Weltkrieg. Anstelle des Radios befand sich im Armaturenbrett ein rechteckiges Holzbrettchen, auf dem ein Kippschalter und ein Startknopf montiert waren. Unter dem Kippschalter stand in Kugelschreiberschrift *contact*, unter dem Startknopf *moteur*. Ich sagte: »*Contact*«, und kippte den Schalter. Ein halblautes Summen ertönte. »Beten«, sagte ich zu Brian, dann murmelte ich: »*Moteur*«, und drückte auf den Startknopf. Der Motor sprang an. »Toll«, sagte Brian.

Ich fuhr die wenigen Meter zum Küchenareal, und wir luden die Lebensmittel auf. Dann steuerte ich den Chevy über den Parkplatz, wo jeweils die Ankünfte und Abreisen stattfinden. Auf der anderen Seite führt die Straße durch einen fünfzig Meter langen Tunnel, der von zwei Bungalowblöcken gebildet wird. In der Mitte des Tunnels stand Bébert auf einer gegen die Tunnelwand gelehnten Leiter. Er ist unser Künstler und seit Wochen damit beschäftigt, den Tunnel mit einem riesigen Wandbild zu schmücken. Neben Béberts Leiter bremste ich und hupte, und wir begannen, wie die Irren zu schreien. Dazu ließ ich den Motor aufheulen. Bébert fiel fast von der Leiter. Er gestikulierte und schrie etwas Unverständliches.

Beim Tunnelausgang standen Lise und Rudi von der Segelequipe. Ich hielt an.

»Steigt hinten auf«, sagte Zach.

»Lise, komm, setz dich auf meine Knie«, sagte Enzo.

»Du bist wohl nicht ganz dicht«, sagte Lise. Die beiden kletterten auf die Ladefläche.

»Sie ist sowieso viel zu schwer«, meinte Brian.

»Aber sie hat einen knackigen Arsch«, sagte Enzo.

Ich gab Gas.

Die Palapa ist ein flacher offener Holzbau direkt am Strand, wenige Gehminuten vom Clubzentrum entfernt. Das schwere mit Palmenblättern gedeckte Dach schwebt auf Balken knapp über den Wänden aus Bambus und ermöglicht einen kühlenden Luftzug. Nachts, wenn in der Disco Betrieb ist, herrscht aber meistens Flaute, und wenn der Wind doch bläst, ist er warm. Die

Disco befindet sich im hinteren Teil der Palapa, der vordere Teil mit dem Restaurant ist auf Pfählen in die Lagune hinausgebaut. Bei der Palapa beginnt der südliche Abschnitt des Strandes. Hier befinden sich die Windsurf- und die Segelschule, etwas weiter unten das Floß für die Wasserskifahrer. Zweihundert Meter vor dem weißen Sandstrand ragen die Zacken eines Riffs aus dem Wasser, dahinter liegt das Karibische Meer.

Ich parkte den Chevy rückwärts neben die Palapa. Die G.M. warteten im Schatten des niedrigen Daches auf uns. Der Chevy wurde abgeladen. Ich watete im lauwarmen Wasser zum *gommier*, der wenige Meter vom Strand entfernt an einer Boje vertäut lag. Die Wasserfläche war spiegelglatt. Ein Schwarm winziger Fische schoss wenige Zentimeter unter der Oberfläche vor mir davon. Über der Lagune kreiste ein Pelikan. Plötzlich stürzte er mit angewinkelten Flügeln hinab und verschwand unter Wasser. Als er wieder auftauchte, schüttelte er seinen breiten Schnabel.

Ich löste den *gommier* von der Boje und zog ihn auf den Strand. Die Tauchgeräte und Ausrüstungen wurden verstaut. Die G.O. und ein Teil der G.M. stiegen ein, und wir fuhren zur *Emilio Adolfo* hinaus, die in einiger Distanz in der seichten Lagune vor Anker lag. Wir kamen nur langsam voran, die überladene kleine Barke versank beinahe in den Fluten. Wasser schwappte über die Bordwände, Enzo und Brian schöpften es wieder hinaus. Ganz in der Nähe kreuzten mehrere bunte Segel. Patrick fuhr nahe an einen der Windsurfer heran. Crevette, die Coiffeuse, blickte zu uns herüber. Die kurzen blonden Haare klebten an ihrer Stirn. Sie winkte, verlor das Gleichgewicht und fiel ins Wasser. Die Taucher johlten.

Nach wenigen Minuten erreichten wir die *Emilio Adolfo*. Unser Tauchschiff ist ein roh gezimmerter alter Kutter, in den man einen neuen, starken Motor eingebaut hat. Mitten auf dem Deck steht ein weiß gestrichenes Gartenhäuschen, das Ruderhaus. An seiner Hinterwand ragt durch ein Loch in der Decke ein kurzer, stämmiger Mast empor. An dessen Spitze weht eine von der Sonne ausgebleichte und vom Wind zerfetzte winzige mexikanische Fahne. Eine hüfthohe Bordwand läuft um das Deck. Auf der Höhe der Kabine ist auf der Steuerbordseite eine Luke darin eingelassen. Zu beiden Seiten der Luke hängen außen an der Bordwand vergammelte Lastwagenreifen. Während der Tauchgänge wird an der Backbordseite eine Leiter ins Wasser gelassen, auf der man nach dem Tauchgang wieder an Bord klettert. Mit ihrem Platz für dreißig Taucher ist die *Emilio Adolfo* ein ganz brauchbarer Kahn. Das Einzige, was fehlt, ist ein Sonnensegel. Viele G.M. holen sich bei der ersten Ausfahrt einen Sonnenbrand und verbringen die folgende Nacht im Stehen. Es hieß deshalb irgendwann einmal, das Sonnensegel sei bestellt, und von da an erhielten alle G.M., die sich beklagten, weil es auf der *Emilio Adolfo* keinen Schatten gab, zur Antwort, das Sonnensegel sei bestellt.

Oben an der Bordwand erschienen Antonio und Juan-Miguel. Wir warfen ihnen die Leinen zu, dann halfen sie den G.M. an Bord. Enzo, Yves und ich stemmten die Lebensmittel, Tauchausrüstungen und Geräte hinauf. Die französischen Tauchgeräte sind aus Stahl und wiegen eine Tonne. Es war eine Plackerei, wir waren schweißnass.

»Wenn das neue Tauchlokal fertig ist, hat dieser abgefickte Scheißdreck ein Ende«, sagte Yves.

»Dann sind wir abends weniger kaputt«, sagte Enzo, »und können noch eine *nana* mehr vernaschen.«

Richard lenkte den *gommier* zur Palapa zurück, dann fuhr er mit zwei verspäteten G.M. im PB, dem weißen Schlauchboot, wieder zu uns heraus. Er stand lässig am Steuerrad und hielt sich mit einer Hand an der Leine fest, die im Bug des PB befestigt ist. Ein heroisches Bild, er sah aus wie Napoleon auf St. Helena. Ich wartete darauf, dass er ins Wasser fiel.

Die *Emilio Adolfo* riss eine Spur in das in der Morgenhitze still daliegende Wasser der Lagune. Durch eine Öffnung im Riff knatterten wir auf das offene Meer hinaus. Zach stellte sich im Hinterdeck auf die blaue Kiste, in der wir die Lungenautomaten und Bleigurte für die G.M. aufbewahren, und gab die Gruppeneinteilung bekannt. Ich sammelte meine Gruppe um mich, Linda und Phil, Sid, Dave und Ron aus New York. Ron war etwa vierzig, bleich und nervös, aufgeladen mit dem Tempo der Metropole. Trotz der Hitze trug er schon seinen Tauchanzug und am Oberarm ein verwegenes Tauchermesser.

»Linda und Phil und Ron wissen bereits, wie das hier läuft«, sagte ich. »Denkt daran: Bleibt in meiner Nähe, und bleibt hinter mir, okay?«

»Nur, wenn du die Haie nicht verscheuchst«, sagte Phil.

»Gibt's hier Haie?«, fragte Sid. Er zog seine *Padres*-Baseballmütze aus und wischte sich den Schweiß ab.

»Mach dir nichts draus«, sagte ich, »sie sind nicht gefährlich.«

»Woher weißt du das?«

»Was meinst du, wie viele Taucher hier schon getaucht haben? Es ist noch nie was passiert.«

»Und wenn dich trotzdem einer angreift?«

»Kein Problem«, sagte Ron und schlug sich auf den bewaffneten Oberarm.

»Mir jagst du keinen Schiss ein«, sagte die groß gewachsene Linda zu mir, »ich würde gern mal einen Hai sehen.« Sie trug eine Baseballmütze mit der Aufschrift *Minnesota Twins* und eine große Sonnenbrille, die Haare hatte sie hinten über das Mützenband gezogen. Was machten Amerikaner, die in einem Staat ohne Baseballteam lebten?

Ich blickte auf die Schweißperlen auf ihrem gebräunten Bauch. »Wenn ich ein Hai wäre, würde ich mir das nicht zweimal sagen lassen.«

»Seitdem ich hier bin«, sagte sie, »denke ich darüber nach, wer gefährlicher ist, ein Hai oder ein G.O.«

Darauf fiel mir nichts ein, und ich schickte sie und Phil und Ron auf das Hinterdeck. Als ich Sid und Dave den Ablauf des Tauchgangs erklären wollte, sagte Enzo durch das Fenster des Ruderhauses, ich solle mal reinkommen.

»Einen Augenblick«, sagte ich zu den beiden G.M.

Antonio und Enzo und Zach blickten mir grinsend entgegen.

»Was gibt's?«

»Ich habe den Kapitän gebeten, mir einen zu blasen«, sagte Enzo, »aber er weigert sich. Da habe ich gedacht, du wärst vielleicht so kameradschaftlich ...« Er zog sich die Badehose runter. Antonio schüttelte sich vor Lachen. Er verstand kein Wort Französisch, es war nicht nötig.

»In Gottes Namen«, sagte ich und trat zu Enzo.

»Hört auf, da schauen ein paar G.M. zu«, sagte Zach.

Als ich hinaustrat, hörte ich die drei hinter mir losprusten.

Ich setzte mich zu Dave und Sid und antwortete auf ihre Frage, das Sonnensegel sei bestellt. »Nach dem Eintauchen«, sagte ich dann, »seht ihr in drei Metern Tiefe unter dem Schiff eine Stange. Haltet euch daran fest und gebt mir das Okay-Signal. Auf mein Zeichen tauchen wir alle gemeinsam ab. Geht langsam runter und macht den Druckausgleich. Wenn die Ohren wehtun, geht ihr ein paar Fuß höher und macht es noch mal. Bleibt während des Tauchgangs in meiner Nähe. Sobald ihr merkt, dass der Atemwiderstand zunimmt, zieht ihr die Reserve und gebt mir das Zeichen. Ihr habt dann noch mehr als genug Luft, um zum Schiff zurückzukehren. Falls wir etwas weiter vom Schiff entfernt sind, gebe ich demjenigen, der zuerst die Reserve zieht, meinen zweiten Lungenautomaten. Er nimmt ihn in den Mund, schwimmt neben mir und hält sich an meinem Bleigurt fest. Habt ihr alles verstanden?«

Sie nickten.

»Bleibt beim Auftauchen auf meiner Höhe, taucht nicht schneller auf. Wenn wir unter dem Schiff ankommen, stoppt ihr wieder an der Dekostange. Nach drei Minuten schicke ich euch einzeln nach oben. Das wär's.«

»Die drei Minuten, ist das die Dekompressionszeit?«

»Wir bleiben innerhalb der Nullzeiten. Die drei Minuten sind eine gute Gewohnheit. Ihr fühlt euch für den Rest des Tages frischer. Und noch etwas, nehmt von da unten nichts mit, lasst die Dinge, wo sie sind. Auch die leeren und zerbrochenen Schneckenhäuschen und Muschelschalen.«

Sie wollten wissen, ob sie nun ihre Scubapro-Automaten benutzen sollten. Ich riet ab, und sie gingen auf das Hinterdeck, um sich auszurüsten. Ich trat wieder ins Ruderhaus.

»*Donde vamos, capitán?*« Ich kann keine fünf Worte Spanisch.

»Zu der gelben Boje.« Antonio grinste, »dieser Enzo ist ein Spinner – *un chico muy loco.*«

Der Kapitän der *Emilio Adolfo* ist klein und schmächtig, sein Alter kann ich nicht erraten. Seine nackten Arme und Füße sind dunkelbraun. Er hat strähnige schwarze Haare, die ihm dauernd in die Augen fallen, abstehende Ohren, vorstehende Zähne und ein fliehendes Kinn. Wenn er lacht, reißt er zuerst die Augen auf, dann füllt sich das Gesicht schlagartig mit Lachen und fügt die misslungenen Einzelteile zu einem lustigen Ganzen. Antonio heißt mit vollem Namen Antonio Romeo Casanova. Sein Name ist so unwahrscheinlich wie sein Gesicht.

Im hinteren Teil des Ruderhauses döste Yves in einer der vier winzigen Kojen. In einer anderen lagen vergammelte mexikanische Sexheftchen: mollige Weiber in Unterwäsche. An der Hinterwand der Kabine, neben dem Mast, ein alter Herd. Davor versperrten unsere Kisten mit Lebensmitteln und Getränken und die Kühlbox den schmalen Durchgang. Ich kletterte darüber hinweg und trat wieder ins Freie.

Auf dem Hinterdeck waren die Taucherinnen und Taucher beim Einkleiden. Die meisten G.M. tauchen im Badeanzug oder in Jeans und T-Shirt. Das Wasser ist siebenundzwanzig Grad warm, und die Jeans schützen vor den Korallen, die einem die Haut aufkratzen. Ich bahnte mir einen Weg durch das Gedränge zum Heck, wo sich die Truhe mit den Ausrüstungen der Tauchlehrer befindet. Ich zog meinen Tauchanzug an. Er ist einteilig, aus blauem Drei-Millimeter-Neopren, mit angenähter Kopfhaube. Ein Reißverschluss läuft von der Hüfte bis unters Kinn, auch an den Unterarmen und Unterschenkeln sind Reißverschlüsse angebracht. Das Prachtstück wurde bei Michel in Spiez für mich nach Maß gefertigt. Gelegentlich wird mir das Tragen des Anzugs in diesen linden Gewässern als reine Schau ausgelegt. Aber ich schwimme immer möglichst nah am Riff oder am Grund entlang, zwänge mich mit Kopf und Schultern in Spalten und Höhlen. Das meiste, was es unter Wasser zu sehen gibt, ist klein oder winzig. Wenn man sich die Haut aufkratzt, heilen die

Wunden nur langsam. Der himmelblaue Tauchanzug hat an den Seiten rote Streifen. Einmal fragte eine Stimme vernehmlich hinter meinem Rücken, ob Daniel wohl im Winter im Tauchanzug Ski fahre. Ich überhörte das. Der Eifersüchtigen ist kein Ende.

Ich schloss die Reißverschlüsse, schnallte das Tauchermesser an den rechten Unterschenkel und schob den Schnorchel unter die Bänderung. Ich klappte das Armband meiner Certina-Taucheruhr auseinander und schloss es am linken Handgelenk über dem Anzug. Dann schraubte ich die kleine Notflasche aus der Fénzy-Weste, füllte sie an einem der Doppelgeräte und schraubte sie wieder an die Rettungsweste. Ich streifte die orangefarbene Weste über den Kopf und befestigte die Halteriemen in den Ösen. Ich vergewisserte mich, dass der an der Weste befestigte Tiefenmesser und die Dekotabelle sich nicht ineinander verfangen hatten. Dann hakte ich den gelben Bleigurt über den Bändern der Fénzy ein. Ich schraubte den Lungenautomaten an eines der Doppelgeräte, öffnete am Gerät das Ventil und drückte bei jeder der beiden zweiten Stufen auf die Luftdusche. Zischend blies Luft ab. Ich legte die Flossen, die Maske mit den eingekitteten Korrekturgläsern und die Handschuhe neben das Gerät. Dann ging ich durch das Gedränge nach vorn zum Bug.

»*Hola marinero de agua mineral*«, sagte Antonio durch das offene Fenster des Ruderhauses, »siehst du die Boje?« Ich blickte auf die schimmernde Wasserfläche. Wir waren etwa eine Seemeile außerhalb des Riffs. In einigem Abstand vor dem Bug trieb ein winziger dunkler Gegenstand. Ich zeigte darauf.

»*Dos minutos de más*«, sagte Antonio.

Juan-Miguel trat aus dem Ruderhaus. Der junge Seemann der *Emilio Adolfo* ist noch kleiner als der Kapitän. Er hat pechschwarze Haare und ein Indianergesicht und ist scheu, er ist es nicht gewohnt, von den G.O. oder G.M. angeredet zu werden. In den letzten Wochen war er etwas zutraulicher geworden, und neuerdings lachte er über Enzos Gesten und Sprüche von uns allen am lautesten.

Juan-Miguel lockerte das Haltetau, mit dem der Anker am Bugspriet befestigt war.

»Warte«, sagte Antonio, »warte.«

Wir waren auf der Höhe der Boje angelangt. Antonio nahm Fahrt weg. Die Boje lag schräg im Wasser.

»Es hat Strömung«, sagte ich.

»Nicht viel, *chico, no ay mucho corriente.*«

Antonio nahm den Gang heraus und drehte das Ruder heftig nach Backbord. Er eilte aus dem Ruderhaus und schaute der Boje nach. Die *Emilio Adolfo* kam zum Stehen.

»Jetzt«, sagte Antonio.

Juan-Miguel riss an der Halteleine, der Anker krachte ins Wasser. Antonio hastete zurück ins Ruderhaus und legte den Rückwärtsgang ein. Die *Emilio Adolfo* schüttelte sich und begann langsam rückwärts zu gleiten. Antonio nahm den Gang wieder heraus. Er wischte sich den Schweiß aus den Augen. Er gab mir das Tauchzeichen für ›Alles in Ordnung‹. Ich blickte über die Bordwand. Die gelbe Boje war etwa zwanzig Meter entfernt.

»Hey *capitán*, die Boje ist ja fast in Kuba.«

Antonio grinste. »Warte eine Minute«, sagte er.

Ich ging zurück aufs Hinterdeck. Die Nervosität der G.M. vor dem Tauchgang war spürbar. Zach stand mit der Liste in der Hand bei der Luke und rief die Namen der ersten Gruppe auf. Ich stellte mich in den Schatten unter dem schmalen Vordach des Ruderhauses.

»Wann du willst«, sagte Zach zu Patrick.

Patrick ließ sich mit einem lässigen Überschlag ins Wasser fallen. Die G.M. schauten bewundernd zu. Wir sagen ihnen immer, sie sollen mit den Füßen voran ins Wasser springen. Nacheinander ließen sich die Taucher aus Patricks Gruppe über die Bordwand fallen.

»Danielito«, Antonio stand neben mir, »wo ist jetzt die Boje?«

Sie war keine drei Meter von der gegenüberliegenden Bordwand entfernt.

»Du bist der beste Kapitän dieses Schiffes«, radebrechte ich auf Spanisch.

Antonio riss die Augen auf. Dann war schlagartig das Lachen da. »*Chico súper loco*«, sagte er. Er kletterte durch die Motorluke in den Schiffsrumpf. Nach einem Moment ging ein Zittern durch den Kahn, dann trat Stille ein.

»Zweite Gruppe mit Daniel«, rief Zach. Ich streifte die Kopfhaube über und schloss den Reißverschluss am Kinn. Dann zog ich die Flossen an und prüfte nochmals an beiden zweiten Stufen des Lungenautomaten, ob die Luft normal floss. Ich schlüpfte mit den Armen durch die Schultergurte und stemmte das Doppelgerät hoch. Es war der anstrengendste Teil des ganzen Tauchgangs. Ich ergriff den Schrittgurt zwischen den Beinen und hakte ihn am Bleigurt ein. Dann spuckte ich in die Maske und verrieb die Spucke innen auf dem Glas. Ich zog die Handschuhe an und trat an die Bordwand.

»Bist du bereit?«, fragte Zach.

Ich nickte.

»Daniels Gruppe, Geräte auf den Rücken, und kommt her zu mir.«

»Ich gehe schon rein«, sagte ich zu Zach, »sonst bekomme ich einen Hitzestau.« Ich schob das Mundstück in den Mund und biss darauf. Ein Blick nach unten, um mich zu vergewissern, dass kein Taucher unter mir war. In der einen Hand hielt ich die Maske, mit der anderen packte ich den Tragegurt des Geräts, damit es mir nicht ins Genick schlug. Dann sprang ich kopfvoran ins Wasser. Es war die reine Angeberei, aber als G.O. hat man seine Verpflichtungen.

Durch den Schwung des Eintauchens sank ich mehrere Meter in die Tiefe. Ein Schwall von Luftblasen umgab mich. Ich spürte Druck auf dem Trommelfell, hielt mir die Nase zu und presste Luft durch die eustachischen Röhren. Der Druck ließ nach. EINATMEN. *Ich setzte die Maske auf und blies das Wasser aus. Neben mir hing die Dekostange waagerecht unter der* Emilio Adolfo, *weit unter mir, im dämmrigen Grau kaum auszumachen, hatte Patricks Gruppe beinahe den Grund erreicht.* AUSATMEN. EINATMEN. *In einem Schwall von Blasen kam der hünenhafte Phil herunter. Er drehte sich um sich, erblickte die Dekostange, schwamm darauf zu und gab das* Okay-Signal. *Nacheinander kamen Linda, Ron und Dave. Wir warteten auf Sid.* AUSATMEN. EINATMEN. *Als er nach einer Minute nicht kam, tauchte ich auf.*

Zach und Richard standen an der Bordwand und blickten zu mir herunter.

»Sid hat den Bleigurt vergessen«, sagte Zach, »er ist gleich so weit.«

Ich tauchte wieder ab.

Gleich darauf kam Sid herunter. Er drehte sich zweimal um sich selbst, bevor er uns sah. Anfängerschwierigkeiten mit der Orientierung. Er schwamm zur Stange und signalisierte ›Okay‹. Seine Hand war zu einer Klaue gekrümmt. Ich erwiderte das Zeichen mit strammer Fingerhaltung. Bei Tauchlehrer Daniel muss das sitzen. AUSATMEN. EINATMEN. *Ich schwamm zu ihm hin. Seine Maske war halbvoll Wasser. Ich bedeutete ihm, er solle sie leeren. Er lehnte den Kopf weit in den Nacken und pustete kräftig. Immer noch Wasser in der Maske. Ich ließ ihn das Manöver wiederholen. Er signalisierte ›Alles in Ordnung‹.* AUSATMEN. EINATMEN. *Ich stellte den Ring an meiner Uhr auf Null, gab das Zeichen zum Abtauchen und schwamm langsam unter dem Kiel der* Emilio Adolfo *zum Bug. Von hier führte das Ankerseil steil nach unten. Ich ließ mich sinken.* AUSATMEN. EINATMEN. *Obwohl ich langsam abtauchte, folgten mir nur Phil und Linda. Ich presste mehrmals Luft durch die eustachischen Röhren. Der Tiefenmesser zeigte zwölf Meter.* AUSATMEN. EINATMEN. *Ich sank schneller. Ich löste den Schlauch von der Fénzy und blies Luft hinein.* EINATMEN. *Das Absinken verlangsamte sich. Noch etwa fünf Meter bis zum oberen Rand der kleinen Felswand. Über mir folgten Linda und Phil, weiter oben Ron und Dave. Sid war immer noch nahe bei der Dekostange.* AUSATMEN. EINATMEN. *Noch bevor ich den Grund erreicht hatte, kamen die Zackenbarsche. Es waren fünf oder sechs, voran ein gestreifter Nassaubarsch. Er schwamm gerade auf mich zu. Ich sah seine breiten, wulstigen Lippen und die an der Seite des Kopfes hervorstehenden Kugelaugen. Nahe vor mir verharrte er und glotzte mich an. Langsam öffnete sich das Maul, es sah aus, als ob er gähnte. Winzige Fischlein glitten zwischen seinen Zahnreihen hindurch.* AUSATMEN. EINATMEN. *Er schloss das Maul, drehte ab und schwamm an mir vorüber. Sein Auge blickte mich unverwandt an, es dreht sich in kleinen Rucken in seinem Kopf.* AUSATMEN. EINATMEN. *Ich erhielt einen leichten Stoß in den Rücken. Rasch drehte ich mich um. Ein Barsch, der an die vierzig Kilo wie-*

gen musste, glitt zur Seite. Ich streckte die Hand nach ihm aus. Er kam näher. Ich machte eine Faust. Er stieß behutsam dagegen. AUSATMEN. EINATMEN. *Ich ließ meine offene Hand über seinen Leib gleiten. Die Schuppen fühlten sich schleimig an.* AUSATMEN. EINATMEN. *Neben mir erreichte Phil den Grund und blies seine Maske aus. Über ihm kam Linda herunter. Zwei Zackenbarsche umkreisten sie. Sie drehte sich um sich selbst und ließ die schweren Fische nicht aus den Augen. Die Blasenschwalle aus ihrem Lungenautomaten folgten rasch aufeinander.* AUSATMEN. EINATMEN. *Einer der Barsche schwamm nahe an sie heran. Die Rückenflosse mit den scharfen Zacken richtete sich langsam auf. Linda wich zurück und blickte zu mir. Ich zuckte die Schultern. Die Rückenflosse legte sich wieder. Linda streckte die Hand nach ihm aus.* AUSATMEN. EINATMEN. *Ron und Dave hatten uns erreicht, Sid schwebte noch immer hoch über uns. Ich bedeutete den vier Tauchern, sie sollten zusammenbleiben, und stieg zu Sid auf.* AUSATMEN. EINATMEN. *Er deutete auf seine Ohren. Er hatte Rotz und etwas Blut in der Maske. Seit dem Abtauchen waren bereits fünf Minuten vergangen. Ich zeigte auf die* Emilio Adolfo, *wenige Meter über uns. Er schüttelte den Kopf. Ich zeigte nochmals entschieden auf das Schiff, dann schwamm ich Kopf voran erneut in die Tiefe.* AUSATMEN. EINATMEN. *Als ich wieder bei der Gruppe ankam, waren die Taucher mit den Barschen beschäftigt. Ich zog das Messer aus der Beinscheide und klopfte an mein Gerät. Sie drehten sich zu mir um. Ich bedeutete ihnen, mir zu folgen.* AUSATMEN. EINATMEN. *Wir erreichten die Oberkante des Riffs und ließen uns hinabsinken. Wenige Augenblicke später landeten wir in achtundzwanzig Metern Tiefe weich auf dem sandigen Grund.* AUSATMEN. EINATMEN. *Wir schwammen am Riff entlang. Längst kannte ich hier jede Spalte und jeden Felsvorsprung. Wir erreichten die Stelle, wo die gelbe Boje befestigt war. Eine Kette war um einen Felsen gewickelt, daran hing, wenige Meter über dem Grund, ein Lastwagenreifen, von dem eine Leine zur Oberfläche führte. Ich blickte hinauf und sah mehrere Meter über mir Sid. Als er mich zu sich heraufblicken sah, gab er das Okay-Signal.* AUSATMEN. EINATMEN. *Ich schwamm zu ihm. Er wiederholte das Signal und nickte beteuernd. Ich bedeutete ihm, uns zu folgen.* AUSATMEN. EINATMEN. *Aus dem Zwielicht löste sich ein Korallenstock. Ein Papageienfisch war dabei, die Korallen mit seinem kräftigen Schnabel abzuweiden. Ich hielt den Atem an. In der Stille waren knackende Fressgeräusche zu hören. Ich wich zur Seite, damit die G.M. ihn sehen konnten. Der Papageienfisch hielt inne und glotzte uns an. Seine Kiemendeckel öffneten und schlossen sich. Eine kleine Wolke entwich seinem After und schwebte auf den Grund.* AUSATMEN. EINATMEN. *Wir erreichten die Stelle, wo es im Felsverlauf eine Unterbrechung gab. Ein sandiger Hang führte zu den nächsten Felsen. Ich schwamm auf den Abhang hinaus und deutete in den Sand unter mir. Linda zuckte die Schultern. Ron schüttelt den Kopf. Auch die anderen sahen nichts. Zwei Augen glotzten aus dem Sand, ein trapezförmiger Umriss zeichnete sich ab. Ich ließ mich neben ihm auf die Knie sinken und berührte mit der behandschuhten Hand den Rand des flachen Körpers. Mit einem Ruck erhob er sich. Der Stachel am langen, dünnen Schwanz war gut zu sehen.* AUSATMEN. EINATMEN. *Einen Moment schwebte der Rochen nahe über dem Grund. Erneut ging ein Ruck durch ihn, und eine Sandwolke löste sich von seinem Körper. Mit wellenförmigen Bewegungen seiner Schwingen verschwand er an der Oberkante des Riffs.* AUSATMEN. EINATMEN. *Die G.M. applaudierten. Ich verneigte mich wie ein Zirkusartist, dem ein schwieriger Trick gelungen ist. Ich fühlte mich großartig.* AUSATMEN. EINATMEN. *Was für ein Weg, dachte ich unvermittelt, von dem Dicken, Unsportlichen, der sich in der Schule beim Turnen immer geschämt hat. Solche Beinchen hast du als Baby gehabt, hatte Illy oft zu mir gesagt und dabei den Zeigefinger und den Mittelfinger zusammengelegt. Jetzt war sie tot. Nic war auch tot. Wieso musste ich gerade jetzt daran denken? Eben hatte ich mich so gut gefühlt. Ich fühlte mich immer noch gut. Ich konnte an Nic und Illy denken, und ich fühlte mich immer noch gut.* AUSATMEN. EINATMEN. *Eine Viertelstunde war vergangen, wir hatten noch Zeit. Am anderen Ende des Abhangs wurden die Umrisse der Brücke sichtbar. Felsen bildeten hier im rechten Winkel zur Riffwand einen fast zwei Meter hohen Bogen. Dort kehrte ich meistens um.* AUSATMEN. EINAT… *Unter dem Brückenbogen stand, mit dem unverwechselbaren flachen Kopf und der senkrechten Schwanzflosse, ein Hai. Er war hellgrau, etwa zwei Meter lang, keiner der braunen Ammenhaie, die wir hier gelegentlich zu sehen bekommen. Er bewegte sich nicht.* AUSATMEN. EINATMEN. *Die G.M. blickten mit aufgerissenen Augen zu ihm hin. Phil deutete heftig auf den Brückenbogen. Auf der anderen Seite war ein weiterer Hai zu sehen. Er schwamm vor dem Riff hin und her, wie ein Soldat auf Wache.* AUSATMEN. EINATMEN. *Wir schwammen in einem weiten Bogen um die Brücke herum.* AUSATMEN. EINATMEN. *Der Hai unter dem Felsbogen drehte sich, das kleine Auge starr auf uns gerichtet.* AUSATMEN. EINATMEN. *Der zweite Hai hatte gewendet und schwamm auf uns zu. Wir sahen sein sichelförmiges Maul und den hellen Bauch. Kleine Fische schwammen vor ihm her. Linda fasste mich am Arm. Dann war er ganz nahe. Das Auge auf uns gerichtet stand er still, und auch wir hielten still, nicht einmal Atemgeräusche waren zu hören. Er drehte ab, ohne uns aus dem Auge zu lassen. Er entfernte sich.* AUSATMEN. EINATMEN. AUSATMEN. EINATMEN. *Ich ließ mich auf den Grund sinken. Der Hai unter dem Brückenbogen blickte noch immer zu uns herüber. Ich spürte das leichte Brennen in den Augen, dazu die übliche Trockenheit im Mund.* AUSATMEN. EINATMEN. *Der zweite Hai näherte sich erneut. Die Kiemen bewegten sich leicht, er öffnete und schloss das Maul, darin waren mehrere Reihen spitzer weißer Dreiecke zu sehen.* AUSATMEN. EINATMEN. *Ein Glücksgefühl überkam mich. Ich war außer mir. Ich schaute mir selbst zu, wie ich auf dem Grund kniete und ihn anblickte, während sein grauer Körper an mir vorbeizog. Risse und Schrammen hatte er in der Haut, Spuren von Kämpfen, seine Lebensgeschichte. Zwei Schiffshalter hatten sich an seinem Bauch festgesetzt – und dann war unvermittelt Lärm über uns. Der PB zog knatternd an der Oberfläche seine Kreise, er folgte unseren Luftblasen, ganz nach Vorschrift. Zwei, drei rasche Flossenschläge, die Haie waren verschwunden.* AUSATMEN. EINATMEN. AUSATMEN. EINATMEN. *Wir blickten einander an, schüttelten die Köpfe, hielten die Arme weit auseinander: So groß waren sie gewesen, und so nahe. Hilflose Gesten, aber Worte hätten auch nicht ausgereicht. Das erzwungene Schweigen war gut, weil es den Augenblick verlängerte und die Euphorie.* AUSATMEN. EINATMEN. *Ich blickte auf die Uhr: zweiundzwanzig Minuten. Wir schwammen das Riff entlang zurück. Die Zackenbarsche waren wieder da. Erst jetzt fiel mir auf, dass sie vorhin verschwunden waren.* AUSATMEN. EINATMEN. *Fünfundzwanzig Minuten. Ich wunderte mich, warum noch keiner der G.M. die Reserve gezogen hatte. Während der Begeg-*

nung mit den Haien hatten sie bestimmt viel Luft verbraucht. Yves kam uns mit seiner Gruppe entgegen. Ich ging mit meinen Tauchern etwas höher, wir winkten einander zu. AUSATMEN. EINATMEN. *Achtundzwanzig Minuten. Noch immer niemand auf* Reserve. *Die Halteleine der gelben Boje zeichnete sich ab. Weit oben an der Oberfläche der* Schatten *der* Emilio Adolfo. *Darunter näherte sich eine Gruppe der Dekostange.* AUSATMEN. EINATMEN. *Ich wurde am Arm gezupft. Ich drehte mich schnell um. Sid hatte die Reserve gezogen.* ›Alles *okay?‹ Er nickte. Ich gab das Signal zum Auftauchen. Wir folgten der Bojenleine nach oben.* AUSATMEN. EINATMEN. *Wieder wurde ich gestupst. Sid machte große Augen und zeigte mit heftigen* Gesten *an, sein* Atemgerät *sei leer. Ich hielt ihm meinen zweiten* Automaten *hin. Er spuckte seinen* Automaten *aus und schob meinen in den Mund.* ›Okay?‹, *fragte ich. Er machte mehrere Atemzüge, dann nickte er. Ich schob seine rechte Hand unter meinen* Gurt. AUSATMEN. EINATMEN. *Etwas stimmte nicht. Mit gezogener* Reserve *hätte er noch für eine ganze Weile Luft haben müssen. Ich blickte mich nach den anderen Tauchern um. Sie folgten nahe unter uns.* AUSATMEN. EINATMEN. *Kein Zug mehr auf dem Schlauch des zweiten Lungenautomaten. Sid hatte ihn nicht mehr im Mund. Ich ergriff den* Automaten *und schob ihn ihm wieder hinein. Er blickte mich verwundert an.* AUSATMEN. EINATMEN. *Der Tiefenmesser zeigte achtzehn Meter. Kein Zug auf dem zweiten Schlauch, Sid hatte den* Automaten *erneut verloren. Seine Augen begannen sich zu verdrehen. Ich packte ihn am Gurt und schwamm mit kräftigen* Flossenstößen *gegen die Oberfläche.* AUSATMEN. EINATMEN. *Der Aufstieg wurde zu schnell, ich hielt den* Fénzy-Schlauch *über den Kopf und ließ alle Luft aus der Rettungsweste.* AUSATMEN. EINATMEN. *Der Aufstieg verlangsamte sich. Von Sids Augen war nur noch das Weiße zu sehen.* AUSATMEN! *Ich presste ihm mit beiden Händen den Brustkasten zusammen. Luftblasen quollen aus seinem* Mund. *Wir durchbrachen die Oberfläche.*

Sofort öffnete ich den Hahn an der Notflasche der Fénzy. Mit einem schnarrenden Geräusch füllte sich die Rettungsweste mit Luft. Jeder Taucher kennt das Geräusch. An der Bordwand, wenige Meter entfernt, erschienen Zach und Enzo. Ich riss Sid die Maske vom Gesicht. Sie versank im Wasser.

»Was ist?«, fragte Zach. Enzo verschwand.

»Er ist ohnmächtig geworden«, sagte ich heftig atmend.

Paco, der mexikanische Taucharzt, erschien an der Bordwand. Enzo trat neben ihn und warf mir eine Leine zu. Ich packte sie und ließ mich mit Sid zur Bordwand ziehen.

»Er atmet«, sagte ich.

»Wie lange war er ohnmächtig?«, fragte Paco.

»Ich weiß nicht. Vielleicht zwanzig Sekunden.«

Sie zogen Sid an Bord. Er schüttelte den Kopf und sagte: »Was ist los?«

»Seid ihr schnell heraufgekommen?«, fragte Zach.

»Ich habe aufgepasst.«

Zach blickte über die Schulter. Nach einem Moment drehte er sich wieder zu mir. »Ich glaube, er ist okay, kümmere dich um deine anderen G.M.«

Ich drückte auf das Ventil am Schlauch der Fénzy. Zischend entwich die Luft.

Ich ließ mich hinabsinken. AUSATMEN. EINATMEN. *Die übrigen vier Taucher waren bis auf wenige Meter heraufgekommen. Alle hatten die Reserve gezogen. Gemeinsam schwammen wir zur Dekostange.* AUSATMEN. EINATMEN. *Hier herrschte Betrieb. Patrick schickte eben den Letzten aus seiner Gruppe an Bord. Auch Brians Gruppe war bereits zurück. Seit dem Beginn unseres Tauchgangs waren sechsunddreißig Minuten vergangen.* AUSATMEN. EINATMEN. *Ich hoffte, dass mit Sid alles in Ordnung war. Weniger als eine Minute, nachdem er die Reserve gezogen hatte, war sein Gerät leer gewesen. Ob er zu lange gewartet hatte, bevor er die Reserve zog? Er wollte wohl nicht der Erste sein, der Tauchgang sollte nicht seinetwegen frühzeitig abgebrochen werden.* AUSATMEN. EINATMEN. *Brians Gruppe hatte das Wasser verlassen. Dreiundvierzig Minuten. Nacheinander schickte ich meine Taucher an Bord. Weit unten sah ich Yves mit seinen Leuten. Die würden noch eine Weile da unten bleiben. Ich schwamm zur Leiter.*

»Alles in Ordnung«, sagte Zach, als ich auftauchte. »Er wollte nicht als Erster die Reserve ziehen und hat das Gerät leer geatmet, er ist okay.«

Ich kletterte an Bord. Antonio stand oben an der Leiter und

nahm mir das Gerät ab. Ich trat ins Ruderhaus. Paco stand neben dem vergammelten Herd und zerteilte eine Ananas.

»Wie geht's ihm?«

»Bestens«, der Arzt leckte sich die Finger, »er ruht sich aus.«

Sid lehnte in einer der Kojen an der Wand und fingerte an seiner *Padres*-Mütze herum. Er grinste, als ich zu ihm trat. Er war bleich, die Narbe auf seinem Bauch leuchtete rosa.

»*How do you feel?*«

»Gut. Etwas weich in den Knien.«

»Hast du Schmerzen in der Brust?«

»Nein.«

»In den Gelenken?«

»Nein, alles okay, bis auf die Kopfschmerzen. Sie haben mir Aspirin gegeben.«

»Was ist passiert?«

»Ich hab's Zach schon erzählt. Ich habe Mist gebaut. Nachdem ich euch beim Abtauchen habe warten lassen, wollte ich nicht auch noch, dass der Tauchgang wegen mir verkürzt wird. Ich habe so sparsam wie möglich geatmet.«

»Davon hast du Kopfschmerzen bekommen.«

»Ja, gegen Ende des Tauchgangs. Hängt das mit dem Atmen zusammen?«

»Allerdings.«

»Als der Atemwiderstand stärker wurde«, sagte er, »habe ich gedacht, ich warte noch, bevor ich die Reserve ziehe. Aber die Kopfschmerzen haben rasch zugenommen. Also habe ich die Reserve gezogen und dir das Signal gegeben. Gleich darauf hatte ich keine Luft mehr. Du hast mir deinen zweiten Lungenautomaten gegeben – danach weiß ich nichts mehr. Plötzlich war ich an der Oberfläche.«

»Hast du nicht gewusst, dass man versehentlich auch die Reserve leer atmen kann?«

»Doch«, sagte er, »theoretisch.«

Ich grinste: »Jetzt hast du dazu auch noch die Praxis.« Ich wollte ihm nicht zeigen, wie erleichtert ich war. »Vergiss es, denk lieber an die Haie.«

Er nickte etwas benommen.

Zach stand beim Durchgang zum Ruderhaus. Er hatte zugehört. Ich trat zu ihm.

»Zum Glück ist nichts passiert«, sagte ich auf Französisch.

»Das kommt schon mal vor«, sagte er. Er fuhr sich mit dem Zeigefinger über den Schnurrbart, die Sache war für ihn erledigt.

»Dabei haben wir einen Spitzentauchgang erlebt.«

»Hab ich gehört«, sagte er, ein Grinsen in seinem hübschen Gesicht. »Geh zu deinen Tauchern, Papa Daniel, und zieh deine Show ab.«

Ron und Linda und Phil und Dave standen auf dem Hinterdeck in einem Kreis von G.M. und redeten durcheinander. Als ich zu ihnen trat, umarmte mich Linda. Ihre Haut war salzig und feucht. »Unglaublich«, sagte sie aufgeregt. Ron wiederholte immerzu: »*Oh boy*«, dem aufgeladenen New Yorker waren die Worte ausgegangen.

»Unglaublich«, meinte auch Dave, »die bewegen sich wie Tiger.«

»Wie viele Beine hatten sie denn?«, fragte einer der Umstehenden. Das Gelächter störte uns nicht.

Linda sagte: »Wie kann man wissen, ob sie gefährlich sind?«

»Sie hätten uns angreifen können«, sagte ich, »wir waren nahe genug.«

»Und wenn sie es eines Tages tun?«

Ich zuckte die Schultern.

»Was mag in ihnen vorgehen?«

»Gar nichts«, sagte Dave, »es sind kalte Tötungsmaschinen.«

»Das hast du aus dem Kino«, sagte Phil, »du hast eben selber gesehen, dass das nicht stimmt.«

»Wir können sie nicht verstehen«, sagte ich.

»Wie meinst du das?«

Ich zuckte erneut die Schultern.

»Dass wir sie nicht verstehen«, sagte Linda, »darum geht es gerade. Sie sind, wie sie sind.«

»Stimmt, Linda«, sagte der lärmige Ron. »Wir haben diese Sucht, wir wollen alles, was uns fremd vorkommt, gleich verstehen. Wir geben dem Fremden einen Namen und machen es uns gefügig. Wir verkleinern es. Wir nehmen ihm sein Geheimnis.«

Wir blickten ihn überrascht an. »Finde ich jedenfalls«, fügte er etwas verlegen hinzu.

Dann sagte Phil, der Rochen sei auch nicht schlecht gewesen, und wir sprachen über den Rochen und über den Papageienfisch und über die Zackenbarsche, in diesem Hochgefühl, das sich nach einem Tauchgang einstellt.

Wir waren nicht die Einzigen, die etwas erlebt hatten. Auch um Harvey, der uns am Morgen im Tauchlokal genervt hatte, stand eine Gruppe.

»Ein Judenfisch«, sagte er aufgeregt. Er hatte rote Striemen auf Stirn und Wangen von seiner zu eng sitzenden Maske. »Ein riesiger Zackenbarsch, mehr als sechshundert Pfund. Ein Monstrum. *Jesus H. Christ!* – Ihr glaubt, ich übertreibe? Fragt Patrick.« Er schüttelte den Kopf. »Ein Fisch, so groß wie ein VW Käfer.«

Patrick sprach neben der Truhe mit den Ausrüstungen der Tauchlehrer aufgeregt auf Enzo ein. Ich fragte ihn, was mit dem Fisch gewesen sei.

»Das erzähle ich gerade Enzo. Eine Art Riesenbarsch, er muss mehr als dreihundert Kilo haben.«

»Das gibt's nicht«, sagte ich.

»Doch, das gibt's«, sagte Enzo, »ein Judenfisch. Auf Mauritius hab ich mal einen gesehen. Ich wusste nicht, dass es die hier auch gibt.«

»Ein Monstrum«, sagte Patrick, er benutzte die gleichen Worte wie Harvey. »Ich gucke in diese Höhle, und es sieht aus, als ob ein VW drin geparkt wäre. Ich hatte Schiss, sag ich ehrlich. Es dauerte nur ein paar Sekunden, dann gab es einen Schlag wie von einer Explosion, und weg war er. Mich hat's gegen die Höhlenwand geschleudert, der Tauchanzug ist aufgerissen, da schau.«

»Woher willst du wissen, was das für ein Fisch war?«, fragte ich Enzo.

»Das war ein Judenfisch«, sagte er, »sieht aus wie ein Zackenbarsch, aber zehnmal größer. Es gibt keinen anderen Fisch, der so groß wird.«

An der Truhe war mit einer Harpunenschnur ein wasserfestes Büchlein zum Bestimmen von Fischen angebunden. Ich schlug bei den Barschen auf, obwohl ich die Abbildungen längst kannte. Unten auf der Seite stand eine Anmerkung, die hatte ich bisher nicht beachtet: »Die Familie der Barsche variiert in ihrer Größe von wenigen Zentimetern bis zu halbtönnigen Monstern. In der Karibik kann der Judenfisch, lat. *epinephelus itajara*, ein Gewicht von mehr als siebenhundert Pfund erreichen. Er wird hier nicht behandelt, da er selten vorkommt.«

Ich legte das Büchlein in die Truhe zurück und schloss den Deckel. Das war der Fisch, den ich Anfang Mai gesehen hatte, wenige Tage, nachdem ich hier angekommen war. Ich hatte niemandem davon erzählt, ich wollte mich nicht lächerlich machen. Es war kein Traum gewesen.

»Warum heißt er Judenfisch?«

»Keine Ahnung«, sagte Enzo, »oder doch. Das ist der Fisch, der Jona verschlungen hat. Ein Judenfisch.«

Patrick sagte, ein Wal habe Jona verschlungen.

»Erstens«, erwiderte Enzo, »ein Wal hat Barten und kann keine Menschen verschlingen. Zweitens, wann hast du zum letzten Mal die Bibel in der Hand gehabt?«

»Vorgestern«, sagte Patrick, »nachdem ich mich an einer *nana* aus Québec versündigt hatte.«

»Und drittens«, fuhr Enzo fort, »heißt es in der Bibel ›ein Fisch‹. Ein Wal ist kein Fisch, das hat sich wohl bis zu euch Alpenfickern in Val d'Isère noch nicht herumgesprochen.«

Dann brachten Brian, Yves und Antonio auf mehreren Platten, appetitlich angerichtet, den Imbiss. Als sich die G.M. darüber hermachen wollten, rief Zach: »Moment, wartet! Die G.O. zu mir.« Er stellte sich auf die blaue Truhe. Er trug einen weißen, mit großen Blüten bedruckten Pareo. Wir gruppierten uns um ihn. »*Un, deux, trois*«, sagte er, und wir intonierten grölend *Les Soupers du Roy*, die Fanfare, mit der in den Clubdörfern die Mahlzeiten angekündigt werden. Die G.M. fotografierten und applaudierten.

Ich legte endlich meine Ausrüstung ab und aß mehrere Ananasschnitze. Der süße Saft spülte den Salzwassergeschmack weg. Ich nahm ein Stück Schinken und setzte mich auf die Bordwand. Die *Emilio Adolfo* lag ruhig in der Gluthitze. In der Ferne die Lagune und der Strand und das Clubdorf. Ich riss den Schinken in Streifen und warf sie ins Wasser. Nach wenigen Sekunden stritten sich ein Dutzend Schnapper um die Brocken. Mehrere G.M. traten an die Bordwand und begannen ebenfalls, die Fische zu füttern. Die Schnapper schossen an die Oberfläche, manchmal schnellte einer aus dem Wasser und fiel klatschend wieder zurück.

»Schaut dort«, sagte ich, »Drückerfische.« In einiger Entfernung von den Schnappern näherten sich dicht unter der Oberfläche zwei Fische. Sie sahen aus wie auf dem Rand stehende Teller, ihre Flossen machten schlängelnde Bewegungen.

»Mondfische«, sagte Enzo neben mir.

»Ozean-Drückerfische, um genau zu sein.«

»Mondfische.«

»Man kann die Ozean-Drückerfische natürlich auch Mondfische nennen, wenn man hinter dem Mond wohnt.«

»Was ist denn das?« Enzo bückte sich. Ich reagierte zu spät. Er hatte mich an den Knöcheln gepackt, ich verlor das Gleichgewicht und fiel über die Bordwand. Als ich wieder auftauchte, sah ich gerade noch, wie Enzo neben mir ins Wasser klatschte. Yves grinste zu mir herunter.

Die G.M. lachten. Plötzlich verloren zwei von ihnen das Gleichgewicht und fielen ins Wasser. An der Bordwand erschien der ochsengroße Richard. Der junge Brian hatte Zelda, die vierzigjährige Amerikanerin mit dem dünnen Leibchen, gepackt. Er versuchte, sie ins Wasser zu werfen, aber sie klammerte sich schreiend an seinen Hals. Patrick gab beiden einen Stoß, und sie kamen zu uns herunter. Eine allgemeine Rauferei war ausgebrochen. Immer mehr G.M. und G.O. landeten im Wasser. Alles kreischte und lachte. Der Club ist wahrscheinlich die einzige Ferienorganisation, wo die Gäste es lustig finden, wenn sie von den Angestellten ins Wasser geworfen werden. Antonio, der kleine Kapitän, stand auf der Truhe und schüttelte sich vor Lachen. Richard nahm ihn wie ein Kind auf die Arme und schmiss ihn hinter uns her.

Ich war wieder auf das Schiff geklettert. Yves zwinkerte mir zu. Wir traten zu Zach, der amüsiert abseits stand, packten ihn unter den Achseln und warfen ihn ins Getümmel.

Nach und nach kamen die Taucherinnen und Taucher wieder an Bord. Zach kletterte als Letzter die Leiter hinauf. »Idioten«, sagte er zu niemand Bestimmtem, »ich wollte heute nicht nass werden.«

»Und so einer«, sagte Enzo, »ist Tauchchef.«

Zach grinste und wrang den Pareo aus.

»Schade, du trägst darunter eine Badehose«, sagte Yves laut, »die G.M. haben sich schon darauf gefreut, einen G.O.-Schwanz zu sehen.«

»Spinnst du«, sagte Zach, »nicht so laut.«

»Ach was«, sagte Yves noch lauter, »hier versteht doch keine Sau Französisch.«

Zach fuhr sich mit dem Zeigefinger über den Schnurrbart. »*Nos vamos, capitán*«, sagte er zu Antonio. Der Kapitän verschwand in der Luke, gleich darauf begann der Motor zu rattern. Juan-Miguel lichtete mit der automatischen Winde den Anker. Die *Emilio Adolfo* drehte schwerfällig ab und nahm Kurs auf die Lagune.

Ich trat ins Ruderhaus. »*Yo, por favor*«, sagte ich zu Antonio.

»*Sí, marinero de agua mineral*«, er überließ mir das Steuerruder, »pass auf das Riff auf.«

»*A su orden, mi capitán.*«

Antonio lachte über das ganze Gesicht, das sah komisch aus, ich musste ebenfalls lachen. Ich bat ihn oft, mir das Ruder zu überlassen. Ich genoss es ebenso, wie ich es genoss, den *gommier* zu steuern oder den PB oder den Chevy-Laster, und wie ich die Taucherei genoss und das Reingeschmissenwerden. Jugendträume von Abenteuern auf fernen Meeren. Es schien mir unglaubhaft, dass sie gerade für mich in Erfüllung gegangen waren.

Nach ein paar Minuten trat ich aus dem Ruderhaus und schaute zum Heck. Das Kielwasser wies ein paar Schlenker auf. Antonio, der auf der Bordwand saß, deutete darauf und sagte: »*Borracho.*«

»Nein«, sagte ich, »*agua mineral.*« Er lachte laut.

Wir näherten uns den beiden Bojen, die den Riffeingang markierten, und fuhren in die Lagune ein. Vor der Palapa kreuzten bunte Dreiecke. Von Zeit zu Zeit kippte eins ins Wasser. Antonio trat zu mir und übernahm das Steuer. Nach wenigen Minuten erreichten wir den Ankerplatz. Die Taucher und das Material wurden auf die gleiche umständliche Weise wie am Morgen mit dem *gommier* und dem PB zur Palapa zurückgebracht. Dort luden wir die leeren Tauchgeräte auf den Chevy. Wir verabschiedeten uns von den G.M., kletterten auf die Ladefläche, und Zach fuhr los.

»Hey Biran«, Enzo musste wegen des Motorenlärms laut schreien, »als du vorhin mit Zelda ins Wasser gefallen bist, hast du ihr da an die Muschi gegrapscht?«

»Sie sind verrückt, *monsieur*«, schrie Brian zurück.

»Ich hätt's getan«, schrie Enzo, »die ist ganz scharf drauf.«

»Sie ist doch mit ihrem Mann hier«, schrie Brian.

»Das macht nichts«, schrie Enzo zurück, »ich bin nicht eifersüchtig.«

Wir hatten den Tunnel vor dem Parkplatz erreicht. Bébert hielt in seiner Malkunst inne und wandte sich um. Er presste die Hände auf die Ohren. Zach bremste neben der Leiter und drückte auf die Hupe, und wir brüllten los. Bébert streckte uns die Zunge raus. Zach ließ den Motor aufheulen, und wir fuhren dröhnend aus dem Tunnel.

Als wir vor dem Tauchlokal ankamen, saßen Kevin und Issa im Schatten der dürftigen Palmen.

Zach stellte den Motor ab und sagte auf Englisch: »Hey Kevin, bist du diese Woche verliebt?«

»*Kevin, your girl, she suck you?*«, fragte Enzo. Sein Englisch ließ zu wünschen übrig.

»*Shit*«, sagte Kevin, »könnt ihr nicht mal von was anderem reden?«

»*Maybe she no like your petit zizi*«, radebrechte Enzo weiter.

Issa platzte heraus.

Enzo trat zu ihm: »Ist was, *chérie?*«, und fasste ihm zwischen die Beine.

»Hör auf, *pédé.*« Issa schlug ihm die Hand weg.

»Was ist los, liebst du mich nicht mehr?«

Issa schüttelte hilflos den Kopf.

»Helft mit beim Abladen«, sagte *adjoint* Richard.

Wir spritzten die Geräte mit Frischwasser ab und reihten sie vor den Kompressoren auf. Patrick brachte eine große Cola-Flasche aus dem Nebenraum. Ich wischte mir den Schweiß ab und nahm einen kräftigen Schluck. Ich reichte die Flasche Kevin und fragte ihn, wie viele G.M. den Schnorcheltest bestanden hatten.

»Nur zwei, die Woche ist ja beinahe um.« Er hielt die Flasche geschickt mit den drei Fingern seiner rechten Hand.

»Vergesst nicht, um halb zwei ist G.O.-Versammlung«, sagte Zach.

Ich trat in die Sonne.

Mittag

Der Club liegt am nordwestlichsten Punkt der Halbinsel Yucatán, am Südende einer schmalen, fünfzehn Kilometer langen Insel. Unmittelbar neben dem Tauchlokal beginnt ein weißer Sandstrand, der in einem endlosen Bogen nach Norden führt. Nichts regt sich, am allerwenigsten die von der Sonne gerösteten Leguane, die da und dort wie ausgestopft herumstehen. Schatten gibt es nicht, kein Baum wächst hier, nur Agaven und ein paar armselige Sträucher und Gräser. Vom Festland ist der Inselstreifen durch eine Lagune getrennt, eigentlich ein Meeresarm, der am südlichen Ende nur wenige Meter breit ist. Aus der Lagune erheben sich bei Ebbe Sandbänke, auf denen weiße Reiher umherstaken. Eine dieser Sandbänke liegt unmittelbar hinter dem Clubrestaurant. Darauf hockt gelegentlich ein mehrere Meter langer Kaiman. Er regt sich so wenig wie die Leguane, kleine Vögel putzen ihm in seinem aufgerissenen Rachen die Zähne, für die G.M. ist das ein Kodak-Augenblick. Am Nordende der Insel gibt es zwei oder drei Hotels. Am Tag sind sie kaum auszumachen, nachts funkeln ihre Lichter in der Ferne und geben dem Auge einen Halt. Cancún ist eine Erfindung der mexikanischen Tourismusbürokratie. Es liegt nur eine Flugstunde von Miami entfernt und soll wohl das karibische Gegenstück werden zu Acapulco und Puerto Vallarta, den Ferienorten des Jetsets an der Pazifikküste. Ob daraus was wird, steht noch nicht fest. Die beiden Male, als ich mit Zach und Tracy in einem Wagen, den wir Armando von der Büroequipe abgeschwatzt hatten, ans Nordende der Insel fuhr, machte die zukünftige Hotelzone einen verschlafenen Eindruck. Vielleicht würde der unberührte Strand den Leguanen und Pelikanen erhalten bleiben.

Aus den Lautsprechern über der Bar ertönte Mariachi-Musik. Als ich über die niedrige Mauer kletterte, die den Strand vom Schwimmbecken trennt, wurde die Musik leise gestellt, und Don, der Chef der Sportequipe, verkündete mit sich überschlagender Stimme, als gäbe er den Ausbruch des Weltfriedens bekannt, beim Schwimmbecken werde in wenigen Minuten ein internationales Wasserballmatch angepfiffen.

Auf der Lagunenseite des Schwimmbeckens waren zwei Motorjachten an der Hafenmauer vertäut. Die wurden tage- und halbtageweise an G.M. vermietet, die auf Hochseefischerei scharf waren. Auf der Hafenmauer stand ein grob zusammengezimmertes Holzgerüst, das aussah wie ein Galgen. Daran waren an den Schwänzen zwei Barracudas und ein Schwertfisch aufgehängt. Zwei Mexikaner, die zur Besatzung der Motorjachten gehörten, nahmen die toten Fische aus. Eine kleine Menschenmenge hatte sich vor den Jagdtrophäen versammelt. Drei G.M., wahrscheinlich die erfolgreichen Fischer, ließen sich neben den glänzenden Fischleibern fotografieren.

Ich erreichte den Schatten bei den Wohnbungalows. Die klobigen, zwei- und dreistöckigen, weiß gestrichenen Betonbauten erinnern an präkolumbianische Bauformen. Heißt es jedenfalls im Clubkatalog. Sie sind auf beiden Seiten des Dorfzentrums in einem Halbkreis in die Lagune hinausgebaut. Jeder Bungalow hat einen Namen. Der erste gleich hinter dem Schwimmbecken heißt *Mi preferida*. Im Erdgeschoss befinden sich die Büros und die Verwaltung. Ich betrat Cliffs Büro. Hier lungerten Zach und Enzo herum und versuchten, Cliffs Sekretärin Annik zu verführen.

»Du hast nichts«, sagte Zach zu mir.

»Ich will selber nachsehen«, sagte ich, »*ça va*, Annik?«

»Willst du mich vor deinen Tauchkumpanen retten, oder willst du mich anmachen?«

»Entscheide du.«

Ich trat zum Tisch mit der Post für die G.O. und blätterte die Briefe und Karten durch, die auf einem Haufen lagen. Ich hatte nichts.

Als ich das Büro verließ, kamen mir Rudi und Pierrot von der Segelequipe entgegen.

»Du hast nichts«, sagte ich zu Rudi.

»Ich will selber nachsehen«, sagte er.

Ich ging die niedrige Rampe zum Bungalow *Mi dulce hogar* hinauf. Von hier führte ein Durchgang zum Bungalow *Progreso*, wo Patrick und ich unser Zimmer hatten. Als ich eintrat, war es so kühl, dass ich fröstelte. Ich drehte die Klimaanlage runter.

Patrick lag nackt auf dem Bett und schwenkte einen Brief. »Von meiner Verlobten.«

»Lässt sie sich scheiden?«

»Denkst du. Sie liebt mich für immer.«

»Und du vögelst hier dreimal in der Woche eine andere. Eine schöne Liebe ist das.«

»Was hat das miteinander zu tun?«

Unter der Dusche spülte ich den Schweiß und das Salz ab, zog eine trockene Badehose an und hängte die nasse auf den Balkon. Von unserem Balkon aus blickt man auf die Lagune, die eigentlich ein Meeresarm ist. Sie ist hier kaum einen Meter tief. Der Grund ist mit gelbbraunen Algen bedeckt, das Wasser erscheint gelbbraun. Am Ufer ragt knorriges Gezweig aus dem Wasser, es sieht aus wie am Amazonas. Wenige Meter vom Balkon entfernt stand auf Stelzen ein Reiher im Wasser. Von Zeit zu Zeit ruckte sein Kopf auf dem langen Hals vor und zurück. Unter dem Balkon schlugen kleine Wellen gegen die Hausmauer. Ich spuckte ins Wasser. Fingerlange Fische schnappten nach der Spucke.

Ich trat ins Zimmer zurück und steckte Barkügelchen zu einer kurzen Kette zusammen. Die Kette schob ich mir hinten in die Badehose. Die G.M. tragen die Barkügelchen als Ketten um den Hals, um Hand- und Fußgelenke. Die G.O. würden sich eher totschlagen lassen, als sich mit den Kügelchen zu schmücken. Außerdem würde sich das negativ auf unsere Chancen auswirken, von den G.M. einen Drink spendiert zu bekommen.

Ich trat ins Freie und schlenderte, jeden Schatten ausnützend, zur Bar.

Auf dem Platz im Zentrum des Clubdorfes steht ein Häuschen, eine Art Schalter mit einem Dach darüber, das wir »Vogelkäfig« nennen. Hier sitzen die Hostessen, geben Auskünfte, verkaufen Barkügelchen und lächeln. Tracy, Zachs Freundin, hatte Dienst. Sie trug ein winziges Bikinioberteil, einen Pareo mit demselben Muster und eine Hibiskusblüte im Haar. Auf der tiefbraunen Haut zwischen ihren Brüsten hing an einem goldenen Kettchen eine kleine rosa schimmernde Flamingoschnecke. Die Hostessen werden nach ihrem Aussehen ausgewählt. Die übrigen G.O. mehr oder weniger auch, das sage ich in aller Bescheidenheit.

»Hi Tracy.« Wir küssten uns links und rechts und wieder links.

»Zach sagt, du hättest heute Morgen Ärger gehabt.«

»Nichts Ernstes. Und wir haben einen Spitzentauchgang gemacht.«

»Zach meint, du seist nicht mehr so locker wie auf Guadeloupe.« Sie zögerte. »... wegen dem Tod deiner Mutter?«

»Mag sein.«

»Du bist hier im Club«, sagte sie, »du hast das Leben zu genießen, laut Vertrag.«

»Wie kann ich das, solange du die *nana* von Zach bist?«

Sie lachte. »Gib die Hoffnung nicht auf, du bist ganz oben auf der Warteliste.«

Im Gedränge an der Bar sah ich Ron, den nervösen New Yorker. Er winkte mich zu sich. »Die Pflicht ruft«, sagte ich zu Tracy.

Ron spendierte mir einen Kahlúa mit Milch und stellte mich seiner Frau vor, die mir dankte, dass ich Ron vor einem fünf Meter langen Hai gerettet hatte. Ron werde den Kollegen in der Agentur etwas zu erzählen haben.

»Wann reist ihr ab?«, fragte ich.

»Übermorgen«, sagte Ron, »und du?«

Ich überlegte. »Welchen Monat haben wir?«

»Ende Juni.«

»In vier Monaten.«

»Wie lange bist du schon hier?«

»Seit Anfang Mai.«

»Wo warst du vorher?«

»Auf Guadeloupe.«

»In Caravelle?«

»Nein, in Fort Royal.«

»Wo gefällt es dir besser, hier oder in Guadeloupe?«

»Die beiden Dörfer sind sehr verschieden.«

»Wie lange bist du schon im Club?«

»Das ist meine zweite Saison. Ich habe in Fort Royal angefangen.«

»Was hast du davor gemacht?«

»Dies und das.« Wie die meisten G.O. hatte ich keine Lust, über mein Leben vor dem Club zu sprechen.

»Ich wette, du warst Skilehrer«, sagte er, »als Schweizer.«

»Nein, ich war kein Skilehrer. Nicht alle Schweizer sind Skilehrer. Sind alle Amerikaner Millionäre?«

Ron lachte schallend. »Das ist gut, das muss ich meinen Kollegen in der Agentur erzählen.«

Ich fragte mich, ob er eine Werbeagentur meinte oder die CIA. Das Verhör schien beendet. Ich bedankte mich für den Kahlúa und wünschte Ron und seiner Frau einen guten Appetit.

Englische, französische, spanische Gesprächsfetzen stießen über der Bar zusammen und übertönten die Lautsprechermusik. Ich schob mich durch das Gedränge aus fast nackten Körpern in allen Ausführungen und Hauttönen, in der Nase die Ausdünstungen von Schweiß, Sonnencreme und Parfüm.

Vom Schwimmbecken her kam Lucy die wenigen Stufen der breiten Treppe herauf. Ich winkte ihr.

»*Hello* Danni«, sagte sie. Sie ist die Einzige, die mich Danni nennt.

»*Hello* Lucy.« Wir küssten uns. Sie war nass. Ihre langen hellbraunen Haare hingen in einem dicken Zopf auf ihre muskulösen Schultern. Das winzige Bikinioberteil klebte an ihren kleinen Brüsten. Knapp über den Augen trug sie den blauen Mützenschirm mit der Aufschrift G.O. *Cancún*. Sie ist klein und durchtrainiert, bei jeder ihrer Bewegungen spielen die Muskeln unter der gebräunten Haut ein interessantes Spiel. Lucy kommt aus

San Francisco. Sie ist hier Schwimmlehrerin und eine der Jüngsten unter uns.

»Du bist ganz nass«, sagte ich, »besonders hinter den Ohren.«

Sie lachte. »Ich habe beim Wasserball mitgemacht.«

»Ich weiß nicht, ob das das Richtige ist für dich. Es soll da unter Wasser ziemlich unsittlich zugehen.«

»Über Wasser auch. Ich geh mich umziehen.«

»Essen wir zusammen?«

»Warte beim Vogelkäfig auf mich.«

Am anderen Ende der Bar, beim Stammplatz der Tauchlehrer, lungerten Zach, Enzo und Brian herum. Sie trugen, Oberfickern angemessen, winzige Badeslips. Bei Enzo kräuselten sich die Schamhaare unübersehbar über den Rand des Stofffetzchens, hinten waren muskulöse Hinterbacken und ein dunkler Spalt zu sehen.

»Schau mal«, sagte Enzo zu mir. Er hatte ein Kartenspiel in der Hand. »Merk dir eine Karte.« Er ließ das Spiel durch die Finger gleiten. Ich merkte mir den Herz König. Enzo blickte mich an. Dann ging er das Kartenspiel durch. Er hielt mir eine Karte hin. Es war der Herz König.

»Wie machst du das?«

»Ganz einfach, pass auf.« Er hielt den Herz König in der Hand. Eine Handbewegung, die Karte war verschwunden. Eine neue Bewegung, er hielt die Karte wieder in der Hand.

»Mach's noch mal.«

Enzo gab mir den Herz König, »schieb ihn irgendwo ins Spiel.« Er mischte die Karten. »Heb ab. Zeig die unterste Karte.« Es war der Herz König.

»*Fantastic*«, sagte neben uns eine verschwitzte G.M. in Tenniskleidung mit stark geschminkten Augen und Sommersprossen.

Enzo drehte sich zu ihr. »*Hello darlink*«, er zeigte ihr sein Al-Pacino-Profil, »*you like, eh?* Komm, ich weiß noch ein paar Tricks.« Er legte den Arm um ihre Hüften und zog sie mit sich fort.

»Wetten, dass er die vernascht?«, sagte Zach.

Ich erhielt einen Stoß in den Rücken und blickte in das lustige Gesicht von Crevette, der blonden Coiffeuse.

»Ihr Taucher müsst wohl immerzu die Leute verarschen«, sagte sie.

»Wieso?«

»Wegen eurem *gommier* bin ich heute Morgen beim Windsurfen auf die Schnauze gefallen.«

»Dafür solltest du uns danken«, sagte Zach. »Wenn du nicht von Zeit zu Zeit reinfällst, kriegst du einen Sonnenbrand.«

»Ist was, Crevette?«, fragte Richard. Er war zu uns getreten und hatte mitgehört.

»Misch dich nicht in Dinge ein, die dich nichts angehen«, sagte Crevette.

»Mach ich nicht«, sagte Richard und zog am Bändchen ihres Bikinioberteils.

»Hör auf, du Idiot«, zischte Crevette und fasste sich mit beiden Händen an die Brüste.

»Wie du willst«, sagte Richard und öffnete auch noch das Bändchen, das ihr Bikinihöschen an der Hüfte zusammenhielt.

»*Merde*«, schrie Crevette. Mehrere G.M. drehten sich zu uns um. Crevette hatte sich in einen Sessel fallen lassen. »*Espèce de con.*« Sie knotete die Bändchen wieder zusammen.

»Wie redest du mit mir«, sagte Richard und ließ einen Eiswürfel zwischen ihre Brüste in den Bikini fallen.

»*Merde*«, schrie Crevette abermals. Sie schien nicht zu wissen, ob sie lachen oder weinen sollte.

»Bitte, *monsieur*, lassen Sie meine Verlobte in Ruhe«, sagte Brian zu Richard.

Richard nahm ein ausgetrunkenes Glas, in dem noch ein paar Eisstücke herumschwappten, und schüttete es Brian hinten in die Badehose. Brian kreischte. Lülü, ein G.O. von der Barequipe, packte eine der Wasserkaraffen, die auf der Theke herumstanden, und goss sie Richard über den Kopf. Es spritzte nach allen Seiten, G.O. und G.M. stoben auseinander. Richard packte ebenfalls eine Karaffe, Lülü duckte sich, Richard schüttete die Karaffe in einem weiten Bogen über der Bar aus. Eine Gruppe von G.M. am unteren Ende wurde klatschnass. Alle schrien und kreischten und lachten.

»Hey, hey, hey, das genügt«, sagte Bertrand, der *chef de bar*, »ihr G.O. seid wirklich wie die Kinder.«

Aus den Lautsprechern erschallten die martialischen Klänge von *Les Soupers du Roy*. Die G.M. strömten über den Platz zum Büfett. Ein paar Mexikaner vom *personnel local* begannen, vor und hinter der verlassenen Bar die Spuren unserer Wasserschlacht aufzuwischen.

Ich setzte mich zu Zach in einen der breiten Sessel vor der Bar.

»Isst du nichts?«

»Ich warte auf Tracy. Um eins ist sie fertig. Und du?«

»Ich warte auf Lucy.«

»Läuft eigentlich was zwischen dir und Lucy?«, fragte er. »Vögelst du sie?«

»Sie ist zu jung für mich, sie ist sechzehn.«

»Quatsch, sie ist achtzehn, Minimum.«

»Sag ich ja. Zu jung für mich.«

»Hast du gewusst, dass Tracy drei Jahre älter ist als ich? Nach vier Jahren im Club wohne ich jetzt zum ersten Mal mit einer *nana* zusammen.« Er dachte nach. »Sie gefällt mir immer besser.«

»Rein von außen betrachtet entsteht der Eindruck, du seist völlig verknallt.«

Zach grinste. »Ich habe keine Lust, eine andere zu ficken.« Er schwieg eine Weile, dann sagte er: »Man sieht es im Club nicht gern, wenn die G.O. Paare bilden. Es heißt, man kümmere sich dann nicht mehr um die G.M. Dabei ist es gerade umgekehrt. Wenn ich mich mit Tracy unterhalten habe, fallen mir die idiotischen Gespräche mit ihnen leichter.«

»Du redest vom Reden«, sagte ich, »es geht ums Ficken.«

»Ja«, sagte er, »da liegt das Problem. Wir sollen mit ihnen ficken, gut. Aber ich kann doch nicht, wenn ich Tracy gebumst habe, nachher in die Disco gehen und eine G.M. bumsen. Obwohl«, fügte er erklärend hinzu, »mir das bei früheren Ficks nichts ausgemacht hat.«

»Richtig«, sagte ich, »da liegt das Problem.«

Zach grinste. »Kannst du dich noch an Tracy in Guadeloupe erinnern?«

»Ich habe sie nur ein paarmal in Pigeon gesehen. Du hast sie nach den Tauchgängen an der Dekostange vernascht. Die G.M. haben scharf aufgepasst, weil sie das in den Tauchkursen von PADI und NAUI nicht durchgenommen hatten.«

Er grinste erneut. »Guadeloupe war okay«, sagte er.

Dann kam Lucy in einem tief um die Hüften geknüpften weißen Pareo, dazu passendem winzigem Bikinioberteil und einer Hibiskusblüte im Haar, und wir gingen zum Essen.

Vor dem Restaurant standen mit weißen Tüchern bedeckte und mit tropischen Blüten und Blättern geschmückte Tische, auf denen sich garnierte Platten mit kalten Speisen aneinanderreihten. Die Platten waren schräg gestellt, sie boten sich dar wie Gemälde. Die G.M. standen überwältigt davor, unfähig, einen Entschluss zu fassen. Was immer sie aussuchten, es bedeutete den Verzicht auf so viele andere kalte Fischfilets, Crevettencocktails, Salate, Pasteten, Würste, kalte Hühnchen, Meeresfrüchte oder das Beefsteak Tartare. War der Teller endlich voll, bahnte man sich einen Weg zum warmen Büfett. Hier gab es alles, was es am kalten Büfett gab, noch mal, aber gekocht, gebraten, gebacken, gegrillt, gratiniert, gedünstet oder gedämpft. Auf dem Teller war kein Platz mehr, aber der G.O. hinter dem Büfett reichte einem einen zweiten mit drei Sorten Fleisch, vier verschiedenen Gemüsen, ein paar Schalentieren und warmen Tortillas. Auf dem Weg zum Sitzplatz, zwischen den Tischen hindurch, blickte man gleichgültig drein, man hatte eben für Freunde und Bekannte mitaufgeladen. Die Freunde und Bekannten hatten dasselbe getan. Nun haute man möglichst viel rein, man wollte nicht zu viel auf dem Teller liegen lassen, das schickte sich nicht in einem Land, in dem bestimmt viele Menschen hungerten. Das *personnel local* huschte von Tisch zu Tisch und räumte die drei viertel vollen Teller wieder ab. Die würden sich damit in der Kantine den Bauch vollschlagen, das war in Ordnung. Der Gratiswein, den es im Club zu den Mahlzeiten gibt, rückte die Ernährungsprobleme der Dritten Welt in angemessene Distanz. Man war schließlich zu seinem Vergnügen hier, zum Sonnenbaden, Windsurfen,

Schnorcheln, zum Essen und Trinken, wegen der Abendunterhaltung, zum Tanzen in der Disco und was es mit den G.O. sonst noch zu tun gab. Wer hätte einem das verübeln wollen? Die Welt war die Welt, das war nicht zu ändern. Nach dem Essen stellte man fest, dass noch etwas Platz war, so holte man sich am Dessertbüfett ein paar Ananasscheiben, eine Mango, eine Papaya und eine Schale mit Eiscreme und, damit man später am Nachmittag nicht verhungerte, dreierlei Käse und ein Stück Kokosnusstorte. Man hatte aber etwas gelernt, und am nächsten Tag nahm man nur noch die Hälfte. Das war immer noch zu viel, und bis man raus hatte, wie wenig man eigentlich brauchte, war die Woche um und damit für die meisten G.M. auch ihr Aufenthalt in Cancún.

Lucy und ich aßen an einem der hintersten Tische, direkt an der Lagune. Jedes Mal, wenn Lucy die Gabel zum Mund führte, spielten die Muskeln unter der ebenmäßig braunen Haut. Ich wollte wissen, wie sie zum Club gekommen war. Ich hatte sie bisher nicht danach gefragt. Das Leben der G.O. beginnt mit der ersten Saison. Als fertige, sonnengebräunte Ideale der Gattung, mit über der Badehose sich kräuselnden Schamhaaren, treten wir in die Welt. Ein Vorher, das gibt es für uns nicht. Nach ihrem früheren Leben fragen wir höchstens die engsten Kumpel und auch die meist erst am Ende der Saison, wenn es keine Rolle mehr spielt. Die G.M., denen solches Feingefühl abgeht, halten sich nicht an diese Übereinkunft. Zu ihrem Schaden. Wenn sie aus uns herausgeholt haben, dass wir früher Spengler, Kindermädchen, Fahrradmechaniker oder Frisöre waren, ist ihre Welt um eine Illusion ärmer.

Sie habe, sagte Lucy, am College in der Studentenzeitung ein Inserat gesehen, man suchte Sportlehrer für den Club, Französischkenntnisse erwünscht. Vom Club hatte sie noch nie gehört, aber sie hatte ein Schwimmlehrerbrevet. Was das Französische betraf, so hatte sie sich auf dem Campus mehrere französische Filme angesehen, weil es hieß, da werde viel Liebe gemacht. Es wurde aber nur darüber geredet, so erwarb sie sich Grundkenntnisse des Französischen. Nachdem sie sich angemeldet hatte, hörte sie lange nichts und hatte die Sache schon vergessen, als vor zwei Monaten ein Anruf kam, ob sie in drei Tagen in Cancún sein könne. Sie hatte sofort gepackt.

Ich sagte, nicht jede könne von einem Tag auf den anderen verreisen und ein neues Leben anfangen.

»Mag sein«, sagte sie zögernd. »Weißt du, ich hatte gerade eine schlechte Beziehung hinter mir. Eine ganz schlechte.«

Als ich schwieg, fügte sie hinzu: »Er hat mich geschlagen, ich musste die Polizei holen.«

Ich schaute sie an. Genauso wenig wie andere war ich darauf vorbereitet, dass G.O. ein Vorleben hatten.

»Das sagst du niemandem.«

Ich nickte.

»Und du«, sagte sie, »wie bist du zum Club gekommen?«

Ich erzählte es ihr.

»Ich habe immer gedacht, Filmen sei ein Traumberuf«, sagte sie, als ich mit meiner Geschichte zu Ende war.

»Ist es auch«, sagte ich, »genauso wie G.O.«

Sie lachte.

Nach dem Essen gingen wir wieder an die Bar und bestellten Kaffee. Wir setzten uns in die breiten Sessel und blickten auf den Strand. Über der Dünung kreisten Pelikane. Weit draußen die Silhouette eines Frachters, das Spinnennetz seiner Aufbauten. Lucy fragte, ob ich später einmal wieder Filme machen wolle. »Auftrags- und Werbefilme auf keinen Fall«, sagte ich. Davon hatte ich die Nase voll, ich wünschte, ich hätte früher damit aufgehört. Dabei hatte alles so vielversprechend angefangen. Nach der Filmhochschule hatte ich in Zürich in der Werbefilmproduktion arbeiten können, ich lernte das Handwerk mit Enthusiasmus. Mit der Zeit taten sich ersehnte Möglichkeiten auf. Ich machte mehrere freie Filme, einige waren ausgezeichnet worden, eine Phase von zwei, drei aufregenden Jahren, dann gab es wieder nur die Werbespots, mit denen ich Geld verdiente und die mich verbrauchten. Ich hatte nicht die Energie, daneben noch monate- oder jahrelang um eigene Projekte zu kämpfen. Längst konnte ich ohne Pillen nicht mehr schlafen, immer öfter erwachte ich mitten in der Nacht mit einer Kolik, ich biss die Zähne zusammen, um nicht zu schreien. Nach Nics Tod wurde die Arbeit zur Qual. Ich musste mich, das war früher undenkbar, zum Betreten des Studios zwingen. Meinen letzten Werbefilm drehte ich für eine Waschmittelfirma. Zwei Hausfrauen (Models, die als Hausfrauen hergerichtet waren) stehen vor einem frisch gewaschenen Vorhang, die eine sagt zur anderen: »Ou diä schöne nöiä Vorhäng, wiä häsch diä gwäsche?«

»Mit XY natürli, drumm sind's äso wyss«, antwortet die andere. (Ich kann mich beim besten Willen nicht mehr an den Namen des Waschmittels erinnern.)

Der Vertreter der Werbeagentur trat zu mir und fragte, ob die Frau den Namen des Waschmittels noch eine Spur enthusiastischer sagen könne. Ich sagte zu dem Model, es solle den Namen des Waschmittels etwas enthusiastischer sagen. Sie wiederholte ihn genau gleich.

»Ausgezeichnet«, sagte ich.

»Sehr gut«, nickte der Werbeheini, »vielleicht geht es noch ein winziges bisschen enthusiastischer.« »Vielleicht geht es noch enthusiastischer«, sagte ich zu dem Model. Sie wiederholte den Satz ohne Änderung, aber Laurence Olivier hätte ihn auch nicht besser bringen können.

»Hervorragend«, sagte ich in einem abschließenden Tonfall, »die Einstellung ist im Kasten.« »Hervorragend«, sagte der Werber, »gratuliere.« Er begann, mit dem Model zu schäkern. Wir brauchten noch eine Großaufnahme der Waschmittelpackung. Ich nahm den Kameramann zur Seite und sagte: »Ich bin fix und fertig, ich schaffe das nicht mehr, kannst du die Packungsaufnahme ohne mich machen?« »Klar«, sagte er. Ich ging auf die kleine Wiese hinter dem Studio. Ich wollte kotzen, aber nicht einmal das ging mehr.

»Warum hast du nicht schon früher aufgehört?«, fragte Lucy.

Es hatte so viel Mühe gekostet, das Handwerk zu lernen, die Technik zu beherrschen. Ich war ein Filmbesessener, noch beim schlichtesten Werbefilm hatte ich die Kamerafahrten von Orson Welles und Joseph Losey vor Augen. Vielleicht wollte ich auch

Nic nicht enttäuschen. Er hatte mich stets ermutigt, er war überzeugt, mir werde mit der Zeit etwas Bedeutendes gelingen. Lucy fragte, was mein Vater von meiner jetzigen Karriere halte. Ich sagte, er sei vor zwei Jahren gestorben. »Das tut mir leid, Danni«, sagte sie. Ich zuckte die Schultern. Nach Nics Tod konnte ich mir endlich eingestehen, ich müsse mein Leben ändern. Aber wie? Darauf hatte ich keine Antwort. Ich beschloss, auf unbestimmte Zeit von der Wirklichkeit Urlaub zu nehmen. Welcher Ort war dazu geeigneter als der Club, den ich von mehreren Aufenthalten als G.M. kannte. Während einer unbegrenzten Folge von Tagen ohne jede Verantwortung sein, keine Entscheidungen fällen, keine Termine einhalten, niemanden loben und niemanden tadeln müssen: Das würde der Weg meiner Wiederherstellung sein. Die Chance, dass gerade ich eine Stelle als Tauchlehrer erhalten würde, wo so viele andere Taucher am Sitz des Clubs in Paris darauf warteten, war gering, das war mir klar. Ich machte mein Tauchbrevet. Eine Woche nach den Dreharbeiten für das Waschmittel flog ich nach Guadeloupe. Ich hing bei der Tauchequipe in La Caravelle herum, ich half beim Schleppen der Geräte und was es sonst zu tun gab. Sie brauchten einen Tauchlehrer, der bereit war, in dem weniger begehrten Clubdorf in Fort Royal, auf der anderen Seite der Insel, zu wohnen. So bekam ich den Job.

»Eine komplizierte Geschichte«, sagte Lucy.

Ich nickte.

Eigentlich wollte Nicolas ein paar Tage in Südfrankreich verbringen. Er hatte seit zwei Jahren keine Ferien gemacht, er war erschöpft, Illy sorgte sich um ihn. Mein Freund Alvaro Xavier aus Venezuela, mit dem ich in Paris an der Filmhochschule studiert hatte und den Nic sehr mochte, hatte ihm den wilden Strand einer Karibikinsel in der Nähe von Caracas empfohlen. So hatte Nic sich im letzten Moment entschieden, nach Venezuela zu fliegen. Illy blieb zu Hause, sie hatte Angst vor dem Fliegen. Am Tag nach Nics Abreise war mein dreiunddreißigster Geburtstag gewesen. Ich hatte den Abend mit Illy und meinem Bruder und seiner Familie verbracht. Beim Abendessen hatten wir gelacht, bis uns die Tränen kamen, worüber, weiß ich nicht mehr. In Venezuela war es um die Zeit etwa drei Uhr nachmittags.

Am folgenden Morgen rief Alvaro bei mir im Produktionsbüro an. Ich freute mich, von ihm zu hören. »Ist Nic gut angekommen?«, fragte ich.

»Hör mal, Daniel, deinem Vater geht es nicht gut.«

»Was sagst du?«

»Hör zu, es geht ihm gar nicht gut.«

»Ja«

»Es geht ihm schlecht«, sagte Alvaro, »sehr schlecht.«

»Ja.«

»Es tut mir leid. Er ist tot. Es tut mir leid.«

–

»Ich bin untröstlich. Ich weiß nicht, was ich sagen soll.«

»Er ist tot«, sagte ich.

»Es tut mir leid.«

»Ich verstehe.«

»Er ist am Strand gestorben. Sie haben ihn tot aufgefunden. Er ist aber nicht ertrunken, das weiß ich bestimmt. Es ist da nur wenige Zentimeter tief. Er war sofort tot. Verstehst du?«

»Ja«, sagte ich. Ich überlegte, warum es wichtig sein sollte, ob Nic ertrunken war oder nicht.

»Am Abend vorher war er noch bei uns zu Hause«, sagte Alvaro. »Wir haben viel geredet, obwohl er müde war. Er hat gesagt, er habe in den letzten Monaten viel gearbeitet. Am nächsten Morgen ist er nach La Margarita geflogen. Beim Abflug war er guter Laune.«

»Ich höre dir zu«, sagte ich.

»Auf La Margarita hat er sich am Hotelempfang eingetragen. Dann hat er ein Taxi genommen und ist an den Strand gefahren.«

»Ja.«

»Ich habe alles getan, was zu tun war«, sagte Alvaro Xavier. »Die Scheißbürokratie hier kannst du dir nicht vorstellen. Ich bin nach La Margarita geflogen und habe die halbe Nacht mit der

Polizei und dem Arzt verhandelt. Sie wollten den Leichnam nicht herausgeben. Ich habe gesagt, ich sei ein Verwandter. Sie haben mich nach den Vornamen seiner Eltern gefragt. Ich habe etwas erfunden, ich kenne doch keine deutschen Namen. Verstehst du, was ich sage?«

»Ja, Alvaro.« Ich merkte erst jetzt, wie betroffen er selbst war.

»Der Leichnam ist in einem Bestattungsinstitut hier in Caracas. Ich habe alles in die Wege geleitet, damit man ihn in die Schweiz fliegen kann. Es fehlen nur noch wenige Papiere. Hast du alles verstanden?«

»Ja. Ich danke dir.«

»Es fehlen noch die Papiere vom Schweizer Konsulat. Euer Konsul ist ein Arschloch. Hör mal, Daniel, ich glaube es wäre gut, wenn du herkämst.«

Als ich eine Weile nicht antwortete, fragte Alvaro, ob ich noch dran sei.

»Ja.«

Er wiederholte, es wäre gut, wenn ich käme.

»Wann genau ist er gestorben?«

»Gestern Nachmittag, etwa um drei Uhr.«

Ich sagte Alvaro, ich würde kommen. Dann rief ich meinen Bruder an, und wir fuhren mit einem befreundeten Arzt zu Illy. Sie wurde weiß im Gesicht, als sie uns sah. Der Arzt gab ihr eine Spritze. Sie sprach wenig. Als wir mit dem Versprechen, abends zu ihr zu kommen, wieder gingen, sagte sie, vierzig Jahre seien sie und Nic verheiratet gewesen, und mit grenzenloser Verwunderung in der Stimme fügte sie hinzu, die seien so schnell vorübergegangen.

Am anderen Morgen flog ich nach Caracas. Alvaro Xavier holte mich am Flughafen ab. Unten am Meer herrschten an die vierzig Grad. Wir fuhren über die Autobahn hinauf in die Berge. Im Zentrum der Metropole war der Verkehr zusammengebrochen. Wir blieben mehr als eine Stunde im Chaos stecken, ich war betäubt vom Lärm, von den Abgasen und dem Gehupe.

»Gottverdammte verfluchte Scheißstadt«, sagte Alvaro.

Als wir beim Bestattungsinstitut ankamen, wollte ich den

Leichnam nicht anschauen. »Ich habe noch nie einen Toten gesehen«, sagte ich zu Alvaro. Er fasste mich um die Schultern. Halb von ihm gestützt, trat ich an den offenen Sarg. Ich blickte hinein. Ich sah nichts und trat wieder zurück.

»Schon gut, Daniel«, sagte Alvaro, »*allons-y.*«

»Warte«, sagte ich, »warte.« Ich trat nochmals an den Sarg. Nic sah kleiner aus als zu Lebzeiten. Seine Augen waren geschlossen, der Mund leicht geöffnet. Er hatte einen abweisenden Gesichtsausdruck, den er im Leben nie gehabt hatte. So, als wünschte er nicht, dass ich ihn in diesem Zustand sähe. Er hatte immer Zeit gehabt für uns, für seine Freunde, hatte uns zugehört. Jetzt wollte er in Ruhe gelassen werden.

Das ist ja gar nicht Nicolas, dachte ich. Nicolas, das war das Lebendige, seine Gesten, die immer etwas heisere Stimme, seine Gedanken, gerade das, was jetzt nicht mehr da ist. Sein Körper ist nur eine zufällige Hülle. Dieser Körper liegt jetzt da und ist gar nicht Nic.

Nein, das stimmte nicht. Der Körper, das war er auch. Man konnte das nicht trennen. Ich habe diesen Körper geliebt. Er hat mich oft umarmt, schon als Kind und in den letzten Jahren wieder häufiger. Er tat es immer etwas unbeholfen, fast verlegen und gleichzeitig bewusst. Ich hatte den Geruch seiner Haut geliebt und wie er seine stets ein wenig unrasierte Wange an meiner rieb. Ja, ich hatte auch seinen Körper geliebt, der jetzt hier im Sarg lag.

Am folgenden Tag flog ich mit Alvaro nach La Margarita. Das Propellerflugzeug folgte etwa eine Stunde lang der Küste, dann drehte es aufs offene Meer, kurz darauf wurde unter der Tragfläche die Insel sichtbar. Wir landeten in der glühenden Sonne auf einem verlassenen Flugfeld. Mehrere kleine Flugzeuge waren mit Kabeln am Boden vertäut. Am Rand der Landebahn ein einstöckiger Bau ohne Wände, auf dem Dach eine Fahnenstange, an der ein Stofffetzen herabhing. Ventilatoren drehten sich an der Decke des Gebäudes, ein paar Typen saßen in vergammelten Sesseln und blickten uns ohne Neugier an. Neben dem Gebäude lag, halb auf die Seite gekippt, ein Flugzeugwrack ohne Fahrgestell. In der Nähe parkte ein Taxi. Der Taxifahrer hatte sich im Schatten des Wracks im dürren Gras ausgestreckt. Als wir uns näherten, stand er auf.

Wir fuhren nach Porlamar, dem Hauptort der Insel. Der Taxifahrer verwickelte Alvaro in ein Gespräch, ich döste vor mich hin. Wir hielten am Stadtrand, in einem armseligen, von Palmen und Stauden mit fleischigen Blättern überwucherten Viertel. Rohe Bretterwände versperrten den Blick auf die dahinterliegenden Behausungen. Der Fahrer stieg aus. »Er wohnt hier«, sagte Alvaro, als sei damit etwas erklärt. Es war früh am Nachmittag, in der staubigen Straße regte sich nichts. Nach einer Weile trat Alvaro zum Gatter, durch das der Fahrer verschwunden war. Es war aus fauligen Latten zusammengenagelt und schwang beim ersten Stoß auf. Dahinter, in einem verwilderten Areal, ein mit Wellblech gedeckter Holzverschlag mit leeren Fenster- und Türöffnungen. Aus dem Innern ertönten halblaute Kinderstimmen und das Weinen eines Säuglings. Eine Frauenstimme sprach uns an. Als sich meine Augen an die Dunkelheit gewöhnt hatten, sah ich einen einzigen Raum. Auf dem Boden vergammelte Matratzen. Darauf saßen und lagen fünf oder sechs Kinder. Quer durch den Raum war eine Hängematte gespannt, in der eine Frau einem Säugling die Brust gab. Alvaro und die Frau redeten leise miteinander. Die Frau trat mit dem Säugling an die Tür und schaute mich an. »Sie sagt, Gott möge dir helfen in dieser schweren Stunde«, sagte Alvaro Xavier. Ich sagte: »*Gracias, señora.*« Dann erschien der Fahrer, und wir fuhren weiter.

Wir hielten im Stadtzentrum bei einem Taxistand. Mehrere Taxifahrer wuschen in der Hitze ihre Fahrzeuge. »Das ist er«, sagte unser Fahrer. Alvaro trat zu einem kleinen Mann in einem ausgewaschenen Hemd und zerrissenen Hosen, die kaum bis zu den Knöcheln reichten. Die nackten Füße steckten in Plastiksandalen, am linken Fuß war der Zehennagel schwarz. Er trug eine Plastiksonnenbrille mit grünen Gläsern und einen zerfransten Strohhut. Während Alvaro mit ihm sprach, blickte der kleine Fahrer mich über die Sonnenbrille hinweg an. Er zog den Hut und schüttelte mir die Hand und sagte etwas, und ich nickte. Er roch nach Schweiß. Er fuhr uns zum Hotel, in dem Nic abgestiegen war. Der Hotelmanager führte uns in ein Büro, wo uns aus einem rauschenden Klimagerät eisige Luft anblies. Er wiederholte, was ich von Alvaro bereits wusste. Zuletzt fragte er mich, wie alt *señor* Levi gewesen sei.

»Vierundsechzig.«

»Das ist doch nicht alt.«

Der kleine Fahrer fuhr mit uns über flaches, ausgedörrtes Land. Da und dort stand ein Rind bewegungslos unter einem Baum. Nach einer halben Stunde hielten wir auf einem fast leeren Parkplatz. Ein paar Stufen führten hinunter an einen Strand aus feinem weißem Sand, der sich zu beiden Seiten in der Ferne verlor. Kerzengerade Kokospalmen standen am Strand entlang in Reih und Glied. Da und dort ragte ein bräunlicher Palmwedel aus dem Sand, halb zugedeckte Kokosnüsse und Bruchstücke von Kokosnussschalen lagen herum. In geringer Entfernung vom Ufer ein niedriges Riff, an dem sich die Wellen brachen. Weiter draußen eine kleine, flache Insel. Neben der Treppe ein einfaches Restaurant, auf der Terrasse waren Sonnenschirme aufgespannt, ein paar Gäste dösten in der Hitze. Der Taxifahrer betrat das Restaurant und kam kurz darauf mit einem Mann zurück, der geflickte Tuchhosen trug und ein zerrissenes T-Shirt mit der verwaschenen Aufschrift *IBM Regional Conference Caracas* und den der Fahrer uns als den Besitzer des Restaurants vorstellte. Der Taxifahrer deutete auf mich und sagte: »*El hijo del señor.*« Der Gastwirt schüttelte mir die Hand und murmelte etwas. Ich nickte.

Der kleine Taxifahrer nahm die Sonnenbrille ab. »Ich habe es gesehen«, sagte er. Alvaro übersetzte. »Ich saß hier auf der Terrasse. Der *señor*, Ihr Vater, hat zu mir gesagt, ich solle auf seine Rechnung etwas trinken, während er am Strand spazieren gehen würde. Der *señor* sprach gut Spanisch. Er hat sich umgezogen und ist zum Wasser gegangen. Ich habe ihm zugeschaut. Einmal hat er mir gewunken, und ich habe zurückgewunken.« Der kleine Taxifahrer nahm den Strohhut ab und wischte sich den Schweiß aus der Stirn. »Ich habe mit ihm«, er zeigte auf den Wirt,

»gesprochen und eine Weile nicht auf den *señor* geachtet, Gott verzeih mir. Plötzlich war da eine aufgeregte Gruppe von Leuten. Ich habe gleich gedacht, dem *señor* sei etwas passiert. Ich bin an den Strand gerannt. Kommen Sie, ich zeige es Ihnen.«

Unten an der Treppe zog ich Schuhe und Socken aus. Meine Füße sanken im heißen Sand ein. Wenige Meter von dem Streifen entfernt, wo die Wellen am Strand versickerten, lag ein dicker Ast im Wasser. Der Taxifahrer zog ebenfalls die Schuhe aus und watete in die knöcheltiefe Lagune.

»Hier war es«, er zeigte neben den Ast, »hier hat der *señor* gelegen. Als ich ankam, hatten sie ihn bereits auf den Strand getragen. Jemand hat Mund-zu-Mund-Beatmung gemacht, ein Arzt, man hat gesehen, er wusste, was er tat. Es hat aber nichts genützt, der *señor* war tot.« Er blickte mich an. »Er war ein feiner Mensch, Ihr Vater. Hat mich zu einem Bier eingeladen.« Er schüttelte den Kopf und setzte die billige Sonnenbrille wieder auf.

»Ich habe die Polizei angerufen und die Feuerwehr«, sagte der Gastwirt. »Sie sind nach etwa einer halben Stunde gekommen. Ich habe sie an die Stelle geführt, wo man den *señor* auf den Strand gebettet hatte. Sie konnten nichts tun. Sie haben uns lange ausgefragt, aber wir konnten auch nicht mehr sagen. Ich möchte dem *señor* noch einmal sagen, wie leid es mir tut.«

»Sag ihnen, dass ich ihnen danke«, sagte ich zu Alvaro, »sie sind wunderbare Menschen.« Ich schüttelte beiden die Hände.

»Wir sollten gehen«, sagte Alvaro Xavier, »um fünf Uhr schließt der Flugplatz.«

Als wir bereits auf dem Parkplatz standen, ging ich nochmals zur Treppe und blickte auf den Strand, auf die endlose Reihe von Palmen, die militärisch ausgerichtet dastanden, auf die Wellen, die sich am Riff brachen, auf die kleine Insel und das Karibische Meer. Das war es, was Nicolas als Letztes gesehen hatte. Vielleicht dachte er an mich, es war ja mein Geburtstag. Vor dreiunddreißig Jahren hatte er zugesehen, wie sein zweiter Sohn auf die Welt kam. Jetzt stand ich hier und sah diesen Strand, wo er ausgerechnet an meinem Geburtstag gestorben war.

Der Blick aufs Meer war verstellt vom Gedränge, das sich nach dem Mittagessen erneut an der Bar gebildet hatte. Um Lucy und mich herum saßen und standen G.O. in Pareos, tranken Kaffee, diskutierten und schmusten. Patrick, mein Zimmerkollege, saß auf der Armlehne von Lucys Sessel und flüsterte ihr etwas ins Ohr.

»*Je ne comprenez pas français*«, sagte Lucy.

»*Yes, my dear, you speak français, non? Je voudrais que tu m'apprennes à nager.*«

»Du hast einen Knall«, sagte sie lachend, sie war offensichtlich hingerissen von Patricks langen braunen Locken und dem französischen Charme, den sie bis vor zwei Monaten nur aus Filmen gekannt hatte.

Vor uns auf dem niedrigen Tisch saß Yves mit einer Amerikanerin. Er hatte den Arm um ihre Hüfte gelegt und lachte jedes Mal, wenn sie etwas sagte, übertrieben laut, er verstand kaum Englisch. Crevette hatte sich auf die Armlehne meines Sessels gesetzt und unterhielt sich mit Leila, der Yogalehrerin. Leilas glänzendes schwarzes Haar fiel über ihre dunkle Haut bis auf die Hüften. Von Zeit zu Zeit wurde die Mähne mit der Hand aus dem Gesicht gekämmt, dann sah man ihre blitzenden Augen. Sie trug einen violetten Pareo und ein Bikinioberteil mit demselben Muster. Sie besaß einen dieser makellosen G.O.-Körper.

Issa trat zu mir und fragte, ob ich meine Barkügelchen dabei hätte, er habe seine leider vergessen. Das ist der meistgehörte Satz unter den G.O. Ich klaubte die Kügelchen aus der Badehose.

Von hinten neigte sich das Gesicht von Irma über mich. Sie küsste mich auf die Lippen. »Wie geht's, Daniel?«

»Das kann nur die Liebe sein«, sagte ich.

»Jawohl, *chérie*«, sagte sie, »außerdem sind wir dabei, eine neue *soirée* vorzubereiten. Machst du mit?«

»Du hast einen bezaubernden Akzent«, sagte ich, »er erinnert mich an meinen eigenen.« Irma ist eine große, kräftige, freundliche Holländerin. Sie ist verantwortlich für die Abendunterhaltung.

»Wir Kleinstaatler müssen zusammenhalten«, sagte sie, »also, was ist, Schätzchen?«

»Worum geht es?«

»Wir machen ein *tableau vivant*, ›Das Floß der Medusa‹.«

»Was ist das?«

»Der Titel eines riesigen Schinkens, der im Louvre hängt. Ein französisches Nationalheiligtum. Es zeigt Schiffbrüchige auf einem Floß, die halbtot herumliegen. Du bist einer von den Herumliegenden.«

»Ob ich das kann?«

»Einige sind so am Verhungern«, sagte sie, »dass sie sich gegenseitig auffressen.«

»Wie meinst du das?«

Sie grinste und sagte: »Danke fürs Mitmachen. Erste Probe ist morgen Abend nach der Show, gegen Mitternacht.«

»Gegen Mitternacht?«

»Es dauert höchstens eine Stunde.« Sie küsste mich noch mal und ging weiter auf Talentsuche.

Issa setzte sich mit einem Kaffee auf den Tisch neben Yves.

»Rutsch etwas«, sagte er zu Yves.

»Leck mich am Arsch, du Mastbulle«, sagte Yves laut.

»Hey, wie redet denn der mit seinem Kumpel«, sagte Crevette.

»Seht ihr nicht, dass ich beschäftigt bin, ihr Arschzapfen«, sagte Yves.

Crevette schüttelte den Kopf. Issa grinste und schlürfte seinen Kaffee.

Aus den Lautsprechern über der Bar ertönte »Bean Bag« von Herb Alpert. Wir gingen ins gedeckte Amphitheater hinüber. Von allen Seiten kamen einzeln und in kleinen Gruppen G.O. herbei, zuletzt waren wir an die hundert. Cliff stand auf der leeren Bühne, die weit in den Zuschauerraum hinausragt, und winkte uns auf eine Seite: »Komm da rüber, sonst muss ich im Kreis herumschreien.« Er trug eine mit bunten Stickereien verzierte knielange Hose aus Guatemala (die Kleidungsstücke der guatemaltekischen Maya waren bei den G.O. groß in Mode). Cliff ist etwa dreißig, groß und mager, man kann seine Rippen zählen. Er hat einen wilden Lockenkopf und sieht aus wie ein Meeresgott, der eine Weile nichts Rechtes gegessen hat. Er ist einer der wenigen amerikanischen *chefs de village*. Er hatte sein Skateboard dabei, von dem er sich nie trennt. Während wir uns in die Sessel lümmelten, drehte er auf der Bühne Pirouetten. Ich versuchte, mir den Direktor des Zürcher *Dolder Grand Hotel* auf einem Skateboard vorzustellen. Anders als mancher *chef de village* mischt Cliff sich viel unter die G.M., stets hält er für sie einen lockeren Spruch bereit, dazu zeigt er seine weißen Zähne. Er kommt bei den Gästen gut an. Ein G.O., der schon einige Saisons im Club gemacht hatte, sagte mir einmal, es gebe zwei Sorten von *chefs de village*: Die einen kämen bei den G.M. gut an, die anderen bei den G.O. Bei Cliff bin ich mir nicht schlüssig.

»Also, hör mal zu«, sagte Cliff. Er spricht recht gut Französisch und hat die Angewohnheit, für die zweite Person Plural die zweite Person Singular zu verwenden. »Das Dorf ist nächste Woche schon wieder überbelegt, da müssen einige von euch zusammenrücken. Das macht nichts. Wenn du dich um die G.M. kümmerst, können wir eine Bombenwoche haben. Es hat diese Woche auch wieder viele *nanas* und von den Jungs erwarte ich, dass du dich um sie bemühst.«

»Und wir?«, flüsterte Crevette vernehmlich. »Wer kümmert sich um uns?«

»Ich werde mich schon um dich kümmern, *chérie*«, rief Enzo, »wenn du willst, gleich nach der Versammlung.«

Alles lachte.

»Du bist hoffentlich nicht zu müde, um dich auch um die G.O.-Frauen zu kümmern«, sagte Cliff und zeigte seine Zahnreihen.

Es gehört zum Pflichtenheft der männlichen G.O., die weiblichen Gäste zu vögeln. Dagegen sind Fickereien zwischen weiblichen G.O. und männlichen Gästen selten. Das ist ein Tabu, darüber wird nicht gesprochen, die meisten weiblichen G.O. wissen, was sich gehört. Als Folge dieser doppelten Moral (ein nicht ganz passendes Wort) bleibt mehr als eine weibliche G.O. ungefickt. Immerhin tut es dem Wissen-was-sich-gehört keinen Abbruch, wenn die weiblichen G.O. mit ihren männlichen Kollegen bumsen, das bleibt gewissermaßen in der Familie (ein etwas schiefes Bild).

Cliff sagte, wir müssten mit den G.M. mehr Geduld haben. Einige hätten sich beschwert, die Segler und die Taucher machten die Prüfungen immer schwieriger. Zach meldete sich und sagte, er trage die Verantwortung für das Tauchen, wenn wir die Prüfung leichter machten und etwas passiere, sei *er* schuld. Heute Morgen hätten wir einen kleinen Zwischenfall gehabt, der zeige, dass die Prüfung eher noch zu leicht sei. Was das für ein Zwischenfall gewesen sei, wollte Cliff wissen. »Och, nichts Wichtiges«, sagte Zach. Cliff sagte, die G.M. seien hier, um sich zu amüsieren, er wolle nicht, dass sie zu Hause rumerzählten, der Club sei nur etwas für Spitzensportler. Einige G.O., sagte er dann, hätten sich ihre Zimmer wie im *Hilton* eingerichtet. Er wisse, wir seien gute *organisateurs*, aber diejenigen, die am Schwimmbecken oder vor der Bar Liegestühle und Sessel abgestaubt hätten, sollten sie zurückbringen. Das gelte auch für die Bücher, er wisse, dass wir alle Intellektuelle seien, aber die Bücher seien für die G.M. da.

»Muss ich den *Playboy* ebenfalls zurückgeben?«, krähte Lülü, der Barmann.

»Sobald du ihn nicht mehr brauchst«, sagte Cliff. Die Versammlung brach in Gelächter aus.

»Noch etwas. Du weißt genau, beim Essen sollen nicht mehr als zwei G.O. am selben Tisch sitzen. Du hast dich an gewisse Regeln zu halten. Ich will das nicht bei jeder Versammlung sagen müssen.«

Diese Regel gilt in allen Clubdörfern. Die G.O. sollen sich auch beim Essen unter die G.M. mischen und gute Laune verbreiten. Die wenigsten von uns halten sich an diese Anordnung, wir essen lieber mit unseren Freunden, wie andere Menschen auch.

Irma, die Regisseurin, trat an den Bühnenrand und gab Cliff einen Zettel. Er verlas das Unterhaltungsprogramm für die neue Woche: »Heute Abend machen wir Kabarett, morgen Abend ›*sexy*‹, am Sonntag wie immer Präsentation der G.O.-Equipe, am Montag ›*soirée méxicaine*‹, zieh deine mexikanischen Klamotten an. Am Dienstag ist ›*tiercé de la chanson*‹, am Mittwoch ›*love*‹, und am Donnerstag machen wir ein großes Feuer am Strand mit

Sangria und Liedern, und neben dem Schwimmbecken zeigen wir einen Film. Morgen Abend nach der Vorstellung gibt es die erste Probe für die neue Show. Hier im Amphitheater findet jetzt gleich die Sirtaki-Klasse mit Leila statt. – Das wär's. Hast du noch Fragen? Dann gehen wir zur Bar, ich gebe einen aus.«

Beim Hinausgehen bat mich Irma, die Taucher daran zu erinnern, dass am Abend der *Sterbende Schwan* auf dem Programm stehe.

Ich hatte kein Bedürfnis, mich nochmals in das Gedränge an der Bar zu begeben, und verließ das Amphitheater durch eine Seitentür.

Nachmittag

Die Helligkeit schloss mir für einen Moment die Augen. Die Hitze war wie Blei. Über der Lagune drehte ein Pelikan seine Kreise. Der Strand lag verlassen da. Ich ging um das Amphitheater herum zum Tauchlokal. In einem der niedrigen Sträucher neben dem Fußpfad spürte ich eine Bewegung. Ich blieb stehen. Ein Leguan schob sich vor mir über den Weg. Ich sah ihm zu. Ein Stein fiel neben ihm in den Sand. Der Leguan verschwand zwischen den verdorrten Sträuchern. Issa und Enzo standen grinsend an der Ecke des Tauchlokals.

»Gut«, sagte Enzo, »du hast ihn beinahe erwischt.«

»Ich habe absichtlich danebengeworfen«, sagte Issa.

»Du bist nicht mehr in Übung«, sagte Enzo. »Bei euch zu Hause habt ihr doch mit Steinen nach den Missionaren geschmissen, bevor ihr sie gefressen habt.«

»Arschloch.«

»Haben sie geschmeckt?«, fragte Enzo. »Ist es besser als Kalbfleisch?«

»Dich muss ich wohl mal ordentlich verdreschen, du Arschficker.«

»Komm ins Lokal und blas mir einen.«

Issa wandte sich zu mir und zuckte hilflos mit den Schultern.

Ich legte mich in die Hängematte vor dem Tauchlokal. Das Frauenunterhöschen hing immer noch in der Palme.

»Schau mal, was ich gefunden habe.« Issa trat zu mir und hielt mir ein Fläschchen hin, das am oberen Ende mit einem Papier verschlossen war. Das Papier war durchlöchert, damit Luft hinein konnte. In dem Fläschchen war ein Skorpion.

»Lebt er noch?«

»Klar.«
»Was hast du mit ihm vor?«
»Ich lass ihn verhungern.«
»Warum hast du dann Löcher ins Papier gemacht?«
»Ich lass ihn verhungern, nicht ersticken.«
»Wo hast du ihn gefunden?«
»Im Tauchlokal.«
»*Merde*«, sagte ich, »ich werde das Lokal nicht mehr betreten.«
»Hosenscheißer. Die kommen doch nur nachts hervor.«
»Mit Skorpionen will ich nichts zu tun haben.«
»Ich auch nicht«, sagte Issa und warf mir das Fläschchen zu. Ich fing es unwillkürlich auf. Der Skorpion bewegte sich und versuchte, an der Glaswand hochzuklettern. Ich ließ das Fläschchen fallen. Die Haare standen mir zu Berge.
»Idiot«, sagte ich, »du bist wohl nicht ganz dicht.«
Issa lachte. Er hob das Fläschchen auf und trug es ins Lokal zurück. Nach einer Weile folgte ich ihm.

Zach und Kevin erschienen im Lokal, dann Richard und Patrick und Brian.
»Wo bleiben die G.M.?«, fragte Zach.
»Die zwei, die heute Morgen den Schnorcheltest gemacht haben, kommen bestimmt«, sagte Kevin, »und gestern hatten wir noch ein paar in der Tauchschule.«
Zwei amerikanische G.M. traten ins Lokal und fragten Zach, ob sie heute die vierte und fünfte Lektion hintereinander machen könnten. Morgen sei ihr letzter Tag, sie würden gern wenigstens einen Tauchgang machen.
Zach blickte zu Richard. »Wie waren sie?«, fragte er auf Französisch.
»Darum geht es doch nicht«, sagte der Vizechef. »Wenn wir damit anfangen, brauchen wir bald überhaupt keine Lektionen mehr zu geben. Sie sollen die vierte Lektion machen. Ich kann nichts dafür, wenn sie am Sonntag abreisen.«
»Sei nicht stur«, sagte Enzo. Zu Zach sagte er, er sei gestern mit den beiden im Wasser gewesen, sie seien in Ordnung.

»Wir wollen sehen«, sagte Zach auf Englisch. »Wenn ihr heute eure Sache gut macht, gibt's vielleicht eine Möglichkeit.«

Nachdem die beiden Richtung Palapa weggegangen waren, sagte Richard, Zach hätte nicht nachgeben sollen. Zach erinnerte ihn daran, was Cliff eben auf der Versammlung gesagt hatte.

»Cliff versteht vom Tauchen einen Scheißdreck«, sagte Richard.

Dann kamen noch ein Paar für die dritte Lektion und ein einzelner Taucher für die fünfte.

»Das wär's wohl«, sagte Zach.

»Warte noch auf die beiden von heute Morgen«, sagte Kevin.

»Es ist halb drei, wir sollten anfangen.«

Zwei junge Frauen kamen herein.

»*Hello darlink*«, sagte Enzo, »was sucht ihr?«

»Wir kommen wegen der Tauchlektion.«

»Aha«, sagte Enzo und fasste beide um die Hüften, »da müsst ihr Schönen aber zuerst einen Schnorcheltest machen.«

»*He's cute*«, kicherte die eine, »er sieht aus wie Al Pacino.«

»Enzo, das sind doch die beiden, die heute Morgen den Test bestanden haben«, sagte Kevin.

»Sehr gut, wir nehmen euch mit. Wie heißt ihr?«

Sie hießen Beverly und Kathy. Zach schrieb die Namen auf und sagte, sie sollten bei der Palapa auf uns warten.

»Ich bekomme noch einen Kuss«, sagte Enzo und deutete auf seine Wange. Beverly küsste ihn. »*Dank you, darlink.*« Er wandte sich zu Kathy. Als sie ihn küssen wollte, drehte er rasch den Kopf, und sie küsste ihn auf den Mund. »*Very good, darlink.*« Kathy war etwas verlegen. »Sei nicht scheu«, sagte Enzo, »das ist ein alter G.O.-Trick.« Wir grinsten.

»Daniel, Brian und Kevin sind heute dran mit der Schule«, sagte Zach, »macht euch bereit.«

»Immer dieselben«, sagte Kevin, »wir sind das Tauchteam des Tauchteams.« Er kratzte sich mit den drei Fingern seiner rechten Hand an den Eiern.

»Yves ist nicht da«, sagte Richard, »hat einer Yves gesehen?«

»Er war mit einer *nana* an der Bar«, sagte Issa, »er hat was aufgebaut.«

»Yves hat heute Nachmittag frei«, sagte Zach, »die anderen reparieren die Lungenautomaten, die ich auf die Werkbank gelegt habe. Außerdem sollten die Geräte nebenan fertig gestrichen werden. Die hängen da seit Wochen.«

»Hör mal, Zach«, sagte Enzo, »ich hab vor dem Essen eine kennengelernt.«

»Hab ich gesehen.«

»Nach dem Essen wollten wir in ihr Zimmer, aber ihre Zimmerkollegin lag mit einer Erkältung im Bett. Da habe ich gedacht, wenn Richard heute Nachmittag hier ist, hätte ich das Zimmer für mich allein. Aber wenn du Arbeit für mich hast, kann ich's auch lassen.«

»Arbeit gibt's schon«, Zach strich sich mit dem Zeigefinger über den Schnurrbart. »Also gut, verdufte.«

»Danke. Wiedersehen, Sportsfreunde.«

»Mach's gut«, rief Patrick Enzo nach, »damit wir uns hinterher nicht zu schämen brauchen.«

Kevin steuerte den Chevy durch den Tunnel. Bébert der Tunnelmaler war nicht da, er machte wohl Siesta. Als Kevin beim Tunnelausgang den zweiten Gang einzulegen versuchte, gab es ein kratzendes Geräusch.

»Du solltest Großbritannien etwas mehr Ehre machen«, sagte Brian.

»Versuch du's, Hosenscheißer.«

»Er darf leider nicht«, sagte ich, »der Junge ist noch minderjährig.«

»Danke, *granddad.*« Brian hält mich für achtundzwanzig oder neunundzwanzig. Ich sage ihm nicht, wie alt ich wirklich bin, vielleicht traut er keinem über dreißig.

Bei der Palapa luden wir die Geräte auf den *gommier*. In der Nähe standen G.M. in kleinen Gruppen um die Windsurfer. In der Lagune kreuzten Segelboote. In der Ferne zogen die beiden Motorboote der Wasserskischule ihre Bahnen.

Wir fuhren mit den Tauchern zur *Emilio Adolfo* hinaus. An Bord des Tauchschiffes teilten wir die G.M. unter uns auf.

»Kommt da rüber«, sagte ich auf Englisch zu Beverly und Kathy. Kathy hatte sich den Pareo als Sonnenschutz um die Schultern gelegt und die Nase mit einer weißen Creme eingeschmiert. Ihre Augen waren hinter der Sonnenbrille nicht zu sehen. Zu Beverly sagte ich, sie solle sich etwas überziehen.

»Ich habe nichts dabei.«

Ich ging ins Ruderhaus. Antonio lag in der Hitze in einer Koje und döste. In einer anderen Koje saß Juan-Miguel und blätterte in einem der Sexheftchen.

Antonio blickte auf. »*Hola Daniel, qué tal?*«

»*Bien, y tu, capitán?*«

»Ich schlafe«, sagte Antonio, »ich bin müde.«

»Suchst du was?«, fragte Juan-Miguel.

»Schon gefunden.« Ich nahm ein schmutziges Handtuch aus einer leeren Koje und brachte es Beverly. Dann setzte ich mich neben den Geräten auf die Bordwand. Die beiden Amerikanerinnen ließen sich auf dem Deck nieder. Kevin und seine Taucher hatten sich auf dem Hinterdeck eingerichtet, Brian war mit seinen G.M. in den Bug gegangen.

Ich nahm meine Brille ab, und wischte mir den Schweiß aus dem Gesicht.

»Fangen wir an. Unser Sport heißt auf Englisch *Scuba Diving*. Wisst ihr, wofür *Scuba* steht?« Sie schüttelten die Köpfe. »*Self Contained Underwater Breathing Apparatus.*«

»Nicht schlecht«, sagte Kathy, »du kannst besser Englisch als wir.«

Ich nahm eines der Geräte aus der Halterung und stellte es auf dem Deck auf.

»Wisst ihr, was da drin ist?«

»Sauerstoff«, sagte Kathy.

»Luft«, sagte gleichzeitig Beverly.

Sie lachten.

»Beverly hat recht, da ist gewöhnliche Luft drin. Man kann auch mit reinem Sauerstoff tauchen, das ist aber eine Sache für Profis. Sporttaucher verwenden Atemluft. Da ist ja ebenfalls Sauerstoff drin. Wisst ihr, wie viel?«

»Einundzwanzig Prozent«, sagte Kathy.

»Ausgezeichnet, du kriegst meinen Job. Weißt du, was das Leben eines G.O. so mit sich bringt?«

»Vielleicht bleibe ich lieber G.M.«, sagte Kathy.

»Weißt du, was das Leben einer G.M. mit sich bringt?«

»Darüber habe ich in den vergangenen Tagen dies und das gelernt.«

»Das sehe ich.« Ich deutete auf einen blauen Fleck auf ihrem Oberschenkel.

»Den habe ich mir beim Segeln geholt.« Als ich grinste, fügte sie hinzu, sie erwarte nicht, dass ein G.O. ihr das glaube.

»Zurück zur Arbeit«, sagte ich. Ich erklärte ihnen in wenigen Worten, wie das Gerät und der Lungenautomat funktionierten. Dann sagte ich, im Körper laufe Verschiedenes ab, wenn sich die Druckverhältnisse änderten, ich wolle sie aber damit nicht langweilen.

»Warum nicht«, sagte Beverly, »ich denke, das ist ein Tauchkurs.«

»Wir machen im Club nur wenig Theorie. Die meisten G.M. wollen das gar nicht so genau wissen, sie bekommen Schiss. Die Vorgänge im Körper laufen ohnehin von selbst ab. Bis auf das Atmen. Normalerweise achtet man nicht auf die Atmung, wenn man nicht gerade erkältet ist. Unter Wasser ist das anders. Ihr atmet bewusst, und ihr atmet durch den Mund. Unter Wasser ist das Atmen ein Erlebnis. Daran müsst ihr euch erst gewöhnen.«

»Ich weiß nicht, ob ich das ganz verstanden habe«, sagte Beverly, »es klingt geheimnisvoll.«

»Du wirst es bald verstehen. Beim Atmen müsst ihr drei Dinge beachten. Das Wichtigste ist der Druckausgleich. Wenn ihr abtaucht, nimmt der Druck auf das Trommelfell zu, ihr kennt das vom Schnorcheln.« Ich erklärte ihnen, wie die eustachische Röhre funktionierte, und ließ sie den Druckausgleich ausprobieren. Dann erklärte ich, warum sie beim Abtauchen von Zeit zu Zeit in die Maske ausatmen sollten und warum sie beim Auftauchen auf keinen Fall die Luft anhalten durften.

»Wenn ich dich richtig verstehe«, sagte Kathy, »könnte die Lunge platzen.«

»Nur unter extremen Umständen. Es gibt eine einfache Sicherheitsregel: Taucht nie schneller auf als euer Lehrer oder als fünfundvierzig Fuß in der Minute oder, am allereinfachsten, als eure kleinsten Luftbläschen.«

»Ich folge also einem meiner Luftbläschen zur Oberfläche«, sagte Beverly.

»Nein, das Luftbläschen dehnt sich beim Aufsteigen aus und steigt immer schneller, das hast du doch in Physik gelernt. Du musst immer von neuem den kleinsten Bläschen folgen.«

»Vorhin hast du gesagt, Tauchen sei einfach«, meinte Kathy.

»Wenn ihr einmal da unten mit den Zackenbarschen rumgespielt habt, werdet ihr das auch so sehen.« Ich zeigte ihnen die wichtigsten Handzeichen und beschrieb den Ablauf der Tauchtaufe. Dann sagte ich, sie seien noch nicht dran, sie sollten auf die Sonne aufpassen, das Sonnensegel sie leider noch nicht eingetroffen.

»Ich bin aufgeregt«, sagte Beverly, »ich habe die Hälfte von dem, was du uns erklärt hast, schon wieder vergessen.«

»Ich auch«, sagte Kathy, »ich habe Schiss.«

Ich sagte, sie sollten sich keine Gedanken machen, ich hätte schon ausgewiesene Machos vor dem ersten Tauchgang weinen sehen.

Kevin trat zu uns und sagte, ich solle mit den beiden G.M. mit der Lektion drei beginnen. Ich rüstete mich aus. Den Anzug ließ ich weg, ich zog nur die Knieschoner an. Die kleine Notflasche der Fénzy-Weste war nach dem Zwischenfall vom Vormittag leer, ich füllte sie an einem der Geräte. Die beiden G.M., die die dritte Lektion zu machen hatten, waren beim Einkleiden.

Ich trat an die Bordwand. »Schick sie runter«, sagte ich zu Kevin. Ich spuckte in die Maske, hielt das Gerät an der Hüfte fest und sprang ins Wasser.

Ich ließ mich auf den wenige Meter tiefen Grund sinken. Dann zog ich die Maske an und blies das Wasser aus. EINATMEN. Der Grund ist hier flach und sandig und von Seegras überwuchert. Ein paar kleine

Fische glitten um mich herum. Ich schwamm den Kiel der Emilio Adolfo entlang. AUSATMEN. EINATMEN. Am Heck entdeckte ich einen etwa dreißig Zentimeter langen Schiffshalter. Er hatte sich mit dem platten Kopf am Rumpf der Emilio Adolfo festgesaugt. Heute Morgen hatte ich an einem der beiden Haie zwei Schiffshalter gesehen. Vielleicht hatte einer von ihnen das Tauchschiff als neuen Versorger gewählt. Von den Speiseresten, die wir über Bord warfen, würde er so gut leben wie von dem, was ihm der Hai übrig ließ. AUSATMEN. EINATMEN. Ich schwamm gemächlich zurück zum Bug. Dort stand, ein meterlanger Schatten im Gegenlicht, Charlie. Der Barracuda hatte seinen Standort beim Ankerplatz der Emilio Adolfo. Er erinnerte mich an die Hechte, die in meiner Kindheit im Zürichsee gefangen wurden, als es dort noch Hechte gab. AUSATMEN. EINATMEN. Das mir zugewandte Auge glotzte mich an. Eigentlich glotzte es nicht, es schaute. Die verminderte Helligkeit unter Wasser lässt die Pupillen sich öffnen, es entsteht der Eindruck des Glotzens, auch bei Menschen. Der Barracuda drehte sich steif, bis er mir direkt gegenüberstand. Langsam öffnete sich sein Maul mit dem vorstehenden Unterkiefer, er zeigte seine Zahnreihen, er sah aus, als ob er mir an die Kehle wollte. Er ließ aber nur Wasser durch den Rachen in die Kiemen strömen, er brauchte das zum Atmen. Mir fiel ein, was der lärmige Ron heute Morgen nach dem Tauchgang gesagt hatte: Wir geben dem Fremden einen Namen, wir verwandeln es in etwas Vertrautes, dadurch machen wir es kleiner. AUSATMEN. EINATMEN. Ein Schatten stürzte auf die Oberfläche zu, mit einem dumpfen Aufschlag kam der erste Tauchschüler herunter. Er drehte sich um sich selbst, erblickte mich und signalisierte ›Okay‹. AUSATMEN. EINATMEN. In einem weiteren Blasenschwall kam seine Frau bei uns an. Ich fragte sie, ob alles in Ordnung sei. Sie nickte. Ich deutete auf ihre Hand. Sie zeigte das Signal. Wir schwammen in einem gemächlichen Halbkreis um die Emilio Adolfo. AUSATMEN. EINATMEN. Neben dem Anker ließ ich mich auf die Knie sinken. Die beiden knieten mir gegenüber. Der Mann hatte Mühe, auf dem Grund zu bleiben. Ich schwamm zu ihm hin, löste den Inflatorschlauch von seiner Weste und drückte auf das Ventil. Luft strömte aus. Er sank auf den Grund und fand das Gleichgewicht. Er nickte. Ich zeigte auf seine Hand. Er signalisierte ›Okay‹. AUSATMEN. EINATMEN. Ich zog die Maske aus und blickte die beiden an, ich konn-

te sie nur als Schemen sehen. Ich deute auf die ausströmende Atemluft und auf meine geöffneten Augen. AUSATMEN. EINATMEN. *Dann setzte ich die Maske wieder auf und blies das Wasser aus. Ich deutete auf die Frau. Sie zog die Maske aus und blickte mich mit großen Augen an. Ich schwamm zu ihr hin und berührte leicht den Lungenautomaten. Sie begann zu atmen. Dann setzte sie die Maske wieder auf, blies das Wasser aus und signalisierte ›Okay‹.* AUSATMEN. EINATMEN. *Der Mann kniff während der Übung die Augen zu. Ich ließ sie ihn mit geöffneten Augen wiederholen.* AUSATMEN. EINATMEN. *Ich nahm den Lungenautomaten aus dem Mund und verharrte einige Augenblicke, ohne zu atmen. Ich drückte auf die Luftdusche und zeigte auf die ausströmenden Luftblasen. Dann schob ich den Lungenautomaten wieder in den Mund und blies das Wasser aus. Die beiden taten es mir nach.* AUSATMEN. EINATMEN. *Ich löste den Schrittgurt vom Bleigurt, neigte mich vor und zog das Gerät über den Kopf.* AUSATMEN. EINATMEN. *Ich hielt das Gerät vor mir und schwamm eine Runde um die beiden.* AUSATMEN. EINATMEN. *Ich schob das Gerät wieder auf den Rücken, hakte den Schrittgurt am Bleigurt ein und zeigte auf den Mann.* AUSATMEN. EINATMEN. *Als er das Gerät über den Kopf zog, verlor er das Gleichgewicht. Ich packte ihn am Arm und richtete ihn wieder auf.* AUSATMEN. EINATMEN. *Mit dem Rest der Übung hatte er keine Mühe. Die Frau machte ihre Sache gut, sie hatte sichtlich Spaß daran. Am Schluss verhedderte sie sich in den Gurten, ich half ihr, das Gerät anzuziehen.* AUSATMEN. EINATMEN. *Ich zog den Schnorchel aus dem Gurt und schob ihn unter das Maskenband. Die beiden taten es mir nach. Die Frau schob den Schnorchel auf der linken Seite unter die Maske. Ich bedeutete ihr, sie solle ihn auf die andere Seite wechseln.* AUSATMEN. EINATMEN. *Ich gab das Signal zum Auftauchen. Unmittelbar unter der Oberfläche nahm ich den Lungenautomaten aus dem Mund, blies das Wasser aus dem Schnorchel und begann durch den Schnorchel zu atmen. Der Mann schluckte beim Wechsel auf den Schnorchel Wasser. Er spuckte den Schnorchel aus und durchbrach die Oberfläche. Ich tauchte neben ihm auf.*

»Alles in Ordnung?«

Er nickte und hustete.

»Steck den Schnorchel wieder in den Mund.«

Wir schnorchelten zurück zur Leiter.

Brian stand oben an der Bordwand und blickte zu uns herunter: »Alles in Ordnung?«

Ich nickte und winkte die Frau an die Leiter. Sie war etwas außer Atem.

»Das hast du gut gemacht«, sagte ich. »In zwei Tagen kommst du mit auf den Tauchgang.«

Sie wollte wissen, warum es wichtig sei, auf welche Seite der Maske der Schnorchel komme.

»Bei den französischen Lungenautomaten kommt der Atemschlauch über die linke Schulter. Wenn du den Schnorchel auf derselben Seite trägst, kommt er dir in die Quere. Die rechte Seite ist besser. Das sind so kleine Tricks.«

Sie kletterte an Bord, und ich winkte den Mann an die Leiter. Er zog Maske und Schnorchel aus, schneuzte sich und spuckte kräftig aus.

»Mann, hab ich Wasser geschluckt.«

»Das gibt sich«, sagte ich. »Wenn du unter Wasser die Maske ausziehst, musst du die Augen offen halten.«

»Das Salzwasser brennt mir in den Augen.«

»Mir auch. Stell dir vor, du bist in zwanzig Metern Tiefe und ein anderer Taucher schlägt dir aus Versehen mit der Flosse die Maske weg. Da musst du mit offenen Augen ruhig auftauchen können.«

Nachdem er an Bord geklettert war, erschien Kathy neben Brian. Sie war ausgerüstet und hatte bereits die Maske aufgesetzt.

»Alles in Ordnung?«

»Bis auf meinen Schiss.«

»Hätte ich auch«, sagte Brian, »wenn ich mit dem Opa tauchen müsste.«

Er fasste Kathy am Arm und half ihr auf die Leiter.

»Pass auf, wo du sie anfasst«, sagte ich, »sonst erzähl ich deiner Mami, was du mit kleinen Mädchen treibst.«

»Ich habe zwar Angst«, sagte Kathy, »aber ich bin kein kleines Mädchen.«

»Kann ich bestätigen«, sagte Brian.

»Ein Frühreifer«, sagte ich.

Kathy lachte.

»Du kannst ja noch lachen. So viel Schiss hast du gar nicht.«

»Ich frage mich, ob ich euch da unten allein lassen kann«, sagte Brian.

»Wenn du runterkommst, werfe ich dich Charlie zum Fraß vor.«

»Wer ist Charlie?«, fragte Kathy.

»Das wirst du gleich sehen. Halte dich an der untersten Sprosse fest. Jetzt nimmst du den Lungenautomaten in den Mund. Okay?«

Sie nickte. Luft strömte zischend aus dem Lungenautomaten.

»Tauch den Kopf unter Wasser, ohne die Leiter loszulassen.« Ich schob mir die Maske ins Gesicht und den Lungenautomaten in den Mund und tauchte unter.

Neben mir erschien Kathys Gesicht. Sie machte große Augen. Nur wenige Luftblasen entwichen aus ihrem Automaten, der Maske entströmte ein kräftiger Blasenschwall. Ich deutete auf den Automaten. Sie verstand mich nicht. Wir tauchten wieder auf.

»Du atmest durch die Nase, statt durch den Mund«, sagte ich, »versuch's noch mal.«

Diesmal stiegen die Luftblasen aus dem Lungenautomaten auf. Ich wartete, bis ihr Atem sich beruhigt hatte. AUSATMEN. EINATMEN. *Ich fragte, ob alles in Ordnung sei. Sie nickte. Ich deutete auf ihre Hand. Sie schaute mich an. Dann machte sie das Handzeichen für* ›Alles in Ordnung‹. *Ich zog sie langsam auf den Grund.* AUSATMEN. EINATMEN. *Sie hielt meine Hand fest und blickte mich ununterbrochen an. Ich führte die freie Hand an die beiden Einbuchtungen an der Maske und deutete den Druckausgleich an. Sie drückte an der Maske herum, schließlich nickte sie. Ihr Gesicht war ohne Ausdruck, als sei sie nicht ganz anwesend.* AUSATMEN. EINATMEN. *Langsam schwammen wir unter dem Kiel der* Emilio Adolfo *zum Bug. Die kleinen Fische umkreisten uns. Ich zeigte darauf. Kathy blickte kurz auf die Fische, dann wieder auf mich. Wir kamen zu einer weniger dicht mit Seegras bewachsenen Stelle. Nach kurzem Suchen fasste ich in den Sand und hob einen grünlichen Seestern hoch.* AUSATMEN. EINATMEN. *Kathy blickte ihn ungerührt an. Ich hätte ihr ebenso gut einen Esslöffel vors Gesicht halten können. Ihr Atem war regelmäßig geworden.* AUSATMEN. EINATMEN. *Wir schwammen um den Bug des Tauchschiffes herum. Ich bedeutete ihr, sie solle die Arme an den Seiten halten und nur mit den Beinen schwimmen. Unter dem Bug stand immer noch bewegungslos Charlie. Ich führte Kathy heran und zeigte auf den Barracuda.* AUSATMEN. EINATMEN. *Sie sah ihn nicht, oder sie verstand nicht, was sie sah. Nichts ist hier unten vertraut, Anfänger wissen weder, was es zu sehen gibt, noch wie es aussieht. Farben und Formen wirken anders, die Größenverhältnisse sind verschoben, man selbst ist in einem anderen Zustand. Als wir nahe vor Charlie waren – blödsinniger Name –, drehte er sich steif zu uns und zeigte nach gewohnter Manier seine Zähne. Kathy schüttelte den Kopf, riss sich los und schwamm zur Oberfläche.*

Sie zerrte sich die Maske vom Gesicht und spuckte den Lungenautomaten aus. »*Jesus Christ*«, sagte sie heftig atmend, »was war denn das?«

Ich packte sie unter dem Arm und öffnete die Notflasche an meiner Fénzy. Beim Geräusch der sich füllenden Weste erschien Brian an der Bordwand.

»Leg deinen Arm um meinen Hals«, sagte ich zu Kathy, »du bist außer Atem.«

Sie nickte und hustete.

»Das ist Charlie, der Barracuda«, sagte ich, »der wohnt hier in der Gegend. Er hat keinerlei böse Absichten.«

»*Bullshit*«, sagte Brian vom Deck der *Emilio Adolfo*, »hör nicht auf Daniel, er meint, er sei im Genfersee.«

Kathy musste lachen. »Dieser Charlie sieht ganz schön hungrig aus«, sagte sie. Dabei schluckte sie Wasser und musste erneut husten.

»Wenn du redest, schluckst du Wasser«, sagte ich. »Ist alles in Ordnung?«

Sie nickte.

»Zieh die Maske wieder an.« Ich hielt ihr ihren Lungenautomaten hin, ergriff ihre Hand, löste den Inflatorschlauch von der Fénzy und ließ die Luft ab.

Wir sanken wieder auf den Grund. Abermals führte ich den Druckausgleich vor. Kathy tat es mir nach. AUSATMEN. EINATMEN. *Sie nickte und signalisierte ›Okay‹. Wir schwammen langsam zum Heck der* Emilio Adolfo. AUSATMEN. EINATMEN. *Ich ließ ihre Hand los. Sie hielt sich nahe neben mir. Sie hatte eine leichte Gänsehaut. Sie gefiel mir, ich hätte sie geküsst, aber dazu muss man die Maske ausziehen und den Lungenautomaten aus dem Mund nehmen. Anfänger können das nicht.* AUSATMEN. EINATMEN. *Ich bedeutete ihr anzuhalten. Ich zwinkerte ihr zu und machte im Zeitlupentempo einen Überschlag. Sie applaudierte. Ich deutete auf sie. Sie nickte zögernd und versuchte, es mir nachzutun. Dabei verlor sie die Orientierung und landete sanft auf dem Hintern. Ich fasste sie an den Hüften und richtete sie auf.* AUSATMEN. EINATMEN. *Wir setzten unseren Ausflug fort. Am Heck klebte immer noch der Schiffshalter. Ich zeigte auf ihn. Kathy näherte sich zögernd. Der Schiffshalter schlug mehrmals mit der Schwanzflosse, plötzlich löste er sich von seinem Platz und schoss davon.* AUSATMEN. EINATMEN. *Kathy blickte zu mir und nickte, ihr Blick war klar und lebhaft. Wir schwammen zurück.* AUSATMEN. EINATMEN. *Unter der Leiter nahm ich den Lungenautomaten aus dem Mund, ergriff ihre Hand und führte sie in einer eleganten Bewegung an die Lippen. Dann gab ich ihr einen sanften Stoß, und sie schwebte zur Leiter empor.*

»Wie war's?«

»Wunderbar«, sagte sie außer Atem, »wirklich wunderbar. Unglaublich, dieses Gefühl der Schwerelosigkeit. Und die kleinen Fische und das Seegras. Was war das für ein Fisch da am Heck? Der Seestern war großartig. Es war doch ein Seestern? Sah jedenfalls so aus. Mit dem Überschlag hatte ich Mühe, ich wusste nicht mehr, wo oben und unten ist. Wundervoll. Ich möchte gleich wieder runter. Obwohl, da wartet vielleicht Charlie mit seinem Dobermann-Gebiss.« Sie hielt inne und holte Atem und lachte. »Reden alle nach dem ersten Tauchgang so viel?«

»Wenn es ihnen gefallen hat«, sagte ich. »Findest du nicht, dein liebenswürdiger Tauchlehrer hat einen Kuss verdient?«

Sie küsste mich auf die Wange.

»Wie wenn man seinen Vater küsst«, sagte von oben Brian.

»Halt die Schnauze, Kindergärtner.«

Er grinste.

»Du kannst an Bord gehen«, sagte ich zu Kathy, »aber spül noch den Lungenautomaten.« Sie drückte auf die Luftdusche. »Unter Wasser, Kathy.«

»Zu Befehl, Sir.«

»Du kannst ebenfalls rauskommen«, sagte Brian zu mir, »ich habe Beverly mit Kevin geschickt.«

Nach der Dreiviertelstunde unter Wasser war mir kühl. Die Hitze war ein Schock, ich musste mich jedes Mal aufs Neue daran gewöhnen. Ich nahm einen lauwarmen Schluck Evian, um den Salzgeschmack wegzuspülen.

Kevin und Beverly kamen an Bord, und wir beluden den *gommier*. Als ich den Außenborder anwarf, erschien Antonio oben an der Reling.

»Seid ihr fertig?«

»Ja.«

Er löste die Leine. »*Hasta mañana.*«

Ich legte den Gang ein. Wir fuhren um die *Emilio Adolfo* herum und nahmen Kurs auf die Palapa. Vor dem Strand kreuzten die Segelschiffe und Windsurfer. Kathy saß neben mir auf dem Bordrand. »Kannst du mal steuern?« Sie steuerte den *gommier* sauber geradeaus, sie schien sich mit Booten auszukennen. Ich begann, mit der Plastikkelle Wasser aus dem *gommier* zu schöpfen.

In der Nähe der Palapa übernahm ich wieder das Steuer. Wenige Meter vom Strand entfernt stellte ich den Motor ab und kippte ihn hoch. Wir näherten uns geräuschlos dem Strand und blieben mit einem sanften Ruck im Sand stecken.

Wir schleppten die Geräte zum Chevy.

»Nehmt ihr uns mit?«, fragte Beverly, die übrigen Taucher waren bereits gegangen.

»Ausnahmsweise«, sagte ich, »wir dürfen eigentlich keine G.M. mitnehmen.« Als sie mich fragend anblickte, sagte ich, sie solle sich die Karre einmal ansehen, sicherer wäre es, wir würden alle zu Fuß gehen.

Kevin setzte sich ans Steuer. Kathy, Beverly, Brian und ich kletterten auf die Ladefläche. Im Tunnel stand Bébert auf der Leiter.

Ohne Tempo wegzunehmen begann Kevin zu hupen und ließ den Motor aufheulen. Wir johlten und pfiffen durch die Finger. Die Tunnelwände dröhnten. Die beiden Amerikanerinnen stimmten in den Lärm mit ein. Bébert schüttelte die Faust hinter uns her.

»Schönen Dank«, sagte Beverly auf dem Parkplatz, »obwohl, das nächste Mal gehe ich zu Fuß.«

»Danke, Daniel, ich habe einen wundervollen Nachmittag gehabt«, sagte Kathy.

»Ich glaube, sie ist in dich verliebt«, sagte Brian, als wir weiterfuhren.

Kevin parkte den Chevy neben dem Tauchlokal.

Issa trat heraus.

»Wie geht's, Theo?«, fragte ich. Issas zweiter Vorname ist Taofik. Er hat mir gesagt, Taofik heiße auf Französisch Theophil.

Er gähnte. »Die anderen machen bereits Siesta.«

»Es sind immer dieselben, die hier arbeiten«, sagte Kevin, während wir den Chevy entluden. Wir spülten die Geräte ab und stellten sie zu den leeren Geräten vom Vormittag. Die ersten zwölf Geräte wurden an die beiden Kompressoren angeschlossen, dann startete Issa die Motoren. Das Gedröhn machte jede Unterhaltung unmöglich. Brian und Kevin nickten uns zu und gingen weg. Ich trat in den Nebenraum und öffnete den kleinen Kühlschrank. Er enthielt mehrere Einliterflaschen Cola, eine halbleere Flasche Ricard und eine ungeöffnete Flasche mit billigem Champagner. Ich nahm eine Cola und setzte mich im Freien neben Issa in einen der Plastiksessel im Schatten der kümmerlichen Palmen. Ich blickte in die Zweige der Palme, an der die Hängematte angebunden war. Issa sah meinen Blick.

»Suchst du den Slip? Ich habe ihn in den Abfalleimer geschmissen. Ich bin fast den ganzen Tag hier, ich will nicht, dass das Tauchlokal wie ein Puff aussieht.«

»Schade«, sagte ich.

»Ich habe heute einen Brief aus Kanada erhalten«, sagte Issa, »von Garance, einer Kanadierin, die ich in Guadeloupe kennengelernt habe. Sie schreibt, ich solle nach Montréal kommen.«

»Zu Besuch?«

»Nein, um dort zu arbeiten.«

»Und?«

»Ich weiß nicht. Man soll da ganz gut arbeiten können.«

»Was willst du dort machen?«

»Am liebsten hätte ich eine *garage*. Ich war ja mehrere Jahre bei Peugeot. Ich muss mich aber bald entscheiden. Ich bin schon zu sehr an das Leben im Club gewöhnt. Man verlernt hier das Arbeiten. Kannst du dir Zach draußen im wirklichen Leben vorstellen?«

»Das hier ist nicht das wirkliche Leben?«, fragte ich. Der Gedanke war mir auch schon gekommen.

»Nein«, sagte er, »es ist das wahre Leben, aber nicht das wirkliche.«

»Klug geschissen.«

»Leck mich am Arsch.«

»Und was ist mit der *nana*, Garance? Stehst du auf sie?«

»Ja«, sagte er, »ich glaube schon. Aber es wäre nicht einfach.«

Er meinte, weil er schwarz war und sie weiß.

»Wir haben in Guadeloupe schon darüber gesprochen«, fuhr er fort, »sie sagte, es werde in Kanada und auch in den Staaten immer besser. Aber einfach wäre es nicht.«

»Wann würdest du gehen?«

»Ende Oktober, wenn die Saison zu Ende ist. Wenn es dann nicht so läuft, wie ich mir das vorstelle, mache ich eben eine weitere Saison im Club. Ich würde gerne Tahiti machen.«

»Ich gehe am Ende der Saison auch nach Montréal«, sagte ich. »Du erinnerst dich doch an Yvette, die ich in Guadeloupe zwei Tage vor der Abreise kennengelernt habe?«

Er nickte.

»Wir schreiben uns ebenfalls. Sie hat mich nach Montréal eingeladen.«

»Bist du in sie verliebt?«

Wie sollte ich das wissen. Die Beziehung war nach weniger als achtundvierzig Stunden jäh zu Ende gewesen. Die Stunden mit Yvette hatte ich wie den Abschluss einer langen Rekonvaleszenz empfunden. Wann hatte das nur angefangen, diese Schwierigkeiten mit Frauen? Im Gymnasium war ich, im Vergleich zu meinen Mitschülern, frühreif gewesen, ich hatte Freundinnen gehabt, als die noch mit der elektrischen Eisenbahn spielten. Aber schon am Ende des Gymnasiums schien mir, der Vorsprung sei aufgebraucht, meine Mitschüler kamen mir reifer vor als ich, sie waren erwachsen geworden, ich nicht. Während des einen Jahres als Austauschstudent in den Staaten hatte ich eine Freundin gehabt. Die beiden Jahre in Paris, wo ich die Filmhochschule besuchte, hatten alles verwirrt. Damals war mir diese Verklemmtheit im Umgang mit Frauen bewusstgeworden. Beim Gedanken an Paris dachte ich an Nurit, die Wochen mit ihr hatten mich fast um den Verstand gebracht. Sie war mir auf jede Weise überlegen gewesen, ich war überfordert, mir fehlte alles, was ich gebraucht hätte, um mit einer Frau wie ihr zu leben. Während der folgenden Jahre, zurück in der Schweiz, hatte sich alles verschlimmert. Ich hatte es dem Arbeitsstress zugeschrieben, der groß war. Die drei Jahre mit Tina waren ein Alptraum gewesen. Ich hätte die Beziehung schon nach den ersten Monaten beenden sollen. Ich konnte es nicht. Es wäre mir wie das öffentliche Eingeständnis einer Niederlage erschienen. Man – wer? – hätte mich ausgelacht oder hinter meinem Rücken getuschelt, ich wäre blamiert gewesen. Ich hatte ein Bild von mir, von meiner Männlichkeit, davon wollte ich nicht lassen, so verklemmt war ich. »Verklemmtheit ist keine handhabbare Diagnose«, hatte Professor C. gesagt. »Sie haben außerordentlich viel Stress, ohne Zweifel. Aber da dürfte noch anderes im Spiel sein, das Sie daran hindert, eine gelassene Beziehung zu einer Frau zu finden.«

»Was?«, hatte ich gefragt.

»Das werden Sie selber herausfinden müssen.«

»Wann?«

»Wenn Sie so weit sind.«

Ich hatte es weder bis zu seinem Tod noch danach herausgefunden. In dem Bild, das ich mir damals von mir machte, befand ich mich im Weltall, in einem luftleeren Raum. Den Club, das Leben als G.O. sah ich als Chance, allmählich wieder in die Erdatmosphäre einzutauchen, jene gelassene Beziehung zu Frauen zu finden, von der Professor C. gesprochen hatte. Während der ersten Monate in Guadeloupe sagte ich mir, die Sache habe keine Eile, ich könnte Fehler machen, mich blöd anstellen. Die Möglichkeiten Frauen kennenzulernen waren grenzenlos. Nach spätestens einer Woche würde die Zeugin meiner Blödheit Tausende Kilometer weit weg sein, dort konnte sie erzählen, was sie wollte. Das sagte ich mir immer wieder, so abhängig war ich davon, was andere von mir dachten, oder was ich mir einbildete, das andere von mir dachten. Die Beziehung zu Yvette, am Ende meiner Saison in Fort Royal und vor meiner zweiten überstürzten Rückkehr nach Zürich, hatte ich wie den Abschluss meiner Wiederherstellung empfunden.

»Warum reisen wir nicht gemeinsam nach Montréal?«, fragte Issa.

»Abgemacht.«

Ein lauter Knall zeigte an, dass die Geräte gefüllt waren. Wir traten ins Lokal, schraubten die Geräte von den Kompressorschläuchen ab und reihten sie unter der Tafel *bouteilles pleines/full tanks* auf. Dann schlossen wir die nächste Serie an.

»Den Rest mach ich allein«, schrie Issa mir über dem Lärm der Kompressoren ins Ohr, »du kannst gehen.«

Ich nickte und trat ins Freie.

Es war kurz vor fünf Uhr nachmittags, die Hitze hatte noch kaum nachgelassen. Vierundzwanzig Stunden am Tag war es hier heiß und feucht. Nur in den Bungalows war es kühl und auch da nur, wenn die Klimaanlage funktionierte, und die funktionierte nur, wenn nicht gerade Stromausfall herrschte. Wir mussten mit der Hitze leben. Weil wir viel im Wasser waren und die Haut auch an Land wegen der Feuchtigkeit und dem ständigen Schwitzen nie richtig trocken wurde, hatten einige von uns Hautausschläge bekommen. Richards Brust war mit kleinen Pusteln bedeckt, ich selbst hatte seit kurzem einen Ausschlag in der linken Achselhöhle. Marie-Jo, die Krankenschwester, hatte mir eine Salbe gegeben, aber die hatte bisher nicht gewirkt. Ich hatte angefangen, den linken Arm nicht mehr so hoch zu heben, wenn wir auf dem Parkplatz den abreisenden G.M. nachwinkten, wie es das G.O.-Pflichtenheft verlangt.

Ich ging hinter dem Amphitheater zum Strand. In der Ferne, am Ende des blendend weißen Sandstreifens, die beiden Hotels von Cancún. Über der Lagune kreiste der Pelikan vom Dienst. Von da oben konnte er die ganze Yucatán-Halbinsel überblicken, diese flache, von einem Dickicht aus Stauden und Sträuchern bewachsene Ödnis, viermal so groß wie die Schweiz, flusslos, seelos, wasserlos, weil das Regenwasser im Kalkstein versickert. Über den unterirdischen Höhlen, wo es sich sammelt, stürzt gelegentlich die Decke ein, so sind die Brunnen entstanden, aus denen die Maya ihr Wasser holten. Da sollen sie Menschen geopfert haben, junge Kämpfer oder, nach der aufregenderen Version, Jungfrauen. G.O. Daniel, auf seinem Weg vom Tauchlokal zum Bungalow, fragt sich indessen, warum die Maya ihre eigenen Brunnen vergiftet haben sollen, ob sie daran nicht elend zugrunde gegangen wären. Für das Clubdorf liegt Yucatán unsichtbar hinter hohen Stauden am Ufer der Lagune. Bisher habe ich die Ebene nur einmal gesehen, am Ende des Fluges von Paris, kurz vor der Landung.

Am Strand kamen mir Célestin, Nanette und Sylvie entgegen. Die drei arbeiten in der Boutique. Célestin ist einer der Schwulen in der G.O.-Equipe. Er ist noch magerer als Cliff, man kann alle seine Knochen sehen. Er besitzt ein feingliedriges Skelett, es sieht weit anmutiger aus als das leichten Ekel erregende Klappergerüst damals im Gymnasium. Nanette ist klein und hat einen weichen braunen Körper. Um die schmalen Hüften trägt sie ein Goldkettchen. Ihre Haare sind fast so kurz wie meine. In einer unserer Shows trägt sie eine blonde Perücke und mimt zum Playback hinreißend Marilyn Monroe mit »I Wanna Be Loved by You«. Sylvie ist die Verantwortliche für die Boutique. Sie hat blauschwarze Haare, eine seidige Haut, kleine hohe Brüste und lange Beine. Alle drei trugen Pareos und Hibiskusblüten hinter den Ohren. Célestin, Nanette und Sylvie sind ihre eigenen Models, sie tragen stets die neueste Clubmode zur Schau und treiben den Umsatz der Boutique mühelos in die Höhe.

»Wie geht's, ihr Schönen?«, sagte ich.

»Wunderbar«, sagte Célestin, »und dir *chérie?*«

Ich schlenderte hinter *Mi preferida* vorbei. Neben dem Durchgang zu *Mi dulce hogar* ist im Sand ein Volleyballfeld abgesteckt. Eben lief, wie meistens am späten Nachmittag, das Spiel »G.M. gegen G.O.« Dutzende von G.M. standen an den Seitenlinien und feuerten ihre Mannschaft an, sie brauchte es. In unserer Mannschaft sah ich Patrick. Er war der Kleinste, aber er spielte ausgezeichnet. Ich schaute eine Weile zu. Die Körper der Spieler waren von Schweiß und Sand bedeckt.

In der Passage vor meinem Bungalow begegneten mir mehrere Frauen vom *personnel local* mit Kübeln und Besen. Sie hatten Feierabend. Bei einer war ein Augenlid fast geschlossen, vom Auge sah man nur das Weiße.

»*Hola Anna-Maria*«, sagte ich zu einer der Frauen. »*Qué tal?*«

»*Bien, y tu, Daniel?*«

»*Mucho calor.*«

Sie lachte, und die anderen Frauen lachten ebenfalls.

»*Momentito por favor, Anna-Maria.*« Ich eilte ins nahe Zimmer und holte das Bündel mit der schmutzigen Wäsche.

»Bis zum nächsten Dienstag«, sagte sie.

»*Muchas gracias.*«

Einige G.O., vor allem die weiblichen, waschen ihre Kleider selbst, viel ist es ja nicht. Aber die meisten machen es wie ich. Für das Waschen zahlen wir den Frauen vom *personnel local* einen lächerlich geringen Betrag, das funktioniert in allen Clubdörfern, auch in Europa. Neulich ging mir durch den Kopf, dass ich noch nie in meinem Leben meine Wäsche selbst gewaschen habe. Als ich noch ein Kind war, hatte das Illy besorgt. In dem Mehrfamilienhaus meiner Kindheit wurde in der Waschküche gewaschen, nach einem Waschplan. Der Trockner war ein großer, oben offener Messingbottich, in dem sich eine Trommel rasend schnell drehte. Illy hatte mich wiederholt davor gewarnt, der Trommel zu nahe zu kommen, die Schwinge könne mir den Arm abreißen. Die Vorstellung verfolgt mich bis heute. Später, als wir im eigenen Haus wohnten, gab es im Abstellraum eine moderne

Waschmaschine und einen Trockner. In den Jahren, in denen ich noch bei meinen Eltern wohnte, habe ich die beiden Maschinen nie bedient. Auch während der Militärzeit habe ich die Wäsche im Urlaub nach Hause gebracht, und Illy hat sie gewaschen. Die meisten Rekruten machten es so. Die Schweizer Armee müsste den Betrieb einstellen, wenn die Mütter und Ehefrauen sich weigerten, die schmutzige Wäsche der Soldaten zu waschen. Wie ich es während der Filmausbildung in Paris gehalten habe, weiß ich nicht mehr, aber wenn ich die Wäsche selbst gewaschen hätte, wüsste ich das noch. Auch während der drei Jahre mit Tina habe ich mich nie um die Wäsche gekümmert. Nachdem die Beziehung zu Ende war, lebte ich meist allein. Die Wäsche brachte ich in der Gemeinde am See, wo ich damals wohnte, in eine Wäscherei. Nach einer Woche holte ich sie wieder ab, sauber gewaschen und geglättet und in helles Papier verpackt. Die Wäscherei war von Dampf erfüllt, ich konnte die Arbeiterinnen nie richtig sehen, hörte nur von Zeit zu Zeit italienische Sprachfetzen oder jugoslawische, vielleicht waren es auch türkische.

Im Zimmer war es wieder eiskalt. Ich schaltete die Klimaanlage ab und öffnete die Balkontür. Heiße, feuchte Luft strömte herein. Ich blickte auf die gelbbraune Lagune und das Amazonasgestrüpp, das am Ufer im Wasser stand. Der Kaiman mit den Essensresten zwischen den Zähnen war nicht zu sehen.

Als ich aus der Dusche kam, herrschte im Zimmer tropisches Klima. Ich schloss die Balkontür, schaltete die Klimaanlage wieder ein und legte mich aufs Bett. Ich genoss es, eine Weile allein zu sein. Ich schob das Band von Johnny Nash in den Kassettenrekorder und schloss die Augen. Reggae-Rhythmen schepperten los, dann setzte Johnny Nashs hohe, elegante Stimme ein:

I think I can make it now, the pain is gone
All of the bad feelings have disappeared
Here is that rainbow I've been praying for
It's gonna be a bright, bright, bright, bright sunshiny day

Ich schlief ein.

Abend

Gegen sechs Uhr wachte ich auf, weil Patrick ins Zimmer trat. Seine Locken hingen in Strähnen herab, sein Körper war von einer Sandkruste bedeckt.

»Habt ihr gewonnen?«, fragte ich.

»Dreimal hintereinander haben wir die G.M. weggeputzt.« Er duschte, legte sich nackt auf sein Bett und schlief ein.

Ich blätterte in den alten Journalen, die die G.M. zurückgelassen hatten. Beim Umblättern rieselte Sand heraus. Ein *Spiegel* war dabei, eine *Newsweek*, beim *Express* fehlte die Titelseite, vielleicht war er vom Vorjahr. Im Club gibt es weder Zeitungen noch Radio, wir sind nicht einmal darüber informiert, was am gegenüberliegenden Ufer der Lagune passiert. Meist haben wir auch keine Ahnung, in welchem Monat wir uns gerade befinden. Jahreszeiten gibt es hier ohnehin nicht. Nach sechs Monaten fliegen wir ein paar Tausend Kilometer in ein Clubdorf an der Elfenbeinküste oder auf Tahiti oder Mauritius. Es ist dasselbe Meer, dieselbe Sonne, die gleichen Strände mit den gleichen Plastikliegen. Es gibt die gleichen Barkügelchen, die gleiche Fanfare vor dem Essen, die gleichen Achtertische im Restaurant, die gleiche Disco, die gleichen Fickereien. Warum auch nicht? Die Welt außerhalb des Clubs ist ja auch überall gleich. Der polnische Außenminister, las ich im *Spiegel*, habe sich über die revisionistische Auslegung der Ostverträge durch bundesdeutsche Gerichte beschwert. Der deutsche Arbeitgeberpräsident hatte sich ebenfalls beschwert, über die Gewerkschaften, die an der hohen Zahl von Arbeitslosen schuld seien, und über die sinkenden Gewinne. Ludwig Erhard und Joan Crawford waren gestorben. Zwei Jahre nach dem Internationalen Jahr der Frau erhielten

Frauen für gleiche Arbeit weiterhin weniger Lohn. In Kaiserslautern war ein Prozess gegen die Baader-Meinhof-Terroristen zu Ende gegangen, molukkische Terroristen hatten in Holland eine Schule und einen Personenzug besetzt. Günter Grass hatte einen Roman über einen Fisch geschrieben (was mich als Taucher interessierte), ein weiterer Schriftsteller, Peter-Paul Zahl, saß wegen Mordversuchs im Gefängnis. Francis Ford Coppola drehte für siebzig Millionen Mark einen Film über den Vietnamkrieg. Auch Roberto Rossellini war gestorben. Sein *Roma, città aperta* hatte mich umgehauen, als ich den Film in der Cinémathèque in Paris zweimal hintereinander gesehen hatte, zusammen mit meinem Freund Alvaro Xavier.

Später ging ich ins Badezimmer und rasierte mich. Ich zog eine Jeans an und das helle Hemd mit dem Zebra auf der Brusttasche. Ich streifte die blaue Harpunenschnur mit der Flamingozunge über den Kopf, die ich nur zum Schlafen ablege. Als ich vor einigen Jahren zum ersten Mal im Karibischen Meer getaucht hatte, auf Martinique, saßen die kleinen Schnecken zu Dutzenden auf den Fächerkorallen. Ich hatte den Dreh raus, wie man das Tier tötete und ohne Rest aus seinem Haus entfernte. Ich tat es nie ohne Schuldgefühle, aber die rosa schillernden Schneckenhäuschen eigneten sich nun einmal zu gut als Geschenk an die *nanas*. Irgendwann hatte ich damit aufgehört. Inzwischen findet man auf den Tauchgängen in Martinique keine Flamingozungen mehr. Ich bringe von den Tauchgängen längst nichts mehr mit nach oben, die G.M. ermahne ich, nicht einmal abgebrochene Korallenstücke oder leere Schneckenhäuser mitzunehmen, da sie Einsiedlerkrebsen und kleinen Fischen als Versteck dienen. Und wenn die abgestorbenen Korallen, die leeren Schneckenhäuser und toten Muscheln allmählich auf dem Meeresboden zerfallen, so ist das auch nicht sinnloser, als wenn sie auf einem Kaminsims oder in einem Glasschrank Staub ansetzen und einmal in der Woche von der Putzfrau poliert werden müssen. Meine Flamingoschnecke trage ich aber weiterhin, jeden Tag kehrt sie mit mir für kurze Zeit ins Meer zurück.

Zach stand an unserem Stammplatz am Ende der Bar und trug in die Tauchausweise der abreisenden G.M. die Anzahl ihrer Tauchgänge ein. Man braucht dreißig bis fünfzig Tauchgänge, um sich unter Wasser richtig wohl zu fühlen. Ich habe schon mehr als fünfhundert, Zach weit über tausend. Ich trat zu Tracy, die neben Zach an der Bar lehnte. Sie trug eine frische Hibiskusblüte im Haar. Die Kicker des VfB Stuttgart grinsten auf sie herunter. Sie hatten vor kurzem den Aufstieg in die deutsche Bundesliga geschafft, zur Belohnung hatte man ihnen eine Ferienwoche bei uns in Cancún spendiert. Sie hatten die G.M. auf dem Volleyballfeld mit artistischen Balleinlagen unterhalten. Zwei hatten mit uns getaucht. Die Fußballer hatten versucht, die weiblichen G.O. zu vögeln, und als sie da nichts ausrichteten, hatten sie es bei den weiblichen G.M. versucht, mit besserem Erfolg. Vor wenigen Tagen waren sie wieder abgereist. Außer einigen untröstlichen G.M. hatten sie ein Poster von ihrer Mannschaft hinterlassen, das nun über der Bar hing.

Ich erhielt einen Schlag auf die Schulter, der hünenhafte Phil und die statuenschöne Linda standen hinter mir. Die beiden sahen aus wie Mr. und Mrs. America. Linda trug eine Safaribluse, die sie über ihrem flachen braunen Bauch verknotet hatte, und einen Safarirock, der an der Seite bis zu den Hüften aufgeschlitzt war.

»Du siehst fabelhaft aus«, sagte ich.

»Woher weißt du überhaupt, dass ich es bin?«, hörte ich Lindas Stimme, »du hast mir noch gar nicht ins Gesicht geschaut.«

Phil sagte, jetzt sehe er zum ersten Mal einen verlegenen G.O.

Ich grinste und stellte mich auf die Zehen und küsste Linda. Sie trug eine Hibiskusblüte in ihren langen Haaren. Nach den Flamingozungen würde man demnächst auch die Hibiskusblüten unter Naturschutz stellen müssen.

Die beiden luden mich zu einem Kahlúa ein. Sie waren typische Amerikaner, lebhaft, laut und freundlich und nicht besonders tiefgründig. Sid und Dave traten zu uns. Sid trug ein offenes Hemd, auf seiner Brust war der goldene Davidstern zu sehen. Mir war aufgefallen, wie viele amerikanische Juden einen Davidstern tragen. In Europa tragen zwar viele Katholiken ein Kruzifix – Alvaro Xavier nennt es »das Parteiabzeichen« –, aber das fällt niemandem auf. Ich nahm den langen Sid beiseite und fragte, wie er sich fühle. »Prima«, sagte er, »aber das Tauchen werde ich für den Rest der Woche bleibenlassen.«

Linda, Phil und Dave redeten bereits wieder von den Haien.

»Wenn ich einer dieser Haie gewesen wäre«, sagte ich zu Linda, »und ich hätte dich in diesem Aufzug gesehen …«

»Ich nehme das als Kompliment«, sagte sie, »mit der Einschränkung, dass du beginnst, dich zu wiederholen, du hast das heute Morgen schon mal gesagt.«

»Du kannst nicht verlangen, dass den G.O. immer neue Sprüche einfallen«, meinte Dave. »Hauptsache, es reicht für eine Woche.«

»Bei mir reicht's normalerweise«, sagte ich, »aber das ist jetzt schon mein dritter Kahlúa.«

»Die Sprüche der G.O. sind genau das, was wir hier hören wollen«, sagte Sid. »Ein paar Tage geistig ausspannen, nicht über die neueste Inszenierung von Peter Brook oder über eine Ausstellung von Cy Twombly reden müssen oder über die Ernährungsprobleme der Dritten Welt.«

Ich war überrascht, dass dieser kümmerliche Taucher von Cy Twombly gehört hatte. Er wäre vermutlich ebenso davon überrascht gewesen, dass ein G.O. von Cy Twombly gehört hatte. Die gegenseitige Verwirrung ist verständlich. Im Club entfällt das Grundprinzip der kapitalistischen Gesellschaft, das nicht Karl Marx, sondern Gottfried Keller formuliert hat: Kleider machen Leute. Hier, wo alle fast nackt herumlaufen, gilt dementsprechend: Körper machen Leute. Diesem Wahrnehmungsprinzip unterliegen G.M. wie G.O. gleichermaßen. Die G.O. halten die blassen, schlaffen G.M. für Waschlappen, die wiederum halten die braun gebrannten, sportgestählten G.O. für geistesschwach, da herrscht Symmetrie.

»Die Ernährungsprobleme der Dritten Welt«, sagte Linda zu Sid, »verschwinden nicht schon deshalb, weil wir eine Woche lang nichts davon hören. In dem Krankenhaus, wo ich arbeite –«

»Bist du Krankenpflegerin?«, unterbrach ich sie.

»Psychiaterin.«

Da hatte ich es.

»Ich arbeite mit Schizophrenen«, sagte sie. »Wir haben viele schwarze Patientinnen und Patienten, meist Einwanderer aus der Karibik. Da erfährt man einiges über die Dritte Welt.«

»Neulich hatten wir sogar eine Familie von hier aus der Gegend«, sagte Phil.

»Bist du ebenfalls Psychiater?«, fragte ich.

»Nein, Krankenpfleger. Ich arbeite in derselben Abteilung wie Linda. Diese Familie war illegal aus Quintana Roo in die Staaten eingewandert. Sie haben einen schizophrenen Sohn. Stammen von den Maya ab, wie das Personal, das hier im Clubdorf arbeitet.«

»Ich finde trotzdem«, sagte Sid, »dass man in den Ferien einmal ein paar Tage die wirkliche Welt vergessen kann.«

»Das hier ist nicht die wirkliche Welt?«, fragte ich.

»Du machst Witze«, sagte Dave. »Kein Radio, keine Zeitungen, kein Fernsehen. Plastikkügelchen statt Geld. Frauen, die nur darauf warten.« Er sagte nicht, worauf. »Ein G.O. kann doch keine normale Beziehung zu einer Frau haben.«

»Was verstehst du unter einer normalen Beziehung?«, fragte ich.

»Jedenfalls nicht, jede zweite Woche mit einer anderen Frau zu schlafen.«

Dave hatte ungenaue Vorstellungen vom Liebesleben der G.O.

Er fuhr fort, aus ihm spreche der Neid, das wisse er selbst. Er habe hart arbeiten müssen, um herzukommen. Mit dem Geld habe er sich Ferien vom wirklichen Leben gekauft, und nichts sei vom wirklichen Leben weiter entfernt, als der Club. Ich war geneigt, ihm recht zu geben, denn eben kam Bébert, unser Künstler, die Stufen zur Bar herauf. Er ist klein und mager, hat einen mächtigen Schnurrbart und trägt eine Drahtbrille, die seine Augen absurd vergrößert. Auf seinem wilden Lockenkopf saß eine drei Nummern zu kleine Melone. Er trug ein ausgewaschenes gelbes T-Shirt mit der Aufschrift *Philo's Garage – 24 Hour Service*, dunkelrote Pluderhosen aus Satin und hohe Schnürstiefel. In der einen Hand hielt er ein elegantes Stöckchen, an der anderen eine etwa fünfundvierzigjährige Amerikanerin mit hellblauen Haaren, einer Brille aus Schildpatt und einem tief ausgeschnittenen Stofffetzen, der ihr kaum bis an die Oberschenkel reichte, und Tennisschuhen mit rosaroten Söckchen. Cy Twombly hätte das Paar nicht besser malen können. Als Bébert mich sah, ließ er die Hand seiner Dame los und zog elegant die Melone. Dave glotzte die beiden mit jenem leeren Blick an, den ich sonst nur vom Tauchen kenne. Ich fragte mich, ob er je wieder in die Wirklichkeit zurückfinden würde. Vielleicht sollte ich ihm ein paar Sitzungen mit Linda empfehlen.

Lucy trat zu mir. Sie trug ein Huipil, eine bunt bestickte Bauernbluse aus Guatemala. Die hatte ihr Mimil von der Exkursionsequipe mitgebracht. Die langen Haare hingen ihr offen auf den Rücken. Sie sah lustig und sehr jung aus.

»Du siehst aus wie das Mädchen von nebenan aus Guatemala«, sagte ich und küsste sie links und rechts und wieder links.

»Es ist schrecklich«, sagte sie, »ich habe so ein amerikanisches Gesicht. Statt wie eine G.O. sehe ich in dieser Bluse aus wie eine Touristin. Dabei war ich noch nicht einmal in Chichén Itzá.«

Ich sagte, da sei ich auch noch nie gewesen, ob wir zusammen hinfahren wollten. Sie nickte, und ich sagte, ich würde mich im Exkursionsbüro erkundigen, wann es für die G.O. wieder Plätze gebe. Dann ertönte *Les Soupers du Roy*, und G.M. und G.O. strömten über den Platz zum Restaurant.

Als sich das Gedränge an der Bar gelichtet hatte, sah ich Kathy und Beverly im Gespräch mit Phil und Linda. Kathy zeigte auf mich und sagte, ich sei der Tauchlehrer, der ihr am Nachmittag einen Piranha gezeigt habe. »Einen Barracuda«, sagte ich, und Kathy meinte, »wie auch immer«, jedenfalls habe er sein riesiges Maul geöffnet und die Zähne gefletscht und sie angeknurrt. Als wir zum Essen gingen, gesellte sich Mimil von der Exkursionsequipe zu uns, noch so ein G.O.-Idealtyp, groß und schlank und braun gebrannt, mit schulterlangen Locken. Um die Stirn hatte er sich ein buntes guatemaltekisches Stirnband gebunden, man hätte ihn für den Clubkatalog fotografieren können. Mimil ist stets locker und freundlich, und wenn er nicht gerade auf Exkursion ist, spielt er den ganzen Tag Pétanque und zählt die Punkte in seinem südfranzösischen Dialekt, der zum Pétanque passt. Frauen und Männer sind von seinem Charme gleichermaßen betört, er nimmt es hin, das Leben hat ihm nun mal den Part eines jungen Gottes zugeschanzt. Vielleicht kommt er wegen Beverly mit, dachte ich und sagte halblaut auf Französisch zu ihm, pro Tisch seien nur zwei G.O. erlaubt. »Siehst du außer uns beiden noch jemanden?«, fragte er. Am Tisch kam ich zwischen Kathy und Linda zu sitzen, Mimil zwischen Kathy und Beverly. Er begann sogleich, von seinen Reisen nach Uxmal und Palenque und Bonampak zu schwadronieren. Mimil spricht gut Englisch und ist ein ausgezeichneter Geschichtenerzähler. Ich versuchte mehrmals, ins Gespräch zu kommen, aber Mimil gab mir keine Chance. Ich überlegte, ob ich ihm ein Glas Gratiswein über die Hose schütten sollte.

»Hast du wirklich gedacht, der Barracuda könnte dich beißen?«, sagte ich laut zu Kathy.

»Was?« Sie hatte nicht zugehört.

Mimil hielt in seiner Schilderung inne und musterte mich: »Was sagst du?«

»Ach nichts«, sagte ich, »erzähl nur weiter von den Inka oder Azteken oder was. Es ist sehr interessant.«

»Ich rede von den Maya, Kumpel. Die Inka lebten in Südamerika und die Azteken in der Gegend von Mexico City.« Er lächelte charmant. »Aber woher sollte ein Schweizer Bauer das wissen«, sagte er mit seinem Bauernakzent aus dem Midi. Dann erzählte er, wie die Chacs unberührte Mädchen in die Cenotes von Chichén Itzá zu werfen pflegten, und erläuterte diese und jene Einzelheit des Opfervorgangs. Noch vor dem Nachtisch erhob ich mich und sagte, ich sei in der Show und müsse mich vorbereiten. Mimil meinte, die heutige Show sei leider nicht ganz so gut wie die gestrige, aber Kathy sagte, sie und Beverly würden zuschauen und wie die Wilden applaudieren.

Ich ging an die Bar und bestellte einen Kaffee. Aus den Lautsprechern ertönte halblaut ein Chanson von Gilbert Bécaud.

»*Hola Daniel, qué tal?*« Veronica, eine hübsche junge Mexikanerin vom *personnel local*, war allein hinter der Bar. Die Barequipe war zum Essen gegangen.

»*Hola Veronica.*« Ich sprach den Namen spanisch aus: Beronica.

Auf dem Platz hinter der Bar rückte ich einen der flachen Sessel bis an den Rand der Steinplatten. Der Strand und das Karibische Meer lagen im Dunkeln, nur in den Schaumkronen der kleinen Wellen glitzerte das Mondlicht. In der Ferne die Lichter der Hotels von Cancún. Der Himmel war sternenübersät. Von der Bar her ertönten die ersten Takte von »La solitude ça n'existe pas«. Bécaud zählte die Errungenschaften auf, die einem über die Einsamkeit in der modernen Gesellschaft hinweghalfen: Radio, Fernsehen, die kleine Bar an der Ecke, es gebe immer jemanden für jemanden. Der Refrain schloss mit dem Hinweis auf das wirksamste Mittel gegen Einsamkeit: »*Non, ce n'est pas fait pour les chiens / Le Club Méditerranée.*« Ich grinste wider Willen.

Nach einer halben Stunde trug ich die leere Kaffeetasse zurück an die Bar. Von den Esstischen an der Lagune erschallte Stimmengewirr und Gelächter. Ich ging um das Amphitheater herum zum Bühneneingang. In dem langen, hohen Raum hinter der Bühne standen Dekorationsteile, Papierrollen, Leitern, Farbkübel und dünne Holzwände. Ein großer Vorhang versperrte den Blick auf die Bühne und den Zuschauerraum. In der Schminkecke eine Wandtafel, darauf das Programm des heutigen Abends:

1. Die Probe (Lülü, Don, Nanard)
2. Die pfeifenden Zwerge (Irma, Rudi, Eric)
3. Day-O (Cliff, Don, Segelequipe)
4. Der sterbende Schwan (Tauchequipe)
5. They had it comin' (Hostessen)
6. Die Spanische Wand (Cliff, Leila, Bébert, alle)

Macht's gut!

In einem Nebenraum saß Colette, die Garderobiere, an einem mit Stoffresten übersäten Tisch an der Nähmaschine. Die Wände entlang Gestelle, vollgestopft mit Kappen, Zylindern, Melonen, Baskenmützen, Tropenhelmen, Uniformkäppis und Sombreros, mit Herren- und Damenschuhen, Lack- und Schnürschuhen, Stiefeln, Rollschuhen, Ballettschuhen, Stöckelschuhen, sogar ein Paar neue Skischuhe stand da. Weitere Gestelle waren mit beschrifteten Schachteln gefüllt. Ich küsste die mollige Coco dreimal und nannte sie »Königin der Näherinnen«. Sie sagte, ich solle nicht rumquatschen, was ich von ihr wolle. Ich sagte, ich hätte für die *soirée noir et blanc* in der Boutique eine weiße Hose gekauft, die sei leider zu lang. Sie unterbrach mich und sagte, sie sei nicht die Dienstmagd der G.O., ich solle ihr die Hose bringen, und am Samstag komme sie zum Schnorcheltest, und falls sie den nicht bestehe, könne ich mir hinterher mit meiner Hose fetzenweise den Arsch abwischen. Sie hatte eine Pariser Schnauze. Irma trat herein. Sie kniff mir im Vorbeigehen in den Hintern und begann, mit Coco den Ablauf der Show durchzugehen.

Von der Bühne ertönte gedämpfte Musik vom Band. Immer mehr G.O. erschienen hinter der Bühne. Lülü von der Bar, Nanard und Rudi waren beim Schminken. Irma trat zu Rudi und redete auf Holländisch auf ihn ein. Rudi nickte. Irma zog ihr Leibchen aus und setzte sich mit nacktem Oberkörper neben ihn. Sie begann, sich die Brüste zu schminken.

»Eieiei«, ertönte Enzos Stimme. Er war mit den übrigen Tauchern hereingekommen und trat hinter Irma.

»Komm mir nicht zu nah, Enzo, ich warne dich.«

»Sei nicht so, *ma chérie.*« Er fasste sie von hinten um die Hüften.

»Nicht anfassen«, sagte Irma und gab ihm einen Klaps auf die Hand.

»Bitte, wenn du so stur sein willst«, sagte Enzo, »du weißt nicht, was du verpasst.«

»Aufgeschoben ist nicht aufgehoben«, sagte Irma zum Spiegel gewandt und zwinkerte ihm zu.

Enzo war zu Patrick getreten und flüsterte laut: »Sag mal, Patrick, ist dir auch schon aufgefallen, wie viele Schwule es im Club gibt?« Dabei fasste er Patrick zwischen die Beine.

»Du übertreibst«, flüsterte Patrick ebenso hörbar und griff Enzo an die Eier.

»Siehst du«, sagte Enzo zu Irma, »ich hab wenigstens noch meinen Kumpel.« Er küsste Patrick auf die Lippen.

»Scheiße«, sagte Patrick, »du hast schon wieder Zwiebeln gefressen.«

Irma, Rudi und Eric waren mit Schminken fertig. Sie hatten sich für die »Pfeifenden Zwerge« Gesichter auf die Oberkörper gemalt: um die Brustwarzen große Augen, darunter die Nase und um den Bauchnabel den Mund. Es sah grotesk aus, besonders bei Irma. Coco trat zu uns Tauchern und sagte, wir sollten uns bereitmachen. Cliff bedeutete Ivan, dem Tontechniker, dass es losgehe. Die Musik wurde ausgeblendet, und Cliff trat mit dem Mikrofon vor den Vorhang und begrüßte die G.M. Lülü, Don und Nanard stellten sich hinter dem Vorhang auf.

Während die erste Nummer lief, nahm das Chaos hinter der Bühne weiter zu. Die Segelequipe war beim Einkleiden für die Nummer »Day-O«. Die Hostessen saßen beim Schminken. Ich fand eine ruhige Ecke und kleidete mich ein. Zuerst zog ich die weiße Strumpfhose an. Dann band ich mir ein Tutu um die Hüften. Mit einem Gummiband befestigte ich die zwei mit Glimmer bedeckten Pappsterne auf den Brustwarzen. In der Hitze rann die Schminke in dicken Tropfen herunter. Ich malte mir ein Kussmäulchen und auf die Wangen rote Schatten. Aus der kleinen Schachtel mit meinem Namen darauf nahm ich die riesigen Wimpern und klebte sie mir sorgfältig an. Ich konnte die Augen kaum offen halten. Zuletzt setzte ich die Perücke mit den grünen Haaren auf.

»Du siehst entzückend aus«, sagte Tracy neben mir. Sie hatte sich mehrere Warzen aufgemalt und ein blaues Auge und einen leichten Schnurrbart.

»Siehst du«, sagte ich, »ich habe mich hübsch gemacht und du dich hässlich. Wir wollen beide sein, was wir nicht sind.«

»Mit Schmeicheleien erreichst du bei mir alles«, sagte sie.

Lauter Applaus zeigte das Ende der ersten Nummer an. Lülü, Nanard und Don kamen schweißüberströmt von der Bühne. Irma, Rudi und Eric stellten sich hinter dem Vorhang auf. Das Playback für die »Pfeifenden Zwerge« setzte ein.

»Ihr wart gut«, sagte Cliff zu den drei Artisten.

»Nanard wäre beinahe von der Leiter gefallen«, sagte Lülü.

»Gut. Er soll es das nächste Mal absichtlich tun.«

Ich ging mit den Schwimmflossen in der Hand zum Bühnenausgang und stellte mich an die Tür. Die kühlende Wirkung war gering.

Von der Bühne erklang »Day-O« von Harry Belafonte. Die Nummer mit Cliff und den Seglern hatte begonnen.

Enzo und Brian traten zu mir.

»Hübsch«, sagte Brian zu mir, »du siehst aus wie deine Schwester.«

Im Lautsprecher ertönte die Stimme von Cliff. Als besondere Attraktion, sagte er, sei zum ersten Mal in Cancún das klassische Ballett der Pariser Oper mit dem *Sterbenden Schwan* von Camille Saint-Saëns zu sehen. Unsere Musik setzte ein.

Wir klatschten mit den Schwimmflossen an den Füßen auf die Bühne und begannen unser Ballett. Wir stolperten und standen uns auf den Flossen. Wir drehten uns um uns selbst, fassten einander an den Hüften und stemmten einander in die Luft. Yves und ich bildeten ein Paar. Yves, ebenfalls im Tutu und mit grünen Haaren über dem weiß geschminkten Vietnamesengesicht, packte mich an den Hüften. Er ist, das habe ich bereits gesagt, ungemein kräftig. Nachdem er mich hochgewuchtet hatte, schleuderte er mich so weit weg, dass ich hinfiel. Die G.M. kreischten. »Etwas weniger stark, du Arschloch«, zischte ich. »Leck mich am Arsch«, sagte er laut und warf mich erneut mehrere Meter weit.

Nach zwei Minuten wechselte die Musik, wurde langsam und gefühlvoll. Wir bildeten einen Halbkreis und bewegten die Arme auf und ab. Kevin hechtete in einem weiten Satz auf die Bühne. Er trug weiße Strumpfhosen und ein weißes, langärmliges Leibchen mit einer weißen Kapuze. Er war der Schwan.

Kevin begann, uns zu umtanzen. Wir blickten ihn an und bewegten weiter die Arme. Als er zwischen Yves und mir hindurchtanzte, stellte Yves ihm ein Bein. Er schlug der Länge nach hin. Das Publikum raste.

»Idiot«, zischte Kevin.

»Wichs dir einen ab«, sagte Yves laut.

»Haltet die Schnauze, verdammt noch mal«, zischte Enzo.

»Misch dich nicht ein, Arschficker«, sagte Yves.

Die Musik änderte sich erneut, wurde bedrohlich. Wir hielten inne. Der Schwan ebenfalls. Wir begannen zu zittern und zu schlottern.

Durch den Vorhang erschien Richard. Er war ganz in Schwarz gekleidet und hielt einen Bogen in der Hand. Er näherte sich drohend dem Schwan. Der Schwan floh. Richard begann, mit unsichtbaren Pfeilen auf ihn zu schießen.

»Verreck endlich, du Flasche«, sagte Yves laut zu Kevin.

Die Musik brach ab, und Maschinengewehrlärm setzte ein. Richard schüttelte die Arme im Rhythmus der Salven. Der Schwan begann zu sterben. Wir zitterten wie Espenlaub. Schließlich zog Richard pantomimisch eine Handgranate aus dem Gürtel, riss mit den Zähnen die Sicherung ab und warf sie nach dem Schwan. Kevin bäumte sich auf und war tot. Der Maschinengewehrlärm brach ab.

»Was für ein Scheißdreck«, sagte Yves laut in die Stille.

Schwermütige Musik setzte ein. Wir scharten uns um Kevin und hoben ihn auf die Schultern. Dabei fasste ihm Enzo an die Eier.

»Hör auf, du Sau«, zischte Kevin.

Unter tosendem Applaus trugen wir ihn hinter die Bühne. Dort ließen wir ihn fallen, er konnte sich gerade noch an Brian festhalten.

Enzo wandte sich an Yves: »Musst du eigentlich auf der Bühne immer so laut reden, du Idiot.«

»Das geht dich einen Scheiß an, du Arschzapfen. Überhaupt hängt mir dieses schwule Theater zum Hals raus.«

»Es zwingt dich ja keiner, G.O. zu sein.«

»Ich scheiß auf den Club. Ich habe die Schnauze voll, verdammte schwule Bande.« Er schaute mich an. »Hab ich etwa nicht recht?«

»Reg dich nicht auf, es ist doch wurscht.«

»Genau«, sagte er, »es ist mir wurscht.« Er zog die grüne Perücke aus. »Euer abgeficktes Rumgetanze könnt ihr in Zukunft ohne mich durchziehen.«

Inzwischen hatte der Auftritt der Hostessen begonnen. Wir schminkten uns ab.

»Wetten, du machst das nächste Mal wieder mit«, sagte Enzo zu Yves.

Yves trat zu Enzo. Er nahm ein Weinglas, das zwischen den Schminkutensilien stand, und schloss die Hand darum. Nach einem Moment zersplitterte das Glas. Yves ließ die Scherben vor Enzo auf den Schminktisch fallen. Seine Hand war blutig.

»Lass mich bloß in Ruhe.«

Enzo schwieg.

Yves schminkte sich ab. »Bis nachher, Sportsfreunde.« Er ging hinaus.

»Hast du das gesehen?«, sagte Enzo zu mir.

Ich nickte.

»Habt ihr das gesehen?« Enzo war bleich. »Der ist am Ausrasten.«

Irma kam vorbei und sagte, wir sollten uns für die »Spanische Wand« bereitmachen. Ich ging in die Garderobe und versorgte mein Ballettkostüm. Coco gab mir den Priesterrock und das Kreuz aus Pappe. Ich gesellte mich zu den übrigen G.O. hinter der Spanischen Wand, die beim Seiteneingang vor dem Bühnenvorhang stand. Auf der Bühne lief eine Dreiecksgeschichte ab, an deren Ende der Ehemann merkt, dass der Liebhaber seiner Frau sich hinter der spanischen Wand versteckt. Mit der Pistole in der Hand fordert er den Liebhaber auf, hervorzukommen. Nach einigem Zögern erscheint Cliff zitternd in Unterhose – und hinter ihm ein Dutzend weitere G.O., verkleidet als Polizist, Fußballer, Metzger, Bébé, Pfarrer, Briefträger und so weiter. Als wir nacheinander auf die Bühne rannten, bedroht vom rasenden Ehemann, drängte sich Enzo an mir vorbei. Er war splitternackt. Er trottete gemächlich über die Bühne.

Das Publikum tobte.

Hinter der Bühne sagte Enzo, jetzt hätten die paar *nanas*, die nicht gebumst worden seien, doch noch einen G.O.-Schwanz zu sehen bekommen. Er ging splitternackt durch das Gedränge. Mehrere Frauen pfiffen anerkennend.

»Kommt zurück auf die Bühne«, sagte Cliff.

Alle G.O. stellten sich auf der Bühne auf. Als sich der Vorhang öffnete, begrüßte uns tosender Beifall. Cliff ergriff das Mikrofon.

»Vielen Dank, liebe Freunde. Zum Abschluss möchte ich euch die G.O.-Equipe vorstellen, die euch diesen großartigen Kabarettabend dargebracht hat.« Cliff ging von einem zum anderen und stellte uns mit Namen und Tätigkeit vor. Zuletzt sagte er: »Coco hat die Kostüme gemacht und Eric die Dekoration. Ivan war verantwortlich für den Ton« – der Verfolgerscheinwerfer zündete in die Tonkabine – »und Léon für die Beleuchtung« – Verfolger auf Beleuchterkabine –, »am Verfolger war Pierrot von der Segelequipe« – der Verfolger blinkte –, »verantwortlich für die ganze Show war unsere Regisseurin Irma, die schöne Holländerin.« Irma machte einen Knicks und erhielt riesigen Applaus. Dann drehte sich Cliff zu uns um und sagte: »*On y va?*« Er nickte zur Tonkabine hinauf. Die ersten Takte von »Do You Wanna Dance« von Gary Glitter ertönten. Wir drängten uns nach vorn an die Rampe und klatschten im Rhythmus der Musik.

»Okay«, sagte Cliff ins Mikrofon zu den G.M., »ihr habt jetzt länger als eine Stunde gesessen, ihr solltet euch bewegen. Steht auf und tanzt mit uns – *do you wanna dance? Let's go.*«

Die Musik schwoll an. Die sechshundert G.M. erhoben sich und klatschten ebenfalls im Rhythmus der Musik. Die G.O. im Saal, die nicht in der Show mitgemacht hatten, strömten in Pareos zu uns auf die Bühne. Schließlich tanzten an die hundert fast nackte, sonnengebräunte, lachende und klatschende Gestalten auf der Bühne herum – eine *jeunesse dorée* der Freizeitgesellschaft. Es ist dieses Bild einer ausgelassenen, strahlenden und tanzenden Jugend, das die G.M. von ihren Clubferien mit nach Hause nehmen.

Später ging ich in der nächtlichen Hitze an den Bungalows *El olvidado*, *Sal con pimiento* und *Mi residenzia* vorbei, die auf der Südseite des Dorfzentrums in die Lagune hinausgebaut sind. Auf der anderen Seite der Straße lag schwarz das Meer. Von der Palapa her drangen die halluzinatorischen Klänge von »The Dark Side of the Moon« von Pink Floyd zu mir. Ich hatte den Sound noch von Fort Royal im Ohr.

In der Disco war noch wenig los. Im schummrigen Licht standen ein paar Gestalten an der Bar, andere saßen an den niedrigen Tischen. Zwischen den Wänden und dem auf Pfählen ruhenden Strohdach konnte man die Sterne sehen.

Zach und Issa standen an der Theke, ich trat zu ihnen. Benni, der Discjockey aus Haifa, nickte mir durch die Scheibe der Tonkabine zu. Er legte eine neue Platte auf und deutete auf Zach. Aus den Lautsprechern ertönte »Sweet Little Sixteen« von Chuck Berry. Zach sang mit.

Issa ging auf die Tanzfläche und tanzte für sich allein. Bald traten zwei weibliche G.M. Frauen zu ihm und begannen mit ihm zu tanzen.

Zach fragte mich, ob ich keine *nana* hätte. »Bleib nur eine Weile hier«, sagte er, »heute Abend kommen die, die vor der Abreise noch gefickt werden wollen.«

Die Disco begann sich zu füllen. Zach mischte sich unter die Tanzenden. Brian tanzte mit einem hübschen jungen Mädchen und Richard mit einer großen G.M. mit einem langweiligen Gesicht und einer irren Figur. Leila und Crevette tanzten jede für sich. Coco und Eric trafen ein und Lülü der Barmann und Lise und Rudi von der Segelequipe. Célestin, das schöne Skelett, tanzte mit Tim, einem G.O. von der Administration. Bébert hopste mit seiner Blauhaarigen herum. Irma, Nanard und Cliff diskutierten lautstark an der Bar.

Ich wurde unsanft in die Seite gestoßen. Yves stand neben mir. Das war seine Art, er lief immer in die Leute hinein. Er hielt sein Glas in der linken Hand, die rechte war verbunden. Nach einer Weile sagte er laut, ohne mich anzublicken: »Du suchst wohl auch eine Fotze.«

Ich schaute mich um, ob ihn jemand gehört hatte.

»Und du?«

»Ich bin nur gekommen, um einen zu heben. Trinkst du was?«

»Einen Kahlúa mit Milch.«

»Ich hab genug von dem Scheißdreck, ich geh ins Zimmer und hol mir einen runter.« Er lachte sein lautes Lachen. Etwas später sah ich ihn mit einer nicht mehr ganz jungen G.M. tanzen.

An Yves' Redeweise hatte ich mich noch nicht gewöhnt. Bei unseren üblichen G.O.-Gesprächen war das anders. Es gibt kaum einen Mann, der diese Gespräche nicht kennt, zwar nicht in der hochgezüchteten Form unserer Fachgespräche, aber wenigstens in ihrer plumpen alltäglichen Form. Wir wachsen damit auf. Ich sage das für den Fall, dass es noch Mütter, Schwestern oder Ehefrauen geben sollte, die das nicht wissen. Jungs üben diesen Jargon in der Schule oder im Gymnasium (in Zürich waren die Gymnasien nach Geschlechtern getrennt). Nach Abschluss des Gymnasiums war ich als Austauschstudent ein Jahr in den Staaten, an einer Universität im Mittleren Westen. Ich wohnte, wie es dort üblich war, im Haus einer Studentenverbindung. Wir schliefen in einem Schlafsaal unter dem Dach, an die achtzig Burschen zwischen achtzehn und zweiundzwanzig. Jede Nacht vor dem Einschlafen gab es Zoten und detaillierte Schilderungen von Fickereien mit Studentinnen. Jede Nacht. In Wahrheit waren die meisten Studentinnen höchstens zu einem Kuss und zu ungeschicktem Grapschen bei voller Bekleidung zu bewegen. Die Fickgeschichten waren erfunden, wir wussten es. Erzählt wurden sie dennoch, es ging um Männlichkeit, nicht um Ehrlichkeit. In der Rekrutenschule und später in den Wiederholungskursen der Schweizer Armee ging das weiter. In den Wiederholungskursen schlief die ganze Kompanie, an die hundert Männer im Alter zwischen achtzehn und fünfzig Jahren, in einem Raum. Nach dem Lichterlöschen gab es nur ein Thema. Die verheirateten Männer waren die eifrigsten, ihr Anschauungsmaterial waren ihre Ehefrauen. Alle machten mit, Angestellte und Arbeiter, Geschäftsleute und Akademiker. Auch im Beruf gab es diese Männergespräche, bei den Akquisitions- und Produktionsgesprächen mit Werbeleuten und Firmenleitern, den Herren über die arbeitende Bevölkerung. Von der schienen sie am meisten ihre Sekretärinnen zu interessieren. Wenn eine Schreibkraft den Raum verließ, konnte über ihre anatomischen Einzelheiten spekuliert werden. Taktvoll natürlich und in gutem Geschmack, Yves hätte kein Wort verstanden. Die Sekretärinnen hätten sich vielleicht auch gar nicht beklagt, und wenn sie sich beklagt hätten, hätte man ihnen gesagt, sie hätten keinen Sinn für Humor. – Dagegen erscheinen mir unsere Gespräche im Club geradezu unschuldig.

Zach und Yves kamen von der Tanzfläche zurück.

»Habt ihr die *nana* gesehen, mit der ich eben geschwoft habe?«, sagte Yves. »Ich habe sie höflich gefragt, ob sie für eine Nummer mit in meinen Verschlag kommt. Sie hat sich aufgeführt, als ob ich ihr auf die Hühneraugen getreten wäre. Da hab ich ihr gesagt, sie solle sich von einem Leguan in den Arsch ficken lassen.«

»Ehrlich?«

»Hab ich etwa nicht recht? Was wollen die *nanas* eigentlich. Sie sind doch zum Ficken hier. Du fragst höflich und erhältst einen Korb. *Merde.*«

»Du solltest vielleicht etwas an deinem Charme arbeiten«, sagte Zach.

Yves blickte ihn kurz an, sagte: »Bis nachher, Freunde«, und verschwand im Gedränge.

Ich schaute eine Weile Patrick beim Tanzen zu. Er hatte eine G.M. gefunden, die fast so gut aussah wie er. Issa kam verschwitzt von der Tanzfläche zurück, und ich sagte: »Wie geht's, Theo?« Er sagte, heute Abend tue sich noch was, er habe eine Kanadierin kennengelernt. Deren Freundin sitze dort drüben, ich solle sie mal zum Tanzen holen. Ich ging in die Richtung und sah Kathy und Mimil eng umschlungen auf der Tanzfläche. Ich verließ die Disco. Das war natürlich blöd von mir, es gab noch dreitausend andere *nanas*, die an diesem Abend gefickt werden wollten. Da stimmte bei mir etwas nicht, da ließ ich als G.O. zu wünschen übrig, das war nun mal so.

Unter den hohen Kokospalmen am Strand lagen umgekippte Plastiksessel. Die sanften Wellen der Dünung leckten daran. Das Karibische Meer funkelte im Mondlicht. Auf der dunklen Straße kamen mir flüsternde und kichernde Paare entgegen.

Der Platz vor der Bar war leer. Mehrere Gestalten waren beim Aufräumen. Der Bürotrakt von *Mi preferida* lag im Dunkeln. Ich hörte ein Plätschern und trat an die Lagune. Im Wasser sah ich konzentrische Kreise, die sich ausbreiteten.

Neben dem Aufgang zu *Mi dulce hogar* begann der endlose Strand von Cancún. In der Ferne brannten Lichter.

Auf dem Balkon zwischen *Mi dulce hogar* und *Progreso* ein eng umschlungenes Paar. Im Zimmer war es kühl, und ich schaltete die Klimaanlage herunter. Ich zog das feuchte Zebrahemd aus und hängte es auf den Balkon und wusch mir das Gesicht. Ich nahm die leere Cola-Flasche und trat wieder auf den Gang und füllte sie am Wasserkühler. Ich trank sie halb aus, füllte sie nochmals und ging zurück ins Zimmer. Ich zog den Wecker auf und schob das Band mit Johnny Nash in den Kassettenrekorder und legte mich aufs Bett und löschte das Licht. Johnny Nashs hohe Stimme drang leise in den Raum.

There are more questions than answers
Pictures in my mind, that will not show
There are more questions than answers
And the more I find out the less I know

Ich weiß nicht, wie lange ich geschlafen hatte, als ich von der Tür her Stimmen hörte, Patricks und eine Frauenstimme. Ich drehte mich zur Wand und stellte mich schlafend. Ich hörte die beiden ins Zimmer treten. Flüstern. Nach einem Moment wurde im Badezimmer die Dusche aufgedreht, das Rauschen übertönte das Geflüster und Gekicher.

Nach einer ganzen Weile wurde die Dusche wieder abgedreht.

»*He's still asleep*«, flüsterte die Frauenstimme.

»*Allons-y*«, sagte Patrick.

Die Tür wurde geöffnet und leise wieder geschlossen. Die Schritte verloren sich auf dem leeren Gang.

Cancún,
Ende August 1977

Am Morgen war ich spät aufgestanden. Das Frühstücksbüfett im Restaurant war bereits geschlossen, also trank ich an der Bar einen Kaffee und aß ein Croissant. Als ich kurz nach elf Uhr ins Tauchlokal kam, war niemand da. Die Kollegen waren auf dem Tauchschiff, und Issa kam meist erst gegen Mittag. Ich legte mich in die Hängematte und döste in der Hitze. Nach einer Weile erschien Enzo. Ich fragte ihn, warum er nicht auf der *Emilio Adolfo* sei. Er sagte, es seien heute nicht viele Taucher gewesen, es sei ja Reisetag. Er machte sich an der Werkbank zu schaffen. Nach und nach kamen etwa fünfzehn G.M., und ich trug ihre Namen auf einer Liste ein. Ich bat Enzo, mir beim Schnorcheltest zu helfen, es dauere sonst zu lange. Wir gingen mit den G.M. an den Strand, und ich zog Maske, Schnorchel und Flossen an und schwamm mit einem Tauchgurt, an dem ein kiloschweres Bleigewicht befestigt war, etwa dreißig Meter hinaus. Dort ließ ich den Tauchgurt auf den Grund hinabgleiten, es war keine zwei Meter tief. Enzo schickte die G.M. nacheinander in Schnorchelausrüstung zu mir heraus. Bei mir angekommen, mussten sie den Tauchgurt vom Grund holen und an der Oberfläche eine Minute lang über den Kopf halten. Wer keine Übung im Flossenschwimmen hat, schafft das nicht. Als einer der Letzten war der sechsundfünfzigjährige Isaac Myers aus Indianapolis dran, seinen Namen und sein Alter wusste ich da noch nicht. Er hatte Mühe mit der Übung, mehrmals tauchte sein Kopf unter Wasser. Nach etwa fünfundvierzig Sekunden ließ er den Bleigurt fallen. Diese Zeitspanne weiß ich genau, ich schaue ja bei diesem Übungsteil auf die Uhr. Ich sagte, er müsse wohl noch etwas üben. Er antwortete: »Ja, ich weiß.« Das waren exakt seine Worte: »Ja, ich weiß.«

Ich hatte mich dem Nächsten zugewandt, da rief Enzo, ich solle mal schauen, was mit dem G.M. sei. Ich drehte mich um. Er trieb in meiner Nähe an der Oberfläche halb auf dem Rücken und bewegte sich nicht. In wenigen Zügen war ich bei ihm und zog ihm Maske und Schnorchel aus. Seine Augen waren offen und starr, er röchelte und hatte etwas Schaum auf den Lippen. Er schien nicht zu atmen. Ich winkte Enzo herbei. Ich packte den G.M. unter den Achseln und zog ihn zu den Felsen, die hier den Strand begrenzen. Enzo war mir auf den Felsen entgegengeeilt. Ich riss mir Maske und Schnorchel vom Gesicht, und wir versuchten, ihn auf die Felsen zu ziehen. Es gelang nicht, so schleppten wir ihn, so schnell es ging, zum Strand. Hier hatte sich eine kleine Menschenmenge angesammelt. Eine G.M. sagte, sie sei Krankenschwester. Als er noch halb im Wasser lag, begann sie bereits mit Mund-zu-Mund-Beatmung. Ein G.M. machte Herzdruckmassage. Ich trat ein paar Schritte zurück. Ich war außer Atem und blutete am rechten Knie und am rechten Unterarm. Ich erwartete jeden Augenblick, er würde sich wieder bewegen. Zugleich war ich überzeugt, er sei tot. Ich hatte das Gefühl, alles, was jetzt geschah, schon einmal erlebt zu haben, bei Nics Tod, bei dem ich gar nicht dabeigewesen war. Jetzt lief das in meiner Gegenwart noch einmal ab. Es war, als ob sich eine Lücke schloss.

Nach wenigen Minuten kamen zwei G.M., beide Ärzte, und lösten die Krankenschwester und den anderen G.M. ab. Sie suchten an Handgelenk und Oberschenkel den Puls, fanden keinen und fuhren dennoch mit Herzdruckmassage und Mund-zu-Mund-Beatmung fort. Sie trieften vor Schweiß. Sie verlangten nach verschiedenen Medikamenten. Eine Frau weinte hysterisch, zerrte an den Beinen des Mannes und schrie: »Tut etwas!« Von der vielen Luft, die man ihm eingeblasen hatte, war sein Bauch aufgedunsen. Mir schien, als wurde sein Körper allmählich blau.

Da ich hier nichts tun konnte, schwamm ich nochmals hinaus, um den Bleigurt und meine Ausrüstung zu holen. Die Ausrüstung fand ich nicht. Als ich zurückkam, lagen die Sachen sauber geordnet am Strand. Die übrigen Tauchlehrer und Paco, der Taucharzt, waren inzwischen vom Tauchgang zurückgekehrt.

Paco und Zach kauerten bei dem leblosen Körper. Paco hatte ein Medikament in der Hand und eine Spritze. Einer der beiden anderen Ärzte sagte, die Nadel sei zu kurz. Richard sagte, die seien mit ihrer Herzdruckmassage zu zimperlich, es sei doch egal, wenn man ihm ein paar Rippen breche. Eine G.M. sagte: »Hört auf, er ist tot, es nützt nichts mehr, wir bekommen sie jeden Tag so.« Aber Paco sagte: »Wir machen weiter, bis die Ambulanz kommt.« Die drei Ärzte lösten sich ab. Ihr Schweiß tropfte auf den Toten.

Patrick und ich hatten auf Pacos Anweisung hin die große Sauerstoffflasche aus dem Tauchlokal herbeigeschleppt. Man setzte ihm das Atemgerät auf Mund und Nase. Sein Bauch quoll noch mehr auf. Die Frau wiederholte, man solle aufhören, es habe keinen Zweck mehr. Dann kam die Ambulanz.

Ich versorgte meine Ausrüstung und ging mit den anderen zum Essen. Cliff kam vorbei und sagte, Enzo und ich müssten am Nachmittag nach Cancún auf den Polizeiposten, um den Hergang zu schildern. Es sei eine reine Formsache. Wir sollten aber hier im Club nichts davon erzählen.

Als wir nach dem Mittagessen vor dem Tauchlokal im Schatten saßen, sagte Enzo, der G.M. habe schon einmal einen Herzinfarkt gehabt. Damit seien wir raus aus der Sache. Etwas anderes wäre es gewesen, wenn er ertrunken wäre. Zach fragte, wie lange ich ihn den Bleigurt habe halten lassen. Ich sagte, weniger als eine Minute. Zach sagte, wir sollten nicht mehr als fünfundvierzig Sekunden machen, das habe er schon mehrmals gesagt.

Gegen drei Uhr fuhren Enzo und ich mit Armando, dem mexikanischen G.O. von der Büroequipe, nach Cancún. Ich hatte Shorts getragen, aber Armando hatte gesagt, ich solle mich umziehen, die mexikanischen Beamten legten Wert auf korrekte Kleidung. »Sagt auf keinen Fall, er sei schon am Strand tot gewesen«, sagte Armando, »die Ambulanzen dürfen keine Toten transportieren.«

Wir hielten an der Klinik, in die der Tote gebracht worden war. Hier warteten Isabelita, eine mexikanische G.O., die für die Öffentlichkeitsarbeit verantwortlich war, und Marie-Jo, eine der beiden G.O.-Krankenschwestern. Marie-Jo sagte, der G.M. habe schon einmal einen Herzinfarkt gehabt und habe Medikamente nehmen müssen. Ich sagte, ich verstünde nicht, warum ein Sechsundfünfzigjähriger nach einem Herzinfarkt ausgerechnet Gerätetauchen lernen wolle. Enzo sagte, es hätte überall passieren können, beim Tennis, beim Tanzen oder bei einem Drink an der Bar, und ich dachte, wenn es am Tag zuvor passiert wäre, hätte ein anderer als ich den Tauchtest gemacht.

Dann kam ein uniformierter Polizist und brachte uns auf den Polizeiposten von Cancún. Ich war erleichtert, dass wir den Toten nicht hatten identifizieren müssen.

Auf dem Posten schilderte Enzo den Unfall in allen Einzelheiten. Ich fühlte mich übergangen. Ich war der Hauptzeuge, aber Enzo spielte sich hier auf. Trotzdem war es angenehm, nur dazusitzen und meinen Gedanken nachzuhängen. In all den Jahren, in denen ich nun schon tauchte, hatte ich nie einen ernsthaften Unfall erlebt. Das Tauchen gilt bei Nichttauchern als gefährlich. Dies hier war mein erster schlimmer Unfall, und er war nicht beim Tauchen passiert, sondern beim Schnorcheln und an der Oberfläche. Ich dachte an Bonaire. Im vergangenen Dezember, bevor ich den Job als G.O. auf Guadeloupe ergattert hatte, verbrachte ich ein paar Tage auf den Niederländischen Antillen. In Bonaire gibt es ein großes Tauchzentrum. Ich wollte mich da erkundigen, ob ein Tauchlehrer gebraucht wurde. Am dritten Tag fuhr ich mit anderen Tauchern in einem Kleinbus zu einer Tauchstelle auf der anderen Seite der Insel. Auf der Fahrt war davon die Rede, dass am Tauchort in fünfundzwanzig Metern Tiefe ein Seil zu einer Höhle führe, wo sich ein riesiger Barsch aufhalte. Da ich niemanden kannte, wollte ich allein tauchen, aber die anderen Taucher im Auge behalten. Damit verstieß ich gegen die Grundregel des Tauchens, ich wusste es. Vor dem Tauchgang hatte uns der Begleiter vom Zentrum darauf hingewiesen, er werde zwar ebenfalls tauchen, aber jeder Taucher sei für sich selbst verantwortlich. Es war ein anderes System als im Club. In fünfundzwanzig Metern Tiefe suchte ich vergeblich nach dem Seil. Ich ließ mich tiefer sinken. Endlich sah ich das Seil. Mein Tiefenmesser zeigte vierzig Meter. Die Silhouetten der übrigen Taucher waren weit über mir. Als erfahrener Taucher wusste ich, dass vierzig Meter zu tief sind für einen Tauchgang mit Einzelgerät, man atmet es innerhalb kurzer Zeit leer. Aber der Gedanke an die Höhle und den Riesenbarsch war stärker, ich folgte dem Seil. Schließlich hatte ich das Ende des Seils erreicht. Es gab keine Höhle, das Wasser war grau und dämmrig. Ich blickte nach oben. Die Oberfläche war nicht mehr zu sehen, andere Taucher auch nicht. Ich blickte auf den Tiefenmesser, verstand zunächst nicht, was ich sah. Benommen versuchte ich, die Anzeige abzulesen. Die Nadel musste eine volle Umdrehung gemacht haben. Das war bei fünfundfünfzig Metern gewesen. Ich fuhr mit dem Finger über die Skala: sechzig Meter, fünfundsechzig Meter, siebzig Meter, zweiundsiebzig Meter. Das war es. Ich war auf zweiundsiebzig Metern. Ich erschrak keineswegs, von Panik war ich weit entfernt, ich fühlte mich leicht. Ich begann zu überlegen, was zu tun sei. Was mir das Leben gerettet hat, waren meine gute körperliche Verfassung und die Erfahrungen von der Insel Elba, wo ich öfter auf mehr als sechzig Meter getaucht hatte. Allerdings stets mit gut ausgebildeten Tauchkollegen und natürlich mit Doppelgeräten. Wir hatten uns gegenseitig überwacht, und allein schon das Verantwortungsgefühl für die anderen hatte einen vor dem Tiefenrausch bewahrt. Langsam, wie in Zeitlupe, kam ich zum Schluss, ich müsse aufsteigen. In dieser Tiefe hatte ich keinen Auftrieb mehr, ich musste mit bewusster Anstrengung aufwärts schwimmen. In etwa fünfzig Metern Tiefe wurde mein Kopf klar, und ich verstand, was geschehen war. Ich blickte auf das Dekometer. Die Nadel war weit im roten Bereich, viel weiter, als ich sie je gesehen hatte. Der erste Dekohalt hatte in zwölf Metern zu erfolgen. Während ich langsam weiter aufstieg, verglich ich das Dekometer mit der Dekotabelle, die ich zusätzlich an der Fénzy trage. Die Tabelle war nutzlos, Tauchgänge auf über siebzig Meter waren nicht vorgesehen. Ich zog das Manometer hervor, während des Tauchgangs schiebe ich es unter die Fénzy, damit der Schlauch sich nirgends verfangen kann. Der Blick auf das Manometer bestätigte, was ich ohnehin wusste: Ich hatte nicht genug Luft, um die notwendigen Dekohalte durchzuführen. Um Luft zu sparen, hätte ich möglichst schnell nahe an die Oberfläche aufsteigen müssen, dabei riskierte ich einen Dekompressionsunfall. Ich war in einer Zwickmühle. Ich zwang mich, weiterhin nicht schneller als meine kleinsten Luftblasen aufzusteigen. Am Geräusch meiner Atemzüge hörte ich, wie sich das Gerät leerte. Den Dekohalt auf zwölf Metern ließ ich aus. Ich wusste nicht, ob das Folgen haben würde. Auf neun Metern hielt ich drei Minuten. Ich sah mehrere Taucher über den flacher werdenden Grund auf den Strand zuschwimmen. Sie beachteten mich nicht. Ich stieg auf sechs Meter auf. Hier hätte ich neun Minuten bleiben müssen. Nach fünf Minuten schwamm ich langsam Richtung Strand, bis ich drei Meter erreichte. Hier hatte ich fünfunddreißig Minuten zu bleiben. Ich hatte noch Luft für etwa drei Minuten. Ich musste andere Taucher auf mich aufmerksam machen, aber niemand war in meiner Nähe. Ich beschloss, kurz aufzutauchen und mich mit den Tauchern am Strand zu verständigen. Es war keine gute Lösung. Da spürte ich in meiner Nähe eine Bewegung. Der Tauchbegleiter schwamm zu mir her. Ich zeigte ihm mein Dekometer. Er blickte darauf und zeigte mir einen Vogel. Ich schüttelte den Kopf. Ich hielt ihm die Dekotabelle vors Gesicht, die bei fünfundsechzig Metern aufhörte, und zeigte auf eine Stelle unterhalb der Tabelle. Dann zeigte ich auf das Manometer. Das Gerät war fast leer. Er schwamm in aller Eile zum Strand. Als mein Atem metallen zu klingen begann, weil das Gerät leer geatmet war, kam er mit drei fast leeren Geräten zurück. Nach einer Weile schwamm ein Taucher mit drei weiteren fast leeren Geräten zu uns heraus. Ich atmete alle sechs Geräte leer. Auf der Rückfahrt im Kleinbus gab es giftige Blicke, die Taucher waren sich einig, einen derart verantwortungslosen Typen sollte man besser ersaufen lassen. Ich konnte mir diese Wut nur mit ihrem Neid erklären: Diese Flaschen dachten wohl, ihre blöden fünfzehn Meter hätten etwas mit Tauchen zu tun. Nun hatte ich ihnen gezeigt, wo der Hammer hängt. Ich ließ sie schwafeln und blickte eine Weile schweigend auf den vor dem Wagenfenster vorüberziehenden Strand. Ein Schwarm rosaroter Flamingos stakte zwischen niedrigen Büschen herum, andere standen reglos da und hatten ein Bein angezogen. Als das Geschwätz nicht aufhörte, sagte ich, sie sollten endlich von etwas anderem reden, sie begännen, mich zu langweilen. Ich fühlte mich bei weitem nicht so locker, wie ich tat. Ich hatte mehr Taucherfahrung als alle diese Trottel zusammen, mir brauchte keiner zu erklären, welchen Blödsinn ich gemacht hatte. Beim Abendessen wurde in meiner Nähe getuschelt. Am folgenden Tag reiste ich ab.

Ich weiß nicht, warum ich gerade in der Polizeiwache in Cancún nach Monaten zum ersten Mal wieder an jenen Tauchgang dachte. Es schien mir, als begriff ich erst jetzt das Ausmaß der Gefahr, in der ich mich auf Bonaire befunden hatte.

Ein Beamter hatte alles, was Enzo gesagt hatte, direkt in die Schreibmaschine getippt. Er schrieb unheimlich schnell mit zehn Fingern. Er hatte ein lebhaftes Gesicht und erinnerte mich an Alvaro Xavier, obwohl er kleiner war und einen Schnurrbart hatte. Vielleicht war es auch nur seine Stimme, und wie er das spanische R rollte, oder auch nur deshalb, weil mich die Szene am Strand an Nics Tod hatte denken lassen. Als Enzo mit seinem Bericht fertig war, schob der Beamte uns das Protokoll zu. Zuunterst standen *Cancún* und das Datum. Wir unterschrieben.

Am Abend spendierte mir Zach an der Bar einen Drink und sagte, ich hätte mich richtig verhalten und solle mir weiter keine Gedanken machen. Ich machte mir aber Gedanken. Ich sah Isaac Myers aus Philadelphia vor mir, mit dem grotesk aufgeblasenen Bauch. Ich dachte an Nic und dann an Illy. Ich fühlte mich miserabel.

Fort Royal,
April 1977

Sonntagmorgen

Wir blickten auf die reglose Wasserfläche, die in den Strahlen der aufgehenden Sonne orangerot glitzerte.

»Hast du sie gefickt?«, fragte Yannick.

Ich nickte.

»Erzähl.«

»Ich denke, ihr kennt das.«

»Sei nicht blöd«, sagte Pascal. »Hat sie dir einen geblasen?«

»Gute Frage.«

»Vielleicht weiß er nicht, was das ist«, sagte Yannick.

»*Va te faire foutre*«, sagte ich.

»Daniel hat sich gestern Abend wieder einmal verlobt«, sagte Momo erläuternd zu dem alten Serge. Serge grinste. Man sah seine Zahnstummel.

»Wirklich?«, fragte Yvon. »Mit wem?«

»Mit einer Texanerin mit grünen Haaren und drei Kindern«, sagte ich.

»Red keinen Scheiß«, sagte Pascal, »wir wissen doch schon alles über deine Yvette.«

»Ist das nicht eine der Kanadierinnen, die vorgestern angekommen sind?«, fragte Yannick. »Ist es die mit den kurzen Haaren? Mit der hab ich gestern zu Mittag gegessen. Die macht dich nur heiß und lässt dich dann nicht ran.«

»Da musst du Daniel fragen«, sagte Momo, »er hat gestern Nacht dringend einen leeren Bungalow suchen müssen.«

»Die unauffälligen *nanas* sind die schärfsten, das ist allgemein bekannt«, meinte Yvon.

»Dann hat er sie also gefickt«, sagte Dominique.

»Hat es ihr gefallen?«, fragte Yannick.

»Kann sie gut blasen?«, fragte Momo.

»Wie hat sie es am liebsten?«, sagte Yannick. »In den Arsch?«

»Ihr seid eine Bande von *macoumés*«, sagte ich. Serge grinste. Er wusste mein Kreolisch zu schätzen.

»Hört mal wieder auf mit euren Schweinereien«, sagte Helga, die Wasserskilehrerin.

»Das sind keine Schweinereien, *ma chérie*«, sagte Pascal, »es handelt sich hier um eine Fachsprache.«

Er hatte recht. Die Arbeitsteilung in der modernen Gesellschaft bringt immer neue Fachgebiete hervor, Quantenphysik zum Beispiel, Neurochirurgie und Steuerberatung. Auch das Vögeln ist zu einem Fachgebiet mit eigenen Fachleuten geworden: Psychologen, Eheberater, Pornofilmer und G.O. Jede dieser Gruppen hat ihre Fachsprache. Unsere ist, denke ich, die genaueste. Die meisten Männer glauben, die G.O.-Fachsprache zu kennen, da sie sie ja von Jugend an erlernen. Aber sie bleiben Dilettanten, entsprechend ungenau ist ihre Ausdrucksweise im Vergleich zu den G.O. Der fachliche Abstand ist etwa der vom Hobbybastler zum Formel-1-Mechaniker.

»Du kannst auch etwas zu unserem Fachgespräch beitragen«, sagte Pascal zu Helga, »hat Dominique es dir gestern Abend anständig besorgt?«

Helga schwieg.

»Du kannst es ihnen ruhig sagen«, sagte Dominique. Er lachte sein mitreißendes Lachen, die von der Sonne gebleichten blonden Haare hingen ihm wild ins Gesicht, der helle, tief über den Hüften verknüpfte Pareo ließ seine braune Haut noch dunkler erscheinen. Ein Zweiglein von einer roten Koralle hing ihm an einer Harpunenschnur um den Hals. Als Helga weiter schwieg, sagte er grinsend, seinetwegen bräuchten wir uns nicht zu schämen. Helga erhob sich und ging die paar Meter zum Strand, wo die Caravelles dümpelten. Sie war erst vor drei Wochen angekommen, sie ersetzte Jean-Michel, der von einem Außenborder am Kopf verletzt worden war und nach Paris hatte gebracht werden müssen. Helga war ehemalige holländische Wasserskimeisterin im Slalom. Sie war kräftig und ebenso blond wie Dominique. Nach mehreren Sonnenbränden hatte ihre vor kurzem noch bleiche Haut ein ebenmäßiges Braun angenommen. Vom knappen Bikini bis zum Bauchnabel wuchsen auf ihrem flachen Bauch feine blonde Härchen. Seit einer Woche schlief sie mit Dominique. Das wussten alle, und sie wusste, dass wir es wussten, es war ihr gleich. Sie war keineswegs prüde, aber an unsere Gespräche unter Fachleuten hatte sie sich noch nicht gewöhnt.

»Was ist mit ihr?«, fragte Momo.

»Sie bumst zwar gut«, sagte Dominique, »aber sie mag es nicht, wenn man darüber redet.«

»Wieso?«, fragte Momo erstaunt.

»Dabei haben wir uns alle Mühe gegeben, vor ihr anständig zu reden«, sagte Yvon.

Wir saßen im Schatten auf der Veranda der Sporthütte. Die Sporthütte stand unter hohen Kokospalmen direkt am Strand. Davor lagen fünf schnittige 420er im Sand, und im Wasser waren die breiteren und schwereren Caravelles, unsere Segelschulschiffe, an Bojen vertäut. Yannick, Yvon, Pascal und Dominique gehören zur Segelequipe, Momo ist ihr Chef. Serge ist ein etwa sechzigjähriger Kreole vom *personnel local*, der die G.M. in einem *gommier* zum Fischen fährt.

Es war neun Uhr morgens, die Sonne brannte, aber vom Meer her wehte eine Brise, und im Schatten war die Hitze noch zu ertragen.

Ich stand auf und betrat die Hütte. Der vordere Teil wurde von den Seglern genutzt. Auf der Theke rechts neben dem Eingang standen schmutzige Gläser, zwei leere Sangriaschüsseln, eine leere Kognakflasche, eine halbvolle Flasche Pernod und mehrere überfüllte Aschenbecher, dazwischen abgebrannte Kerzenstummel, zwei Tauchermasken, zwei Schnorchel und ein rostiges Tauchermesser. Über der Theke an der Wand hingen eine große, verblichene Fächerkoralle und eine Steckmuschel, von der ein Stück abgebrochen war, und die Schale eines Spinnenkrebses. Mitten in der Schale klaffte ein Spalt, wo ihn jemand mit dem Messer erwischt hatte. Durch eine offene Tür blickte man in einen Nebenraum, wo mehrere Segelsäcke auf einem Haufen lagen. An der linken Wand war eine Wandtafel befestigt, darauf stand als Überschrift *The Points of Sailing*. Darunter war mit einem Pfeil die Windrichtung eingezeichnet und drum herum, in den Punkten der Windrose, die Kontur eines Segelschiffs. Jede Position war auf Englisch bezeichnet: *close hauled, close reach, beam reach, broad running. Reach* war buchstabiert *reech*. Unten auf der Tafel stand in einer anderen Handschrift *Les* G.O. *de voile sont des pédés*. Im Holzgestell neben dem Eingang lag eine verkrustete Schneckenmuschel, auf dem Brett darüber eine aufgebrochene Kokosnuss. Sie roch frisch. Ich brach mit dem rostigen Tauchmesser ein Stück heraus und trat wieder ins Freie. Ich setzte mich neben Helga in einen Sessel und begann, an der Kokosnuss zu kauen. Das Fruchtfleisch war frisch und feucht und schmeckte aromatisch.

»Hey Helvetier, gib mir auch was«, sagte Momo. Ich warf ihm ein Stück zu. Über den bunten Bougainvilleenblüten an der Außenwand der Hütte schwebte mit lautem Surren ein Kolibri. Er sah aus wie eine große Hummel.

Simon erschien und setzte sich zu uns. Seine langen schwarzen Locken fielen auf die hellblaue Djellaba, das Kleidungsstück aus dem Maghreb, das in allen Clubdörfern groß in Mode ist. Mit dem dunklen Bart und der braunen Haut sah er aus wie Jesus. Er war ein jüdischer Marokkaner und hier in Fort Royal *chef de village*. Er fragte, ob ich meine kanadische *nana* anständig gefickt hätte. Ich machte eine vage Geste, er schien damit zufrieden. Er bat Momo und mich um kurze schriftliche Berichte über das Segeln und das Tauchen. »Papierkrieg«, sagte er, »so ist das immer am Ende der Saison.« Wir sprachen über die kommende Saison, es war seit kurzem unser Hauptgesprächsthema. Viele von uns waren mit dem Schmieden komplizierter Pläne beschäftigt, die uns ins Clubdorf unserer Wünsche bringen sollten. Helga sagte, sie wolle dahin, wo Dominique hingehe. Pärchen bilden sei im Club verpönt, antwortete Simon, ob sie das nicht wisse. Sie schüttelte den Kopf. »Überleg doch mal«, sagte Pascal, »wenn Dominique nur noch dich vögelt, fällt er für die G.M.-Frauen aus.« Außerdem, sagte Simon, sei Helga erst vor kurzem hier angekommen, man werde sie vermutlich für die nächsten sechs Monate hier behalten. Er werde aber mit Paris reden. Er war stets freundlich, und er war immer gut über die G.O. und das Treiben im Clubdorf informiert. Das war hier nicht besonders schwierig, Fort Royal ist mit dreihundert Betten das kleinste Dorf des Clubs. Als vor ein paar Jahren Guadeloupe als Reiseziel immer beliebter wurde, hatte man auf der anderen Seite der Insel ein neues, größeres Clubdorf gebaut, La Caravelle. Seither stand Fort Royal im Schatten von La Caravelle. La Caravelle war meist ausgebucht, dorthin kamen junge, alleinstehende G.M., es herrschte Betrieb, beim Sport und in der Disco, und die Chancen auf einen Fick waren gut. Nach Fort Royal dagegen kamen vorwiegend Gäste über dreißig und Familien, es gab einen Miniclub für die Kleinen. Als mich Zach Anfang Januar in La Caravelle in die Tauchequipe aufgenommen hatte, machte er zur Bedingung, ich müsse in Fort Royal wohnen, weil keiner der übrigen Tauchlehrer aus La Caravelle weg wollte. Allein der Gedanke an den Miniclub ließ sie erschaudern. Ich war nicht gerade begeistert, aber für die gemeinsamen Tauchgänge in Pigeon spielte es keine Rolle, ob ich in Fort Royal oder in La Caravelle wohnte. Das war im Januar gewesen. Inzwischen hatte sich bei meinen Kollegen in La Caravelle herumgesprochen, in Fort Royal gäbe es nicht nur kleine Kinder, sondern auch deren Mütter. Ich wurde immer häufiger gedrängt, mit dem einen oder anderen für eine Woche zu tauschen. Ich dachte nicht daran.

Der Vortag hatte für mich mit dem Empfangsgespräch für die kanadischen G.M. begonnen, die spät in der Nacht angekommen waren. Ich war nach dem Frühstück zurück in den Bungalow gegangen, um mich umzuziehen. Er stand auf dem Abhang, der sich in geringer Entfernung hinter dem Schwimmbecken und den offenen, überdachten Essräumen erhob. Mehrere Dutzend Zweibettbungalows waren über den Hang verstreut und mit Plattenwegen untereinander verbunden. Überall wucherten Bougainvilleen, Hibiskus und Poinsettien. Kolibris, Schmetterlinge und Insekten schwirrten im Morgenlicht. Eine feuchte, süßliche Hitze stieg aus dem Hang empor.

Ich wohnte im hintersten Bungalow. Im Innern war es schwül, und ich schaltete das Klimagerät ein und schrieb einen kurzen Brief an Illy. Es fiel mir schwer. Ich schrieb, ich würde sie nun bald sehen, wenigstens für ein paar Tage, bevor ich Anfang Mai in mein nächstes Clubdorf nach Cancún reisen würde. Ich wollte sie aufmuntern, aber es würde nutzlos sein. Ich hörte wieder die Verwunderung in ihrer Stimme, als sie auf die Nachricht von Nics Tod gesagt hatte: »Vierzig Jahre sind wir verheiratet gewesen, und jetzt ist das so schnell vorbei.«

Ich streifte die blaue Harpunenschnur mit der kleinen Flamingoschnecke über den Kopf, mein einziger Schmuck. Ich knüpfte den Pareo mit der Aufschrift G.O. *Fort Royal* tief um die Hüften. »Die Schamhaare müssen herausschauen«, hatte Zach mich Anfänger zu Beginn der Saison angewiesen, »damit schlägst du bei den *nanas* unheimlich zu.«

Vor dem Bungalow brach ich von einer Bougainvilleenstaude eine Blüte ab und steckte sie mir hinters Ohr. Auch das hatte mir Zach geraten, die neuen G.M. sollten gleich sehen, dass die Taucher im Club die Oberficker seien. Allerdings hatte er von Hibiskusblüten gesprochen. Ich hatte es ein paarmal damit probiert, aber die großen Blüten hatten mir die Sicht verdeckt, ich sah nicht mehr, wo ich hintrat. Seither trug ich zu den Empfangsgesprächen eine Bougainvilleenblüte.

Vom Schwimmbecken her ertönte über Lautsprecher Simons Stimme. Er war dabei, den Neuangekommenen das System der G.M. und G.O. zu erklären. Neben dem Schwimmbecken befanden sich die Bar und der Vogelkäfig. Lili, die Chefhostess, hatte Dienst. Sie blätterte gelangweilt in einem Werbeprospekt des Clubs.

»Wie geht's, *ma beauté*?« Wir küssten uns.

»Du siehst niedlich aus in deinem Pareo«, sagte sie. »Die neuen *nanas* werden sich in die Höschen machen.«

Lili hat langes blauschwarzes Haar, Mandelaugen, eine samtig braune Haut, eine unwahrscheinliche Figur und eine etwas rüde Ausdrucksweise. Sie trug einen Strohhut mit einer breiten Krempe und eine riesige Sonnenbrille. Die Haare hatte sie zu einem

Zopf geflochten, der nach vorn zwischen ihren Brüste hing. Sie trug denselben G.O.-Pareo wie ich, dazu ein winziges Oberteil, durch das sich ihre Brustwarzen abzeichneten. Vielleicht gehörte das bei den weiblichen G.O. ebenso zur Uniform wie bei den männlichen die gekräuselten Haare über dem Pareo.

»Ich hab die Schnauze voll«, sagte Lili. »Ich möchte abhauen. Du nicht?«

»Die Welt wird das nie verstehen«, sagte ich, »wir sind hier im Paradies, Sonne, Meer, Strand, die Taucherei ist Spitze und –«

»Quatsch«, unterbrach sie mich, »nach sechs Monaten stinkt es dir sogar im Paradies. Und bumsen kannst du schließlich überall.«

»Aber Pigeon ist nicht überall. Pigeon ist eine Wucht, das musst du zugeben.«

»Das ist wahr. Ihr habt eine gute Tauchequipe, Zach und François und Jeanjean und dieser verrückte Blonde …«

»Didi.«

»Ja, Didi. Der ist eine Nummer. Total übergeschnappt. Aber im Grunde ist er niedlich.« Es war ihr Lieblingswort. Sie deutete auf die Flamingozunge auf meiner Brust und sagte, das sehe geil aus, ich solle ihr aus Pigeon eine mitbringen. Bevor mir eine Ausrede einfiel, fragte sie, ob ich nicht bald dran sei. Im Lautsprecher erklärte Simon den Neuankömmlingen eben, wie es sich mit dem Nudistenstrand verhielt. Ich sagte, das dauere noch eine Weile. Lili meinte, Simon solle nicht so viel vom Nudistenstrand schwafeln. Jedes Mal, wenn sie dort sei, komme ein halbes Dutzend von diesen verklemmten G.M. und glotze ihr auf die Titten. Ich sagte, dafür brächte ich Verständnis auf. »Arschloch«, sagte sie. »Spielen wir eine Runde Backgammon?«

Fünf Minuten später sagte sie: »Du verlierst.«

»Das kannst du jetzt noch nicht sagen.« Sie hat mich bisher immer geschlagen.

»Wetten, dass du verlierst? Eben hast du wieder Mist gebaut. So bringst du die Steine nie ins Haus.«

»Ich muss jetzt aufhören, ich bin gleich dran.«

»Das sagst du nur, weil du verlierst.«

»Pech im Spiel, Glück in der Liebe.«

»An die Liebe glaub ich nicht«, sagte Lili. »Aber ein guter Fick ist okay.«

Auf der anderen Seite des Schwimmbeckens befanden sich die beiden offenen, überdachten, von weinroten, rosa- und lilafarbenen Bougainvilleen überwucherten Essräume. Im vorderen Teil saßen die neu angekommenen kanadischen G.M. an den Esstischen, ein Glas mit Maracujanektar vor sich. Simon stand mit dem Mikrofon vor ihnen, er trug einen hellblauen Pareo, über dem es sich kräuselte, und eine Hibiskusblüte hinterm Ohr. Schlank, sonnengebräunt, mit schulterlangen Haaren sah er mehr denn je aus wie Jesus von Nazareth. Die Urlaubsgäste glotzten ihn an wie eine Erscheinung. Sie waren weiß und schwitzten und sonderten Großstadtstress ab. In einer Woche würden sie braun gebrannt und entspannt wieder abreisen. Ich hätte nicht sagen können, wie diese Verwandlung zustande kam. Sie wiederholte sich Woche für Woche. Lag es an der Insel? Am Sport? Am Club? Oder einfach an den tausend Kilometern Distanz zum Alltag? Die Verwandlung der G.M. war jedenfalls verblüffend. Wahrscheinlich war es ebenso verblüffend, wie rasch sie sich im Alltag wieder zurückverwandelten. Das gehörte zweifellos mit zur Rechnung, die in Paris aufgemacht wurde. Übers Jahr, oder auch übers halbe, waren die G.M. jedenfalls reif für die nächsten Clubferien.

Simon winkte mich zu sich und sagte zu den G.M., ich sei unser Schweizer G.O. und würde ihnen etwas über die Sportmöglichkeiten in Fort Royal sagen. Ich nahm das Mikro und trat im Pareo und der Bougainvilleenblüte vor die G.M. Sie applaudierten. Ich hieß sie im Namen der Sportequipe willkommen und erläuterte ihnen die verschiedenen Landsportarten (Tennis, Yoga, Bogenschießen, Volleyball, Pétanque) und die Wassersportarten (Segeln, Wasserski, Schnorcheln, Schwimmen). Ich erklärte, wo sich die Sportplätze befanden, wann die verschiedenen Aktivitäten ausgeübt werden konnten und welche G.O. dafür verantwortlich waren. Während ich redete, kam mir mit einem Mal die ganze Situation unwirklich vor. Ich war ja erst seit wenigen Monaten im Club. Aber Simon hatte schnell herausgefunden, dass ich gut Französisch und Englisch sprach, und hatte mich gebeten, ihm bei den Empfangsgesprächen auszuhelfen, er habe keine Lust, jede Woche eine Dreiviertelstunde allein auf die neuen G.M. einzuschwafeln.

Während ich redete, war Serge in meine Nähe getreten. Er blickte mich etwas unsicher an. Ich hatte ihm vorgeschlagen, zu den Begrüßungen der G.M. zu kommen, Simon hatte das für gut befunden. Der alte Kreole trug zerschlissene Hosen und ein zerrissenes T-Shirt und war barfuß. Er sah nicht gerade aus wie ein G.O.-Oberficker. Ich sagte: »Ein ganz besonderes Erlebnis hier in Fort Royal habe ich noch nicht erwähnt. Es gibt im Clubdorf einen kreolischen Fischer. Er heißt Serge. Er kennt das Meer und die Fische und die Winde und die Gezeiten. Er weiß, wo die Untiefen sind und wo die Strömungen. Er hat einen *gommier* und Angelruten und Köder und nimmt euch mit zum Fischen. Dazu braucht es Muße und Geduld. Serge kann euch nicht versprechen, dass ihr was fangt. Aber es ist auf jeden Fall ein Erlebnis. Serge ist auf Guadeloupe geboren und hat sein ganzes Leben hier verbracht. Wenn ihr ihn liebenswürdig *(gentil!)* fragt, erzählt er euch von der Insel und ihren Bewohnern. Für viele von euch ist es vielleicht die einzige Gelegenheit, etwas über das Leben auf Guadeloupe zu erfahren.« Ich zeigte auf Serge. »Dort drüben steht er.«

Es war ein schöner Stuss, ich wusste es. Aber was hätte ich sonst sagen sollen? Dass man mit Serge über die Probleme der Dritten Welt diskutieren solle? Dass man ihm einen Besuch beim Zahnarzt offerieren könne? So sagte ich jedes Mal mein Sprüchlein, im Laufe der Wochen wurde es immer lyrischer, man hätte es mit Musik präsentieren oder im nächsten Clubprospekt abdrucken können. Serge schien seine Auftritte zu genießen. Er grinste mit seinem zahnlosen Mund, und als ich zu Ende war, winkte er den G.M. zu. Sie applaudierten.

»Und jetzt«, sagte ich, »kommen wir zur besten Sportart hier im Club, dem Tauchen. Ich kann das beurteilen, ich bin Tauchlehrer.«

Die G.M. lachten. Sie waren ein dankbares Publikum.

Ich sagte, das Tauchzentrum befinde sich in Pigeon, eine Dreiviertelstunde von Fort Royal entfernt. Jeden Morgen fahre ein Kleinbus vom Clubdorf nach Pigeon. Dort verbrächten wir den Tag gemeinsam mit den G.O. und G.M. aus La Caravelle und machten zwei Tauchgänge. Ein Küchenchef koche kreolische Spezialitäten, nach dem Mittagessen gebe es Siesta in dem kleinen tropischen Garten bei klassischer Musik. Für Leute, die sich beim Gedanken ans Paradies langweilten, sei das nichts. Sie lachten erneut. Wer ein Brevet habe, PADI oder NAUI oder YMCA, mache am Vormittag in Pigeon einen Tauchgang zum Eingewöhnen und könne schon am Nachmittag mit auf das Tauchschiff. Wer schnorcheln könne und tauchen lernen wolle, solle um drei hierher zum Schwimmbecken kommen. Nach bestandenem Schnorcheltest könnten sie in Pigeon tauchen lernen. Dann wünschte ich ihnen schöne Ferien und übergab das Mikro wieder an Simon.

Es war eine Show. Trotzdem fühlte ich mich nach jedem dieser Empfangsgespräche wie der König der G.O. Dabei wäre meine Clubkarriere beinahe zu Ende gewesen, bevor sie richtig begonnen hatte. Als ich in den ersten Januartagen aus La Caravelle hierhergekommen war, hinkte ich, ich hatte eine Infektion an der linken Ferse. Ich achtete nicht darauf, ich befand mich in einem Zustand der Euphorie, weil ich den Job als G.O. bekommen hatte. Die Taucher von La Caravelle waren erleichtert, einen Dummen gefunden zu haben. »Mamis mit Kindern«, hatte Didi geschrien, »das ideale Clubdorf für alte Leute wie dich.« Später hatte er mir in Pigeon x-Mal angeboten, eine Woche an meiner Stelle in Fort Royal auszuharren. Ich könne in La Caravelle jenen Verpflichtungen eines G.O. nachgehen, die ich in Fort Royal zweifellos vernachlässigen müsse. Ich antwortete, ich wolle ihm die Mamis und Kinder und alten Leute ersparen, das sei nichts für junge Sportsfreunde wie ihn. Er sagte, wie er höre, verstünden sich die Mamis auf ein paar Sachen, welche die jungen *nanas* in La Caravelle noch nicht einmal vom Hörensagen kannten. Und auf Taucher seien die Mamis sichtlich scharf. Wenn sie sogar einen betagten Helvetier ranließen, wie dann erst einen strammen jungen Belgier? Ich sagte, diese Woche und die nächste gehe es leider nicht, aber vielleicht im folgenden Monat. Didi sagte, dann sei die Saison zu Ende. »Schade«, sagte ich. Jedenfalls hinkte ich, als ich in Fort Royal eintraf, und wenige Tage später hatte ich auch noch am Ballen des anderen Fußes eine Infektion. Ein G.M., der mich fragte, was mit mir los sei, erwies sich als Arzt aus New Jersey. Er hatte sein Arztbesteck dabei und öffnete mir im Schatten einer Kokospalme die eitrigen Wunden an beiden Füßen und verband sie sauber. Nun konnte ich beim Gehen links nur noch mit dem Fußballen auftreten, rechts nur mit der Ferse. Ich hatte meinen Traumjob, ich war Tauchlehrer in einem karibischen Ferienparadies, aber statt als Sportskanone die Mamis zu vernaschen, humpelte ich wie der Glöckner von Notre-Dame durch die Gegend. Der freundliche Arzt flog zwei Tage später nach New Jersey zurück, der Zustand meiner Fußsohlen verschlimmerte sich. Trudi, die dänische G.O.-Krankenschwester, der ich die Wunden zeigte, fuhr sofort mit mir ins Krankenhaus nach Pointe-à-Pitre. Dort sah es aus wie in einem Schlachthaus aus dem 19. Jahrhundert. Dunkelhäutige Kranke mit offenen Wunden lagen stöhnend in den stickig heißen steinernen Gängen, niemand schien sich um sie zu kümmern. Die Wände entlang liefen Ablaufrinnen. Ich wollte umkehren. Trudi, einen Kopf größer als ich, mit dem braun gebrannten Körper einer nordischen Göttin, packte mich am Arm und zog mich in ein Untersuchungszimmer, wo ein junger Arzt sie links und rechts und wieder links küsste. Ein Ventilator drehte sich langsam an der Decke, ich stellte mich darunter. Der Arzt flirtete mit Trudi, während er meine Wunden reinigte und neu verband. Er gab mir Krücken und sagte, in diesem Klima heilten offene Wunden schlecht. Als die Schmerzen auch am folgenden Tag nicht nachließen, bat ich Nadine vom Reisebüro, mir einen Flug nach Zürich zu buchen, und rief Illy und Dr. Litvak an. Dann humpelte ich zu Simon und sagte, ich flöge in wenigen Stunden nach Zürich, um mich behandeln zu lassen, in zwei Wochen sei ich wieder zurück, er solle mir den Job freihalten. Er war voller Verständnis, aber er zweifelte wohl daran, dass ich zurückkommen würde. Ich war am Tiefpunkt. Ich flog durch die Nacht. Am frühen Morgen landete ich in Paris und wurde in einem Rollstuhl zum Anschlussflug nach Zürich geschoben. Vom Flughafen fuhr ich direkt zur Praxis von Dr. Litvak. Operieren, sagte er, den rechten Fußballen müssen wir operieren, die linke Ferse kriegen wir ohne Operation hin. Ob ich im Flugzeug gefrühstückt hätte? »Nein«, log ich. Er rief im Krankenhaus an und schickte mich voraus. Zwei Stunden später wurde ich im Operationssaal unter Vollnarkose operiert.

Drei Tage war ich im Krankenhaus, dann ging ich zu Illy, die jetzt allein mit dem kleinen Hund im Haus wohnte. Draußen schneite es. Dr. Litvak kam täglich vorbei, aß, was Illy ihm vorsetzte (er war Junggeselle), und sagte, mein Fuß heile in dieser kalten Luft ausgezeichnet. Nach dem Essen nahm er die Brille ab und untersuchte sie, dann putzte er sie mit der Serviette, dazu murmelte er entschuldigend, da sei noch Blut dran von der letzten Operation. Er war von kleinem Wuchs, ich stellte mir vor, wie er das Gesicht nahe über einen Patienten beugte und einen Schnitt ausführte, wobei ihm das Blut ins Gesicht spritzte. Zu mir sagte er, wenn ich mit dem Fuß länger gewartet hätte, dann hätte die Infektion den Knochen angegriffen.

Illy pflegte mich gesund. Sie sah verhärmt aus, in wenigen Monaten würde sich Nics Tod (mein Geburtstag) zum zweiten Mal jähren. Ich nahm kaum wahr, wie schlecht es ihr ging, ich war mit mir selbst beschäftigt, ich konzentrierte mich darauf, gesund zu werden. Ich befürchtete von Tag zu Tag mehr, meinen Traumjob nicht wiederzukriegen. Nach zehn Tagen erklärte mich Dr. Litvak für reisefähig, und zwei Wochen nach meiner überstürzten Abreise aus Fort Royal landete ich wieder in Pointe-à-Pitre. Wie hätte ich wissen sollen, dass ich Illy nicht wiedersehen würde?

Ich verstaute den Pareo im Bungalow und ging an den Strand. Etwas abseits, da, wo der Nudistenstrand anfing, lagen Vivien, Antje und Gilles. Ich setzte mich zu ihnen in den heißen Sand.

Gilles arbeitet im Büro. Vivien und Antje sind Hostessen. Beide sind groß und schmal und braun. Sie hatten ihre Bikinioberteile abgelegt. Beide hatten ganz kleine Brüste.

»Lässt du dich auch mal hier blicken?«, sagte Vivien.

»Im Vergleich zu euch Sonnenkindern bin ich noch fast weiß, und die Saison geht schon zu Ende. Was sollen bloß meine Freunde in der Schweiz denken?«

»Dass du die meiste Zeit im Bungalow verbracht hast«, sagte Gilles, »beim Ficken.«

»Wieso im Bungalow?«, sagte Antje. »Was meinst du, weshalb wir überall braun sind?« Sie blickte an sich herab und wischte sich zwischen den Brüsten ein paar feine Schweißperlen weg, an deren Stelle hinterließ sie ein paar Sandkörner.

Nach einer Weile wollte Vivien von mir wissen, was ich vor dem Club gemacht hatte. Ich sagte es ihr. Wir kannten einander auch nach Monaten nur als G.O. Das frühere Leben war kein Thema. Erst jetzt, kurz bevor die G.O.-Equipe sich auflöste, hatten wir doch noch begonnen, einander auszufragen. Einige unter uns bedrängten Gedanken an das Zivilleben, an den Alltag, in den sie nun zurückkehren würden. Lichtjahre trennten uns davon. Die G.M., die uns damit aufzogen, das Leben im Club habe mit dem wirklichen Leben nichts zu tun, hatten doch recht.

Antje und Vivien und Gilles gingen ins Wasser.

»Kommst du mit?«, fragte Gilles.

»Ich bleibe in der Sonne. Bis ihr zurück seid, bin ich endlich braun.«

»Wir baden nur ein paar Minuten«, sagte Vivien, »nicht ein paar Wochen.«

Am Mikrofon wurde ein Wasserballmatch angekündigt, G.O. gegen G.M. Ich spülte unter der Dusche am Strand den Sand und den Schweiß ab und ging zum Schwimmbecken. Fred, der athletische Schwimmlehrer mit dem Pferdeschwanz, drückte mir das Mikro in die Hand, und ich wiederholte die Ansage auf Englisch. Ich gab ihm das Mikro zurück und sagte, er solle mich für die G.O.-Equipe vormerken. Ich trat zum Vogelkäfig und bat Lili, meine Brille aufzubewahren. Fred gab unterdessen über Lautsprecher die Spielregeln bekannt: »Gespielt werden zweimal sieben Minuten. Ihr dürft den Gegner nur halten, wenn er im Ballbesitz ist. Keine unanständigen Griffe. Das gilt besonders für die G.O. Möge der Beste gewinnen.«

»Hör jetzt auf mit dem Scheiß, kleiner Lulu«, rief Gabor aus dem Schwimmbecken. Gabor kommt aus Ungarn. Er hat eine Statur wie ein zweitüriger Kleiderschrank, nicht so groß, aber mindestens so breit. Auf dem massigen Körper sitzt ein winziger, völlig kahler Schädel. Er ist mit vierzig Jahren der älteste G.O. in Fort Royal, vielleicht in der ganzen Clubwelt. Ich teile das Zimmer mit ihm.

Fred pfiff an und warf den Ball ins Wasser. Gabor, unser Wasserballchampion, war als Erster am Ball und passte zu Yannick vor dem Tor der G.M. Yannick schoss wuchtig auf das Tor, aber im letzten Moment stellte sich ihm ein Hüne aus der Mannschaft der G.M. entgegen. Der Ball prallte von der Brust des Hünen zurück in die Hände von Vivi, dem Tennis-G.O. Der Hüne war in zwei Schritten bei Vivi und nahm ihm den Ball weg. »Ernie, Ernie«, riefen einige G.M. vor unserem Tor. Ernie feuerte über alle Köpfe hinweg, und es hieß eins zu null. Nach dem Anstoß war Gabor abermals als Erster am Ball, doch als er abspielen wollte, nahm ihm Ernie den Ball aus den Händen und passte vor unser Tor, und es stand zwei zu null. Beim nächsten Anspiel fiel der Ball direkt vor Ernie ins Wasser. Ich stand hinter ihm. Noch bevor er den Ball zu fassen bekam, sprang ich, die Anweisung zum *fair play* missachtend, auf seinen Rücken und versuchte, ihn umzureißen. Ernie packte den Ball, machte ein paar Schritte in Richtung auf unser Tor und feuerte zum drei zu null.

»*Hey man, this is fun*«, sagte er über die Schulter zu mir.

Beim Einwurf war Momo als Erster am Ball. Er passte zu mir, aber Ernie kam schon auf mich zu. Ich umklammerte den Ball und rollte mich zusammen. Ernie packte mich am Hals, dann wurde ich am Boden des Schwimmbeckens platt gedrückt. Ich begann, das Feuer im Elsass zu sehen. Schließlich ließ ich den Ball los. Als ich nach Atem ringend wieder auftauchte, hieß es vier zu null.

»Warum hören wir nicht gleich auf und gehen zum Mittagessen?«, sagte ich etwas mühsam zu Gabor.

»Mach dir keine Gedanken, kleiner Lulu«, sagte er, »ich habe noch gar nicht richtig angefangen.«

Als Fred einwarf, tauchte Gabor. Vivi erwischte den Ball, und Ernie machte einen Schritt auf ihn zu, als ihm plötzlich die Beine einknickten. Vivi feuerte zu Moncef, dem Tunesier, der für die Exkursionen verantwortlich war. Es stand vier zu eins. Beim nächsten Anspiel war Ernie als Erster am Ball, doch abermals schienen ihm die Beine wegzusacken. Nach Yannicks Weitschuss hieß es vier zu zwei.

»Hey Ernie, was ist los?«, rief einer aus dem G.M.-Team.

»Ich weiß nicht«, sagte Ernie mit gepresster Stimme.

Diesmal war ich als Erster am Ball. Ernie hob mich am Nacken hoch, und ich spürte, wie mir die Luft ausging. Plötzlich wurde ich fallen gelassen. Ich passte zu Moncef, und es stand vier zu drei. Ernie kauerte mit rotem Kopf im Wasser. Gabor tauchte neben mir auf.

»Was hat er bloß?«, sagte ich.

»Keine Ahnung, vielleicht hat er sich verschluckt.«

»Geht's?«, fragte Fred Ernie teilnahmsvoll vom Beckenrand.

»Vielleicht sollte er einen Moment aussetzen«, riet Moncef.

Gabor und zwei G.M. halfen Ernie aus dem Wasser.

»Es ist halt ein hartes Spiel«, sagte Fred zu Ernie, der jetzt mit rotem Kopf neben dem Beckenrand kauerte.

»Schade«, sagte Gabor laut, »sie waren doch am Gewinnen.«

Beim Schlusspfiff stand das Spiel neun zu vier für die G.O.

»Man darf die Hoffnung nie aufgeben«, sagte Gabor befriedigt, als wir aus dem Schwimmbecken kletterten. Später sah ich ihn mit Ernie an der Bar unseren Sieg feiern.

Als ich nach dem Essen in den Bungalow ging, war Gabor da.

»Wie geht's, kleiner Lulu?« Er nennt alle, auch die Frauen, kleiner Lulu. »Gutes Spiel vor dem Essen. Die haben wir sauber geschlagen.«

»So sauber war's, glaub ich, nicht.«

»Mach dir nicht in die Hose. Ich halte mich an das olympische Motto ›Gewinnen ist wichtiger als mitmachen‹.« Er rülpste und ging ins Badezimmer. Ich hörte ein Plätschern wie von einem Bergbach. »Was für eine Scheiße, dieser Club Méditerrarmee«, sagte er laut aus dem Badezimmer. Er spülte und kam nackt zurück. Mitten im Zimmer blieb er stehen und kratzte sich an den Eiern. Dann legte er sich aufs Bett und drehte das kleine Kofferradio an (Radios sind im Club nicht erlaubt). »Heute spielt Saint-Étienne gegen Reims. Mal sehen, ob die kleinen Lulus Fußball spielen können.« Er wandte sich dem siebentausend Kilometer entfernten Spiel zu.

Ich legte mich auf mein Bett und döste vor mich hin. Ich freute mich auf die kommenden Tage in der Schweiz. Ich war nun ein halbes Jahr fort gewesen, und ich war noch lange nicht bereit, zu meiner Arbeit zurückzukehren. Von der Auftragsfilmerei hatte ich die Nase voll. Sie hatte mich krank gemacht. In den letzten Jahren hatte ich nur noch mit Tabletten einschlafen können. Alle zwei, drei Wochen war ich mitten in der Nacht mit einer Kolik aufgewacht. Manchmal hatte ich vor Schmerzen die paar Schritte zum Toilettenschrank mit den Schmerzmitteln nicht mehr geschafft. Zitternd und schweißüberströmt hatte ich mich auf dem Teppich gewälzt, bis die Schmerzen nachließen. »Psychosomatisch«, hatten die Ärzte gesagt. Ich war in einer Sackgasse.

Ich hatte begonnen, Professor C. zu sehen. Er war berühmt und hochbetagt, ein freundliches, dürres Männlein, zu dem man Vertrauen haben konnte. »Sie haben doch eine gute Stellung«, pflegte er zu sagen, »auf Ihrem Gebiet haben Sie schon einen Namen, das sagen Sie selbst. Sie sind ein Filmbesessener, Sie haben Jahre in Ihr Handwerk investiert. Sie haben Auszeichnungen erhalten, nicht nur in der Schweiz. Das wollen Sie alles aufgeben, um in der Südsee zu tauchen?« Ich ließ die Frage der Geografie auf sich beruhen. Er hatte versucht, mich dahin zu bringen, dass ich mich bei der Arbeit wieder wohlfühlte. Für das Künstlerische hatte er Verständnis und auch für das Unbürgerliche, das sich für ihn mit dem Künstlerischen verband. Nur fand er manchmal, ich kleide mich etwas extrem. (Er hätte mich heute

Morgen im Pareo mit der Bougainvilleenblüte hinter dem Ohr sehen sollen.) Er riet mir, wenigstens so lange auszuharren, bis ich wisse, was ich wirklich wolle, kein unbilliger Rat. Er hatte mir Schmerzmittel verschrieben und alle drei Monate neue Schlafmittel und hatte erwartet, ich würde die Lebenskrise (sein Ausdruck) allmählich überwinden. So war ich dageblieben, und die Schlaflosigkeit war ebenfalls geblieben und die Krämpfe auch.

Dann war Nic gestorben. Ein paar Monate später, als ich zur üblichen Zeit an Professor C.s Haustür läutete, öffnete seine Haushälterin mit geröteten Augen und sagte, der Herr Professor sei gestern Abend verstorben. Ich hatte mich bereits abgewandt, als sie hinzufügte, die Erde sei halt doch ein Jammertal. Ich habe seither oft darüber nachgedacht, was sie mit dem ›Halt doch‹ gemeint haben könnte. Vielleicht hatte der Professor ihr gegenüber bestritten, dass die Erde ein Jammertal sei, und nun hatte sie recht behalten. Oder der Professor hatte die Erde für ein Jammertal gehalten, und sie hatte ihm widersprochen, aber sein Tod hatte ihr ihren Irrtum gezeigt. Oder hatte sie einen möglichen Einwand meinerseits von vornherein ausräumen wollen? Nach ihrer Aussprache vermutete ich, sie sei Österreicherin, da hatte sie vielleicht eigene Erfahrungen mit der Welt als Jammertal. Einige Wochen später begann ich, Dr. F. zu sehen. Schon in der ersten Sitzung sagte ich zu ihm, ich hätte im Sinn, meine Arbeit aufzugeben und in die Karibik zu verreisen, davon könne keine Macht der Welt mich abbringen. Er nahm die Brille ab, schaute mich mit einem etwas vagen Blick an und sagte, das gehe von ihm aus in Ordnung. Damals begann ich mit den Vorbereitungen für meine Reise.

Nun würde ich noch mindestens ein weiteres halbes Jahr im Club bleiben. Was danach kam, daran versuchte ich nicht zu denken. Trotzdem ging mir manchmal durch den Kopf, ich könne nicht mehr zum Film zurück. War ich noch ein Filmregisseur? Oder was sonst? Ein G.O.? Nichts war gelöst. Für das wirkliche Leben, das ich so lange geführt hatte und an das uns die G.M. gern erinnerten, taugte ich nicht mehr. Ich war zu keiner Entscheidung fähig. Vielleicht würde bis zum Herbst etwas geschehen, das mir die Entscheidung abnahm. Ich hoffte es.

Um halb drei stand ich auf. Gabor wandte den Kopf. »Zwei zu null für Saint-Étienne. Die Schwuchteln von Reims sollten sich die Wangen frisch pudern. Stimmt's nicht, mein kleiner Lulu?«

Ich grinste. »Mach dir nicht in die Hose, nur weil Reims verliert.«

»Weißt du, ich mag dich ganz gern«, sagte Gabor, »aber von Fußball verstehst du einen Scheißdreck. Geh, hol dir im Schwimmbecken einen runter.« Er furzte und wandte sich wieder der Übertragung zu.

Draußen ging ein Regenschauer nieder, nach wenigen Augenblicken war ich durchnässt. Der Regen war warm.

Als ich das Schwimmbecken erreichte, brannte bereits wieder die Sonne. Ich ging zur Sporthütte. Die Caravelles und die 420er kreuzten in voller Fahrt vor dem Strand. Hier, am nordwestlichsten Punkt von Guadeloupe, ging ein steter Wind, der die Hitze erträglich machte und das Regenwasser und den Schweiß auf der Haut trocknete. Der Wind war angenehm, ebenso wie der Regen, der mehrmals am Tag fiel, und wie die Wolken, die in ihrer raschen Fahrt immer wieder die brennende Sonne verdeckten.

Ich trug zwei Tauchgeräte zum Schwimmbecken. Als ich sie bei der Holztruhe abstellte, hatte ich Striemen an den Schultern. Ich öffnete die Truhe und begann, die Flossen nach Größen zu sortieren.

Gegen drei Uhr hatte sich ein halbes Dutzend G.M. bei mir eingefunden. Ein junger Mann mit Muskelpaketen an den Oberarmen und Oberschenkeln sagte, er habe noch nie geschnorchelt, aber der Schnorcheltest könne ja nicht so schwierig sein. Er trug eine Sonnenbrille mit verspiegelten Gläsern, in der ich mich gleich zweimal sehen konnte, und ein T-Shirt mit der Aufschrift *Property of San Quentin*. Das schien mir glaubhaft. Ich sagte, für einen Sportsfreund wie ihn sollte die Sache nicht schwierig sein. Unter den G.M. waren zwei Frauen. Die eine trug eine Sonnenbrille. Sie hatte lange rote Haare und eine weiße Haut und ein feines Goldkettchen um die Taille. Auf ihrer Schultertasche stand *Avis – we try harder*. Die andere war jung und etwas rundlich. Sie hatte große dunkle Augen und ein fröhliches Lachen. Ein junger Mann war ständig in ihrer Nähe, die beiden gehörten wohl zusammen. Zu der Rothaarigen sagte ich, es sei besser, wenn sie sich was überziehe, sonst werde sie heute Nacht im Stehen schlafen. Sie lachte laut und sinnlich und sagte, die G.O. dächten immer an das eine.

Ich sagte, ich hätte nicht an das Eine gedacht, aber vielleicht sollte ich. Sie lachte erneut und streifte sich ein T-Shirt mit der Aufschrift *Club Med Fort Royal* über. Sie war überbeschriftet.

Ich erklärte den G.M. den Ablauf des Schnorcheltests und sagte, ich würde ihnen den Test vormachen. Ich nahm meine ABC-Ausrüstung und bat die fröhliche junge Frau, meine Brille zu halten.

»Gerne.«

»Wie heißt du?«

»Yvette.«

»Danke, Yvette.«

Ich führte den Test vor und ließ sie dann nacheinander ins Wasser springen. Die Frau mit dem Goldkettchen schaffte es nicht, das Bleigewicht vom Beckenboden heraufzuholen. Sie wird nicht nach Pigeon kommen, dachte ich, schade. Die meisten Taucher unter den G.M. waren Männer. Die Kollegen vom Segeln hatten es da besser. Ich empfahl ihr, das Abtauchen zu üben. »Du musst die Beine aus dem Wasser heben, sonst kommst du nicht runter, im Meerwasser schon gar nicht.«

»Und ich habe gedacht, du willst nur meine Beine sehen.« Sie lachte ihr sinnliches Lachen.

Der muskelbepackte Typ, der sein T-Shirt aus dem Gefängnis von San Quentin mitgebracht hatte, sagte, er wolle ebenfalls noch etwas üben. Zur Rothaarigen meinte er, man könne das ja gemeinsam tun. Der San-Quentin-Schriftzug auf seinem T-Shirt machte schlangenartige Bewegungen. Seine Augen waren hinter der verspiegelten Sonnenbrille nicht zu erkennen. Ihre auch nicht. Die beiden gingen zusammen weg. Ich wünschte dem Zuchthäusler Glück.

Der junge Mann, der zu Yvette gehörte, hatte Mühe mit dem Schnorcheln ohne Maske. Mehrmals hob er den Kopf aus dem Wasser, hustete und schnappte nach Luft. Ich ging am Rand des Schwimmbeckens neben ihm her und ermutigte ihn. Schließlich gab er auf. Ich sagte, er könne den Test an einem der nächsten Tage wiederholen. Jetzt gibt Yvette wohl ebenfalls auf, dachte ich, ohne ihren Freund wird sie nicht den ganzen Tag in Pigeon verbringen wollen.

»Bin ich dran?«, fragte sie.

Den ersten Teil der Übung machte sie gut, aber beim Schnorcheln hatte auch sie Mühe. Zweimal tauchte sie prustend auf. Beim nächsten Mal muss ich sie zurückweisen, dachte ich. Sie tauchte erneut auf. Beim nächsten Mal. Sie tauchte bis zum Beckenrand nicht mehr auf. Das Gewicht ließ ich sie nur dreißig Sekunden halten.

»Gratuliere, du hast es geschafft.«

Sie fand, ich sei nachsichtig. Ich sagte, ganz im Gegenteil, bei ihr sei ich besonders streng gewesen. Sie lachte und fuhr sich durch die kurzen Haare. Es war eine anmutige Bewegung.

Ich sagte zu Yvette und den beiden Kanadiern, die den Test ebenfalls bestanden hatten, sie sollten sich mit mir in den Schatten setzen, ich wolle ihnen die Tauchausrüstung erklären. Yvette trat zu ihrem Freund. Sie hört auf, dachte ich. Dann ging der Freund weg, und sie setzte sich zu uns.

Als ich mit den Erläuterungen zu Ende war, trugen wir die beiden Geräte, die Lungenautomaten und die ABC-Ausrüstungen zum Beckenrand. Ich half dem ersten Kanadier beim Anziehen, dann rüstete ich mich aus und sprang ins Becken. Ich wartete am Fuß der Leiter auf ihn und führte ihn auf dem Boden des Schwimmbeckens spazieren.

Als wir wieder bei der Leiter anlangten, sagte er: »Fantastisch, enorm. Das war großartig.« Dafür, dass er gerade im trüben und leicht verpissten Wasser eines Schwimmbeckens getaucht hatte, war er ganz schön begeistert.

Auch der zweite Kanadier erhielt seine Tauchtaufe. Als wir wieder auftauchten, sagte er, er spüre ein leichtes Stechen in den Ohren. Ich ließ ihn den Druckausgleich machen. »Du musst etwas stärker pressen«, sagte ich, »bis du ein feines Knacken hörst. Am Anfang geht's manchmal etwas schwer.«

Yvette trat an den Beckenrand. Sie kam mit dem Schrittgurt nicht zurecht.

»Komm die Leiter herunter«, sagte ich. »Ich helfe dir.«

Als sie neben mir im hüfthohen Wasser stand, ergriff ich den Schrittgurt zwischen ihren Schenkeln und zeigte ihr, wie er am Bleigurt eingehakt wurde. Dazu schob ich die Hand unter ihren Bleigurt. Ihre Haut war nass und warm, mit einem feinen Geruch von Schweiß und Parfüm.

»Ich bin etwas aufgeregt«, sagte sie.

»Gib mir die Hand.«

Ich zog sie unter die Oberfläche. EINATMEN. *Sie machte große Augen und atmete kaum.* AUSATMEN. EINATMEN. *Nach einer Weile wurde ihr Blasenschwall kräftiger. Ich signalisierte ›Alles in Ordnung?‹. Sie nickte. Ich zog sie auf den Boden des Schwimmbeckens. Ihr Atem ging regelmäßig.* AUSATMEN. EINATMEN. *Wir schwammen am Beckenboden entlang. Lautes Plantschen, über uns an der Oberfläche kraulte ein Fettwanst. Ich stieß Yvette an und zeigte hinauf.* AUSATMEN. EINATMEN. *Ich mimte mit den Händen ›dicker Bauch‹. Sie musste lachen und schluckte Wasser. Ich tat, als würde ich ihr auf den Rücken klopfen.* AUSATMEN. EINATMEN. *Wir waren im tiefen Teil des Beckens angelangt und schwammen wieder zurück. An der Oberfläche strampelte ein kleiner Junge mit einem Ball. Ich ließ Yvettes Hand los, stieg zu dem Jungen auf und zog ihn am Bein.* AUSATMEN. EINATMEN. *Er planschte wild herum und verschwand in Richtung Beckenrand. Yvette kniete auf dem Boden und nickte, wahrscheinlich lachte sie, unter der Maske ist das schwer auszumachen. Ich ergriff wieder ihre Hand.* AUSATMEN. EINATMEN. *Mir schien, als spürte ich einen leichten Druck an meiner Hand. Als wir wieder bei der Leiter angelangt waren, nahm ich den Lungenautomaten aus dem Mund und küsste ihre Hand, wie es sich für einen Ficker aus der Tauchequipe gehörte. Sie verneigte sich.*

»Das hat Spaß gemacht«, sagte sie, als wir aufgetaucht waren. »Nur bin ich vor Lachen fast ertrunken.«

»Auf gar keinen Fall.«

»*Tu es un gentil* G.O.«, sagte sie.

Ich sagte, sie solle den Schrittgurt ausklinken, ohne den Bleigurt zu öffnen. Als es ihr nicht gelang, zeigte ich es ihr. Dabei berührte ich abermals mit dem Handrücken ihren weichen weißen Bauch. Sie blickte mich an. Ungefähr eine Million Jahre später klinkte ich ihren Schrittgurt aus und half ihr, das Gerät abzulegen.

Ich fragte sie, ob sie klassische Musik möge. Es gebe jeden Abend um fünf am Strand klassische Musik zu hören, dazu laufe eine der besten Veranstaltungen des Clubs: Sonnenuntergang in der Karibik. Sie sagte, sie komme gern, aber sie wolle erst einmal sehen, was Julien vorhabe.

Auf dem Weg zurück von der Sporthütte kam ich am Volleyballfeld vorbei. Gabor war dabei, eine Gruppe von G.M. in zwei Mannschaften aufzuteilen. Er war verantwortlich für die Landsportarten. Als er mich sah, winkte er. »Saint-Étienne hat Reims die Eier abgeschnitten«, rief er schallend über die Wiese, »spielst du mit, kleiner Lulu?« Ich sagte, ich hätte noch was vor. Ich schaute dem Spiel eine Weile zu und schlenderte dann zurück in den Bungalow. Unter den Palmen neben dem Schwimmbecken war ein Pétanquespiel im Gang. Serge und zwei weitere Kreolen spielten gegen drei G.O. von der Küchenequipe. Ich mochte das Spiel. Wo die Franzosen hinkommen, dachte ich, von Afrika bis zu den Antillen, wird Pétanque gespielt. Wo die Amerikaner hinkommen, von Kuba bis Japan, spielt man Baseball. Es war ein tiefsinniger Gedanke.

Im Bungalow schaltete ich das Klimagerät ein und duschte. Ich legte mich aufs Bett und schob das Band von Johnny Nash in den Kassettenrekorder. Reggaerhythmen, dann die hohe, swingende Stimme:

Oh, what is life
How do we live
What should we take
And how much should we give

Als das Band zu Ende war, zog ich Shorts an und ein T-Shirt mit der Aufschrift *Red Sea Diving Center Eilat*. Damit gehörte ich ebenfalls zu denen, die der Mitwelt ihre Weltanschauung oder ihre sexuellen Neigungen oder die Adresse ihres Spenglers anzuzeigen wünschen. Psychologen hätten wahrscheinlich sagen können, ob bedruckte Leibchen so beliebt sind, weil die Menschen sonst nicht wüssten, worüber sie reden sollten, oder weil sie den Geist der freien Marktwirtschaft verkörpern, oder weil sie als Schutz gegen Sonnenbrand geeignet sind.

Ich schaute mich im Spiegel an. Schade, dass ich bald von hier fortmusste. Ein paar Monate hätte ich es noch ausgehalten im Paradies.

Aus den Lautsprechern unter den Palmen am Strand ertönten *Die vier Jahreszeiten* von Vivaldi. G.M. dösten in den Plastikliegen und blickten auf den Horizont. Ich schaute mich nach Yvette um. Sie lag neben Julien ganz vorn am Wasser.

»Guten Abend«, sagte ich.

»Guten Abend«, sagten beide.

Ich legte mich in eine Liege neben Yvette. Sie trug eine helle Jeans und eine halbdurchsichtige Bluse. Über den Brüsten hatte die Bluse Täschchen, die die Durchsicht verhinderten. Sie trug ein Kopftuch, das ihre Haare verbarg. Sie sah älter aus als am Nachmittag.

Die Sonne stand bereits tief über dem Horizont. Ich deutete auf einen kaum sichtbaren Umriss am Horizont und sagte, das sei die Insel Montserrat, man sehe sie nur bei ganz klarem Wetter. Yvette sagte, jetzt sehe sie sie auch.

Wir hörten Vivaldi. Die Sonne berührte das Meer. Man müsste es zischen hören, dachte ich. Mehrere schmale Wolkenstreifen schoben sich vor die rote Scheibe, dennoch war der Untergang gut zu sehen. Die Sonne wurde immer größer. Mir begannen die Augen zu tränen. Dann war sie verschwunden.

»Schade«, sagte ich, »es hatte ein paar Wolken.«

»Das macht nichts«, sagte Yvette.

Julien redete halblaut mit ihr. Sie nickte. Er erhob sich und sagte: »Bis nachher.«

Yvette und ich lagen schweigend nebeneinander. Der Himmel wurde violett. Kleine Wellen schwappten an unsere Zehen. Sie sagte, einen so schönen Ort wie Fort Royal habe sie noch nie gesehen. Ich fragte, woher sie komme, und sie sagte: »Aus Laval bei Montréal. Bei uns liegt immer noch Schnee.« Für ›wir‹ sagte sie ›*nous autres*‹.

»*Vous autres Canadiens*«, sagte ich, »ihr habt eine lustige Sprache. *Présentement* verstehe ich zwar noch nicht alles, aber *tantôt* werde ich noch Fortschritte machen.«

»Du machst dich lustig über *nous autres Canadiens*.«

Ich sagte, im Gegenteil, die Sprache gefalle mir. Bevor ich hergekommen sei, hätte ich kaum etwas über Kanada gewusst, außer, dass Toronto die Hauptstadt sei.

»Ottawa.«

»Ich weiß, aber damals dachte ich, es sei Toronto.«

»Du bist aus der Schweiz?«

»Hört man das?«

»Du hast es heute Morgen beim Empfangsgespräch gesagt.«

»Warst du da?«

»Es wundert mich nicht, dass du mich nicht bemerkt hast. Es waren viele attraktive Frauen da.«

Ich deutete auf den Ring an ihrem Finger und fragte, was damit sei.

Sie schwieg einen Moment. Dann sagte sie, sie sei verheiratet, aber sie lebe seit mehreren Monaten von ihrem Mann getrennt. »Wir wollen uns scheiden lassen. Es ist eine schwierige Zeit für mich. Deshalb bin ich hergekommen.«

»Und Julien?«

»Julien ist ein guter Freund. Ich wollte nicht alleine reisen. Ich habe ihn gefragt, ob er mitkommt.«

Das erklärte nichts. Sollte ich sie fragen, ob sie mit ihm schlief? Was ging mich das an? Sie schlief bestimmt mit ihm.

Es wurde schnell dunkel. Yvette richtete sich auf und sagte, sie gehe in ihren Bungalow.

»Ja«, sagte ich. Ich kam mir plump vor. »Ich gehe auch.« Ich wollte sie noch nicht gehen lassen.

»Ich sehe dich doch beim Abendessen?«, fragte sie.

»Klar.«

Sie ging weg. Ich schaute ihr nach. Ihre nackten Füße hinterließen Spuren, die im Sand verrieselten. Sie gefällt mir, dachte ich. Ich habe zwar die Sache mit Julien nicht recht verstanden, aber sie gefällt mir. Ich hielt den Atem an, bis ich mein Herz im Hals schlagen spürte. Mit einem Zischen ließ ich die Luft aus der Lunge. Über eine Minute, dachte ich, ganz gut für einen Taucher.

Im Bungalow traf ich Gabor schlafend an, es war seine Hauptbeschäftigung. Ich blätterte in den Zeitschriften, die ein deutscher G.M. mir dagelassen hatte. Auf Teneriffa waren mehr als fünfhundert Touristen bei einem Flugzeugunfall ums Leben gekommen. Bonn und Ostberlin stritten über den Verlauf der deutsch-deutschen Grenze an der Elbe. Das *Watergate Hotel* in Washington war verkauft worden. Jacques Prévert war gestorben. *»Rappelle-toi Barbara / Il pleuvait sans cesse sur Brest ce jour-là«*. Auf einer Schallplatte von Illy und Nic hatten die Frères Jacques das melancholische Chanson gesungen, lange bevor ich in Paris Préverts Gedichte las. In Deutschland hatten linke Terroristen den obersten Anwalt Buback erschossen, zusammen mit seinem Fahrer und einem Justizbeamten namens Wurster. Im hinteren Teil des *Spiegels* las ich die Besprechung eines Buches mit dem Titel *Mars*. Der Autor hieß Fritz Zorn, ein Pseudonym eines Schweizer Studenten, der in einer Millionärsfamilie an Zürichs Goldküste aufgewachsen und noch vor der Veröffentlichung seines Buches an Krebs gestorben war. Ich war ebenfalls an Zürichs Goldküste aufgewachsen, ich hatte dasselbe Gymnasium besucht wie er und war etwa gleich alt. Ich kannte die eisigen Zonen dieses Großbürgertums, von denen in der Rezension die Rede war, die Kälte, von der dieser Zorn behauptete, sie habe ihm den Krebs gebracht. Ich glaubte ihm aufs Wort. Ich erinnerte mich an endlose Nachmittage bei einem Schulkameraden aus der Primarschule, wo wir Monopoly spielten (in meiner Erinnerung verlor ich jedes Mal). Man durfte in diesen Villen nur flüstern und lebte in der ständigen Angst, irgendwo Schmutz oder gar einen Kratzer zu hinterlassen. Der Vater eines anderen Mitschülers hatte in all den Jahren, in denen ich als Freund seines Sohnes in seinem Haus ein- und ausging, nie ein Wort mit mir gesprochen. Wer konnte besser verstehen als ich, wie treffend der todkranke Autor sein Pseudonym gewählt hatte?

Gegen halb acht ging ich hinüber zum Hotel. Es befand sich etwa hundertfünfzig Meter vom Schwimmbecken entfernt auf einem Felsvorsprung hoch über dem Strand. Mit dem Speisesaal, dem Theater und der Disco bildete es das abendliche Zentrum des Clublebens.

Die Nacht war warm und feucht. Auf dem spärlich beleuchteten Plattenweg am Strand entlang spazierten die G.M. paarweise oder in kleinen Gruppen zum Essen. Um mich herum der übliche Abendlärm aus englischen und französischen Sprachfetzen, aus Kichern und dem Zirpen der Grillen und dem unentwegten Piepsen der winzigen Frösche, das von Sonnenuntergang bis Mitternacht die karibischen Nächte erfüllt. Regelmäßig schlugen die Wellen der Dünung gegen den Strand. Vom Hotel her kam das Stampfen eines elektrischen Basses.

In der Sporthütte nahm ich drei Tauchausweise mit und ging die steile Treppe zum Hotel hinauf. Im Gedränge vor der Bar traf ich die beiden Kanadier, die am Nachmittag den Schnorcheltest bestanden hatten, und gab ihnen ihre Tauchausweise. Sie luden mich zu einem Kahlúa ein, und ich musste ihnen beschreiben, wie es in Pigeon zugehen werde. Yvette sah ich nirgends.

Gilles kam vorbei und sagte: »Wir machen *l'entrée du restaurant.*« Im Untergeschoss, vor dem Eingang zum Speisesaal, hatte sich schon eine Anzahl G.O. versammelt. Simon war da und Yannick und Pascal, die beiden Segler, und Zoé vom Büro und Moncef, der die Exkursionen organisiert, und Düdül vom Bogenschießen und Hillary, die Krankenschwester, und Clark, der Yoga-G.O., und Lili und Vivien, die Hostessen, und Désirée, die schöne Tahitianerin, die die Bühnenbilder gestaltet. Ich trat zum kalten Büfett in der Mitte des Saales und schnitt mir ein Stück Camembert ab. Simon trat neben mich und tat dasselbe. Er trug eine schwarze Djellaba und ein Lederband um die Stirn und sah Jesus zum Verwechseln ähnlich. Ich sagte, ich hätte gehört, er mache die nächste Saison auf Korsika. Er nickte.

»Glaubst du, dass die G.M. trotz der Unruhen kommen werden?«

»Klar. Schau, in Israel wird mehr geschossen als auf Korsika, aber die beiden Clubdörfer sind fast immer ausgebucht. Andererseits war Fort Royal im vergangenen November fast leer. Weißt du warum? In den USA ging das Gerücht, La Soufrière sei wieder aktiv. Dabei hatte Haroun Tazieff schon vor Monaten erklärt, es bestehe keine Gefahr. Außerdem ist La Soufrière mehr als dreißig Kilometer von hier entfernt. Aber die Touristen sind weggeblieben. Durch Kriege und Revolutionen lassen sie sich ihre Ferien nicht vermiesen, aber vor dem Vulkan haben sie Schiss. Verstehst du das?«

Inzwischen standen mehrere Dutzend G.O. lachend und schwatzend herum. Simon blickte auf die Uhr und nickte Kamel, dem tunesischen Discjockey zu. Über Lautsprecher erschallte *Les Soupers du Roy*. Wir stellten uns zu beiden Seiten des Eingangs auf. Die Türen zum Speisesaal wurden geöffnet, und die G.M. strömten herein. Die Fanfare wurde ausgeblendet, und eine kreolische *béguine* ertönte. Wir klatschten im Rhythmus der Musik in die Hände, tanzten und sangen. Die G.M. begannen ebenfalls zu klatschen und zu tanzen. Wir begrüßten die Männer mit einem Händedruck, die Frauen mit einem oder zwei oder drei Küssen. Ich sah Yvette und Julien im Gedränge. Sie sah mich und lachte, dann wurde sie von Léli und Tino, den beiden Schnorchlern, beschmust.

Als die meisten Platz genommen hatten, wurde die Musik ausgeblendet. Ich bahnte mir einen Weg zwischen den Tischen. Yvette und Julien waren in ein Gespräch vertieft und sahen mich nicht. An ihrem Tisch war kein Platz mehr frei. Lili trat zu mir.

»Bist du allein, Daniel?«

»Ja.«

»Sei so lieb und iss an dem Tisch da drüben mit den G.M. Es ist gerade noch ein Platz frei.«

Ich setzte mich zu den G.M. und sagte artig: »Guten Abend.«

»Guten Abend, guten Abend«, sagte der G.M. zur Linken, »ich heiße Wilbur. Das hier ist meine Frau Ethel.« Er stellte mir die übrigen Tischgenossen vor, und ich sagte, ich heiße Daniel.

»Freut mich, Daniel. Bist du aus den Staaten?«

»Nein.«

»*Honey*, das ist ein G.O.«, sagte Ethel, »er war doch eben mit den anderen am Eingang.«

»Wirklich, du bist G.O.?«

»Ja.«

»Toll.«

–

»Was für einen Job hast du?«

»Tauchlehrer.«

»Toll.«

–

»Gibt's hier eigentlich Haie?«

»Leider nicht.«

»Leider nicht! Hast du gehört, *honey*. Er hat gesagt, es gebe hier leider keine Haie.«

Ethel hatte es gehört.

»Darf ich dich etwas fragen«, fragte ein anderer G.M., »ist tauchen schwierig?«

»Nur am Anfang.« Ich hatte den richtigen Ton gefunden.

»Für mich kommt es wahrscheinlich nicht infrage. Ich kann nämlich nicht schwimmen.«

!

»Bist du Franzose?«, fragte Ethel.

»Schweizer.«

»Schweizer! Das habe ich mir gedacht. Es ist ein wunderbares Land. Wir waren einmal in Luzern. Und im Schwarzwald.«

»Die Schweizer Banken«, sagte Wilbur, die beiden lösten sich ab, »ihr habt da ganz schön Kies auf euren Banken, das ist bekannt.«

»Es sind nicht meine Banken«, sagte ich, »wäre ich sonst G.O.?«

»Warum auch nicht?« Er hatte nicht unrecht.

»Wie lange bist du schon im Club?«, fragte Ethel.

»Das ist meine erste Saison.«

»Was hast du vorher gemacht?«

»Ich war Filmregisseur.«

»Toll.«

–

»Was für Filme hast du gemacht?«, fragte Wilbur. »Pornofilme?«

»Auftragsfilme.«

»Da ist eine Menge Geld drin. Wie viel hast du verdient?«

Ich sagte, der neueste Wechselkurs sei mir leider nicht bekannt.

»Was machst du, wenn du den Club verlässt?«

»Keine Ahnung.«

»Hast du das gehört, *honey*. Wir haben schon mit mehreren G.O. gesprochen, sie wissen es alle nicht.«

–

»Sag mal«, sagte Ethel, »geht es dir nicht manchmal auf die Nerven, wenn die G.M. dich immer dasselbe fragen?«

Bevor ich antworten konnte, sah ich Yvette von ihrem Tisch aufstehen. Sie verließ den Speisesaal. Ich sagte, ich würde mich gern noch mit ihnen unterhalten, aber die Pflicht rufe. Wilbur fragte grinsend, um welche Pflicht es sich da wohl handle, und ich sagte, er denke schon wie ein G.O. Er bekam vor Stolz einen roten Kopf und sagte zu Ethel: »Hast du das gehört?« Ich ging.

Yvette war bereits bei der steilen Treppe angelangt, die zum Strand hinabführte. Ich rief ihren Namen, und sie blieb stehen.

»Wohin gehst du?«, fragte ich, als ich bei ihr ankam.

»Du bist es, Daniel. Ich habe dich im Dunkeln kaum erkannt.« Sie sagte, sie habe keinen großen Hunger gehabt und sei auf dem Weg in ihren Bungalow.

»Wollen wir noch ein wenig plaudern?«

»Jetzt?« Sie blickte mich an. »Ja. Gerne.«

»Gehen wir zur Disco, da ist um diese Zeit niemand.«

Wir spazierten um das Hotel herum. Der Sandstrand und das Karibische Meer lagen auf der westlichen Seite des Hotels. Hier auf der Nordseite begann der Atlantik, und der Strand war steinig und verwildert. Natürlich war es dasselbe Meer, aber ich mochte die Vorstellung, dass wir genau auf der Grenze zwischen Karibik und Atlantik lebten.

Neben dem Weg fiel die Böschung steil ab. In der Tiefe rollten glitzernde Wellen auf den Strand und verströmten mit einem Grollen. Weit draußen ging die Schwärze des Meeres in den sternenbedeckten Himmel über.

»Was ist dort draußen?« Yvette deutete auf einen schwarzen Schatten, der sich vom Sternenhimmel abhob.

»Eine kleine Insel, eigentlich nur ein Felsen. Er heißt *tête à l'anglais*.«

Auf dem Platz vor der Disco standen kleine Tische und Sitzbänke aus Bambusrohr. Der Platz war mit Palmwedeln überdacht, eine niedrige Mauer grenzte ihn gegen die Böschung ab. Die Disco war noch dunkel, der Vorplatz vom Sternenhimmel schwach erhellt. Die Mauer entlang wuchs Tropisches aus Blumentöpfen, die in Körben aus Bambusgeflecht standen. In den Blumentöpfen saßen die winzigen Frösche und lärmten unablässig. Eine warme Brise wehte vom Meer her und machte die schwüle Tropennacht angenehm.

»*Très chouette*«, meinte Yvette, als wir uns gesetzt hatten.

Ich fragte, warum sie dieses Clubdorf gewählt habe und nicht La Caravelle.

»Zufall. Ich wollte eigentlich nach Cancún, aber da war ausgebucht. Martinique war ebenfalls ausgebucht und La Caravelle auch.«

»Zum Glück«, sagte ich.

»Das hast du bestimmt schon zu vielen G.M.-Frauen in Fort Royal gesagt.«

»Nur zu denen, die zuerst in ein anderes Clubdorf wollten.«

»Man hat mich vor den G.O. gewarnt.«

»Zu Recht«, sagte ich, »*présentement* werde ich mich auf dich werfen.«

»Nein, das wirst du nicht. Du warst richtig nett heute Nachmittag. Geduldig. Und amüsant. Sonst säße ich nicht hier.«

»*Tu es gentille.*«

»*Une gentille G.M.?*« Sie lächelte. »Vielleicht kommt das von meinem Beruf. Ich bin Krankenschwester.«

»In einer Klinik?«

»Nein, bei einem Schönheitschirurgen.«

»Und die Operationen, das macht dir nichts aus?«

»Am Anfang hat es mir was ausgemacht. Man gewöhnt sich daran.«

Wir schwiegen.

Ich neigte mich zu ihr und küsste sie. Dann küsste ich sie noch mal. Dann küsste sie mich.

»Du gefällst mir«, sagte ich.

»Du mir auch.« Sie legte ihre Hände um meinen Nacken. Ich atmete den Geruch ihrer Haut. Jede Haut riecht anders, den Nuancen sind keine Grenzen gesetzt, so wenig wie denen der Hautfarbe oder den feinen Härchen, die einen Frauenkörper an dieser oder jener Stelle bedecken können oder auch nicht. Da herrscht unerschöpfliche Vielfalt, meint der nach einer Clubsaison zum Formel-1-Mechaniker gereifte G.O. Daniel.

»Du gefällst mir«, wiederholte ich.

»Gut.«

»*Doudou.*«

»Was ist das?«

»*Chérie*, auf Kreolisch.«

»*Doudou.* Welch ein lustiges Wort.«

»Man kann es auch zu einem Mann sagen.«

»*Tu es mon doudou.*« Sie küsste mich. Dann ließ sie mich vorsichtig los, als wollte sie mich bei der ersten Bewegung wieder packen.

»Heute Morgen«, sagte sie, »beim Empfangsgespräch habe ich dich zum ersten Mal gesehen. Du sahst gut aus mit dem Pareo und der Blume hinter dem Ohr.«

Ich dachte an Zachs Anleitung zum G.O.-gerechten Tragen des Pareo. »Du übertreibst, *doudou.*«

»Nein. Ein typischer G.O., habe ich gedacht. Der hat bestimmt viele kleine Freundinnen, wieso sollte er mich beachten?«

»Jetzt beachte ich dich.«

»*Mon petit suisse*. Weißt du, was das ist, bei uns in Québec, ein *petit suisse*?«

»Was?«

»Ein Eichhörnchen. Wir nennen die Eichhörnchen *petit suisse*. Sie sind drollig. Wenn du nach Montréal kommst, zeig ich sie dir.«

»Ich werde kommen, ich muss meine drolligen Landsleute kennenlernen.«

Sie lachte. Nach einer Weile sagte sie, ich solle von mir erzählen. Ich erzählte ihr eine Kurzversion meines früheren Lebens in der Schweiz. Es schien weit weg, wie wenn es gar nicht mich beträfe.

»Du warst nie verheiratet?«

»Nein.«

»Das wundert mich.«

»Ich habe einige Jahre mit einer Frau zusammengelebt, es war keine gute Beziehung, fast von Anfang an nicht. Ich bin da irgendwie reingeschlittert. Aber jetzt erzähl du von dir.«

»Du weißt schon fast alles, *doudou*. Meinen Beruf und, dass ich verheiratet bin und in Laval wohne und eigentlich nach Cancún wollte.«

»Wie alt bist du?«

»Ist das wichtig? Ich bin fünfundzwanzig. Mehr sage ich nicht. Den Rest musst du selber herausfinden.« Sie schmiegte sich an mich. Ich begann sie zu liebkosen, und dann ertönte Lärm aus der Disco, und das Licht wurde eingeschaltet. Wir lösten uns voneinander. Im Innern machte sich Discjockey Kamel an der Stereoanlage zu schaffen. Nach einem Moment erklangen die dumpfen Herzschläge und das schrille Stimmengewirr von »The dark Side of the Moon« von Pink Floyd. Stavros, der griechische Bar-G.O., begann mit zwei jungen Kreolen vom *personnel local* die Bar herzurichten.

»Gleich geht's hier los«, sagte ich, »gehen wir!«

Als wir wieder bei der Treppe anlangten, blieb ich stehen.
»Sag mal, Yvette …»
»Ja?«
»Willst du die Nacht mit mir verbringen?«
Sie schwieg einen Augenblick, dann sagte sie: »Warum fragst du?«
»Es gibt da ein kleines Problem«, ich zögerte, »ich teile den Bungalow mit Gabor.«
»Gabor?«
»Der Kahlköpfige, der für den Landsport verantwortlich ist.«
»Habt ihr keine Einzelzimmer?«
Ich schüttelte den Kopf.
»Aber, *doudou*«, sie begann zu lachen, »mein Bild von den G.O. ist erschüttert.«
Dazu fiel mir nichts ein, ich war erregt und ungeduldig. Sie sah es mir an, und ich sah, wie erregt sie selbst war.
Sie schlug vor, wir könnten die Nacht am Strand verbringen.
»Könnten wir«, sagte ich, »aber ich mache dich darauf aufmerksam, dass man nach romantischen Tropennächten am Strand Sand an den unerwartetsten Stellen hat.«
Sie kicherte. »Was machen wir?«
»Ich will versuchen, einen leeren Bungalow aufzutreiben. Wartest du auf mich?«
Sie nickte.
Ich ging zur Disco zurück. Auf dem Vorplatz ein Gewoge von spärlich bekleideten erhitzten Leibern. Im Innern war die Musik so laut, dass die Wände zitterten. Momo, der Segelchef, fragte, was ich trinken wolle. Ich schrie ihm ins Ohr, ich hätte keine Zeit. »Ich verstehe«, schrie er zurück. »Hast du Renata gesehen?«, schrie ich. Er schüttelte den Kopf. Vielleicht ist sie schon schlafen gegangen, dachte ich, oder sie ist zum Abendessen nach Deshaies gefahren oder vor einer Stunde gestorben. Ich musste sie unbedingt finden. Ich kämpfte mich wieder ins Freie.
Renata saß neben *chef de village* Simon auf der niedrigen Mauer und blickte gelangweilt auf die Tanzenden. Ich trat zu den beiden.

»Hallo Renata, hast du einen Moment Zeit?«

»Was ist?«, fragte sie mürrisch.

»Hör mal«, sagte ich halblaut, damit Simon mich nicht verstehen konnte, »hast du noch einen leeren Bungalow?«

»*Merde*, Daniel, jede Nacht kommt ihr Oberficker an und wollt ein Zimmer. Ich verliere die Übersicht.«

Renata hatte eine etwas raue Schale. Vielleicht wollte sie in aller Form gebeten werden.

»Ich bitte dich in aller Form.«

»Das Büro ist geschlossen. Hättest du nicht früher kommen können, verdammt noch mal?« Renata war groß und kräftig, vielleicht hatte sie das Büro mit den Zähnen geschlossen.

Simon hatte interessiert zugehört. »Sei nicht so«, sagte er zu Renata, »hast du noch leere Bungalows? Gib ihm einen, dann haben wir Ruhe.«

»Wie du meinst. Aber ich sehe nicht ein, warum er seine *nana* nicht am Strand ficken kann.«

»Das kann ich dir sagen«, sagte ich, »man hat nämlich nachher immer Sand am ...»

»Spar dir die abstoßenden Einzelheiten. Bungalow vierzehn und sechzehn sind frei. Sie sind ganz hinten am Strand. Vielleicht fliegst du im Dunkeln auf die Schnauze.«

»Renata, du bist ein Engel.« Ich küsste sie.

»Du kannst dich bei Simon bedanken.« Sie war etwas weniger mürrisch.

»Du willst wohl die kleine Kanadierin vögeln«, sagte Simon.

»Dir entgeht aber auch nichts.«

»Ich habe euch während der Musikstunde am Strand gesehen.«

»Man hat hier kein Privatleben.«

»Der Chef ist immer auf dem Laufenden«, sagte Simon. »Mach's gut, damit wir uns hinterher nicht zu schämen brauchen.« Es war einer der müdesten G.O.-Sprüche.

Yvette stand bei den Bougainvilleenstauden unten an der Treppe. Sie hatte eine Blüte abgebrochen und sich über dem Ohr ins kurze Haar gesteckt. Ich trat zu ihr und küsste sie. »*Doudou*, ich habe einen Bungalow, die Verwaltung hatte ein Einsehen.«

»Die Verwaltung?«, fragte sie. »Wie vielen hast du von uns erzählt?«

»Ach, ich habe die Situation nur ganz allgemein beschrieben, das genügte.«

»Ja, das glaube ich«, sagte sie halb belustigt.

»In jenem Bungalow«, fügte ich hinzu, »wird übrigens das Frühstück ans Bett serviert.«

Sie blickte mich aus nächster Nähe an. Dann nickte sie und sagte: »Gehen wir.«

Sie nahm meine Hand, und wir gingen auf dem Plattenweg den Strand entlang. Der Lärm der Grillen und kleinen Frösche war abgeklungen. Man hörte das Plätschern der leichten Brandung.

Unter den Palmen beim Schwimmbecken stand Yvette plötzlich still. »Schau mal«, sie zeigte auf einen kleinen Schatten, der über die Steinplatten huschte.

»Eine Krabbe.«

»Das sieht komisch aus, wie sie seitwärts geht.«

»Für die Krabbe ist es vielleicht nicht seitwärts«, sagte ich.

Yvette lachte: »Ein Philosoph.« Sie küsste mich. Ich spürte ihren Körper und bekam einen Steifen, und sie spürte es und presste sich an mich.

»Komm«, sagte ich nach einer Weile.

Wir gingen um das Schwimmbecken herum zum dahinter liegenden Teil des Strandes. Vor dem letzten Bungalow blieben wir stehen.

»Hier muss es sein, ich schau mal nach.«

»Daniel«, sagte sie, ihr Gesicht war im Dunkeln. »Ich habe ein bisschen Angst. Ich schlafe nicht oft mit fremden Männern.«

Hätte ich sagen sollen, ich sei kein Oberficker, jedenfalls im Vergleich mit den anderen G.O.? Spielte es eine Rolle?

»Nicht.«

»Ich erdrücke dich.«

»Gut. Wir können für die nächsten paar Äonen so bleiben.«

»Wir würden verhungern.«

»Du bringst doch am Morgen das Frühstück.«

»Das ist Erpressung.«

»Ich erpresse dich«, sagte sie, »so, so. Und da. Und da.«

»Sag mal«, sagte sie nach einer Weile, »braucht man das alles wirklich, eine tropische Insel und weißen Sandstrand mit Palmen und klassische Musik zum Sonnenuntergang und laue Nächte, um glücklich zu sein?«

»Eigentlich braucht man nur einen G.O.«

»Sei ernst, *monsieur* G.O. So steht es im Clubprospekt. Deshalb kommen wir alle her. Es ist etwas viel Aufwand, meinst du nicht?«

»Man kann auch in einem Häusermeer glücklich sein«, sagte ich. »Das Wort ist allerdings falsch. Ein Häusermeer ist kein Meer. Das Meer ist Natur, und die hat man in den Städten ja gerade nicht.«

»Und so fliegen wir zu Tausenden Tausende von Kilometern in die Natur. Für die Natur ist das vielleicht nicht das Beste.«

»Weißt du«, sagte ich, »früher habe ich die Natur Natur sein lassen. Als Schüler mussten wir oft in den Alpen herumklettern, damit wir lernten, warum der Schweizer seine Heimat liebt. Mir konnten die Berge und die Natur gestohlen bleiben. Seit ich tauche, hat sich da was geändert. Ich habe oft im Mittelmeer getaucht, in der Gegend von Elba. Es gibt da ein paar kleine Inseln, Giglio, Giannutri, Montechristo, zu denen fuhren wir auf einem Tauchkahn. Wir haben vor den Inseln geankert und jeden Tag zwei Tauchgänge gemacht. Die Landschaft unter Wasser ist ein Erlebnis, aber wir haben oft während einer ganzen Woche keinen Fischschwanz zu sehen bekommen. Dabei gab es dort noch vor wenigen Jahren große Schwärme. Sie haben begonnen, die Fische statt mit Netzen mit Echolot und Dynamit rauszuholen. Was diesem Kahlschlag entkam, ging an den Abwässern und Industrieabfällen zugrunde. Mir ist allmählich ein Licht aufgegangen.«

»Und kann man da was tun?«

»Das frage ich mich selber.«

Wir schwiegen.

»Sag mal, Yvette, weißt du, wie viel Uhr es ist?«

»'smiregal«, sagte sie schläfrig.

»Kurz vor vier. In wenigen Stunden fahren wir nach Pigeon. Wie wär's, wenn wir vorher noch schlafen?«

Sie murmelte etwas Unverständliches und rollte sich zusammen und drehte sich auf die Seite. Ich legte einen Arm um sie. Sie nahm meine Hand und legte sie auf ihre Brust. So schliefen wir ein.

Ich wachte gegen halb acht auf. Es war kühl im Bungalow, ich schaltete das Klimagerät aus. Yvette lag nackt auf dem Rücken, den Kopf zur Seite gedreht. Ihr Atem ging leise und regelmäßig, als Taucher achtete ich darauf. Unter Wasser hätte ich ihren Atem sehen und hören können. Unter Wasser wurde das Leben selbst sichtbar und hörbar. Ich schaute ihr eine Weile beim Atmen zu. Dann zog ich mich an und trat hinaus.

Im Freien war es hell und heiß, die Sonne ging eben auf. Vor dem Bungalow spielten drei G.M. mit einem Frisbee. Ein paar Frühaufsteher schwammen im lauwarmen Wasser. Weiter draußen sah ich Helga hinter dem Wasserskiboot Slalom trainieren. Bei jeder Kurve riss sie eine durchsichtige Wasserwand auf. Am Horizont ein Öltanker.

Beim Frühstück herrschte Betrieb. Ich holte mir eine heiße Schokolade und zwei Croissants und setzte mich abseits an einen Tisch. Ich wollte noch ein paar Minuten für mich sein. Den Gesprächen mit den G.M. würde ich ohnehin nicht entkommen, den G.O.-Fachgesprächen noch weniger. Die Kollegen würden mich fragen, ob ich Yvette gefickt hätte. Was störte mich daran? Was war es anderes gewesen als ein G.O.-Fick? Machte ich mir etwas vor? Waren die Kollegen ehrlich, während ich mir meine Fickereien romantisch verklärte? Ich verschob die Antwort auf später.

Ich ging nochmals ans Büfett und arrangierte ein Croissant, ein Stück Camembert, eine frische Ananasscheibe und ein Stück Kokosnuss appetitlich auf einem Teller. Ich füllte ein Glas mit Orangensaft und trug alles zurück in den Bungalow.

Yvette schlief noch immer. Ich setzte mich auf den Bettrand und küsste sie. Sie bewegte sich im Halbschlaf, legte ihre Arme um mich und zog meinen Kopf an ihre Wangen. Ihre Haut war wie die Luft von Guadeloupe, warm und feucht und voller Gerüche.

»*Doudou*«, flüsterte ich ihr ins Ohr, »wach auf, das Frühstück ist serviert.«

»Es ist ja noch mitten in der Nacht«, sagte sie schlaftrunken.

»In Pigeon warten die Haie auf dich.«

»Was?« Sie öffnete die Augen. »Wo bin ich?«

»In den Armen eines G.O.«

Sie lachte. »Der Traum jeder G.M. Küss mich, G.O.«

Ich tat es.

»Du hast mir das Frühstück gebracht. Das ist lieb.« Sie aß.

»Das Croissant schmeckt gut«, sagte sie, »ist das ein echt französisches Croissant?«

»Ja. Warst du noch nie in Frankreich?«

»Ich war noch nie in Europa. Und du, warst du schon mal in Kanada?«

»Nein.«

»Es würde dir gefallen, besonders Québec. Im Winter ist es allerdings kalt, und es gibt wenig Sonne. Deshalb bin ich überall so weiß.«

Ich studierte ihre Hautfarbe.

»Schau mich nicht so an.«

»Wie?«

»So, wie du mich anschaust. Ich kann so nicht essen.«

Als ich in meinen eigenen Bungalow zurückkam, war Gabor schon weg. Ich duschte und rasierte mich und zog die Badehose an und das T-Shirt aus Eilat und ging hinunter an den Strand, zur Sporthütte und dem Fachgespräch mit Yannick, Pascal, Momo, Yvon, dem alten Serge und Helga.

Sonntag
(Fortsetzung)

»Da kommt Daniels *doudou*«, sagte Momo. Yvette kam mit Julien den Strand entlang.

»Geht sie bereits fremd?«, fragte Yvon.

»Ich bin nicht eifersüchtig«, sagte ich.

Die beiden blieben in einiger Entfernung stehen und sprachen miteinander. Dann küssten sie sich, und Julien ging weg.

Ich erhob mich. »Bis heute Abend, Leute.«

»Bis heute Abend«, sagte Yannick. »Hoffentlich ist es mit der Liebe nicht schon vorbei.« Die anderen grinsten.

Yvette trug kurze helle Shorts und ein gehäkeltes, auf dem Rücken verknotetes Stofffetzchen. Es war vorn zu einem Dreieck gefaltet, das ihre Brüste nur notdürftig bedeckte. Sie trug einen Strohhut mit einer breiten Krempe, eine große Sonnenbrille und hinter dem Ohr eine weiße Hibiskusblüte. Eine Leinentasche mit einer Abbildung von Snoopy als Roter Baron hing über ihrer Schulter. Sie war barfuß. Ich pfiff anerkennend.

»Gefällt es dir?«

»Äußerst.«

»Sieht man nicht zu viel? Ich habe gestern zwei Hostessen mit diesen Tüchlein gesehen und habe mir in der Boutique eins gekauft. Aber die Hostessen hatten ganz kleine Brüste, das habe ich erst heute Morgen gemerkt, als ich mir das Ding umband. Jetzt habe ich das Gefühl, alle starren mich an.«

»Das Anstarren ist hier eine der Hauptsportarten«, sagte ich, »neben dem Tauchen.«

»Stimmt, ich starre auch alle nackten Körper an, die von Männern und die von Frauen. Ich habe gedacht, andere interessiere das weniger.«

»Kennst du jemanden, den das weniger interessiert?«

Während wir auf den Kleinbus warteten, fragte ich Yvette, was Julien dazu gesagt habe, dass sie die Nacht auswärts verbracht hatte. Sie sagte, das gehe ihn nichts an. Hingegen habe sie ein schlechtes Gewissen, weil sie nach Pigeon fahre. Erst habe sie Julien gefragt, ob er mit ihr in die Ferien komme, und jetzt lasse sie ihn allein.

Mehrere Taucher waren mit ihren Tauchtaschen zu uns getreten, darunter die beiden Kanadier, die am Vortag den Schnorcheltest bestanden hatten. Vom Feldweg hinter dem Miniclub erhob sich eine Staubwolke, dann erschien der Mercedes-Kleinbus und hielt wenige Meter vor uns. »*Ça qu'a maché, José*«, sagte ich zu dem jungen Fahrer vom *personnel local*. Er grinste und sagte: »*Ça qu'a oulé, même, même.*« Ich ließ die G.M. einsteigen, dann setzte ich mich zu Yvette, und wir fuhren los.

Nach wenigen Hundert Metern hielten wir vor einer geschlossenen Schranke. Der dicke kreolische Wächter trat langsam aus dem Schatten des Wachhäuschens und öffnete den Grenzübergang zwischen dem Club und der wirklichen Welt. Während wir über die Schwelle holperten, grüßte er soldatisch.

Wir fuhren an einem ausgetrockneten Feld entlang, wo knochige Rinder lustlos in der brennenden Sonne herumstanden. Mit ihren fetten Verwandten in der Schweiz hatten sie wenig zu tun.

Die Straße führte in steilen Kehren einen Hang hinauf und fiel bald wieder zum Meer hin ab. Wir brausten an einer kleinen Bucht vorüber, wo mehrere Luxusjachten dümpelten. Am Ende der Bucht rasten wir durch ein Dorf. Kinder spielten auf beiden Seiten am Straßenrand. Sie winkten uns zu. Wir winkten zurück. Im Schatten der armseligen Hütten saßen und standen Erwachsene und blickten uns nach.

»Arbeiten die Leute hier nicht?«, fragte Yvette.

»Keine Ahnung. Vielleicht ist es schon zu heiß. Oder sie haben keine Arbeit.«

»Wie heißt das Dorf?«

»Deshaies. Wenn du magst, kommen wir mal abends her und essen Langusten.«

»Mit Vergnügen.«

Außerhalb von Deshaies führte die Straße wieder aufwärts. Am Straßenrand wuchs wilde Baumwolle, ich zeigte sie Yvette. Dann ging es in Kehren zum Meer hinunter, und wir rasten durch ein weiteres kleines Dorf.

»Wie heißt es, G.O.?«

»Ferry.«

Der nächste Flecken hieß Baille-Argent, dahinter führte die Straße erneut vom Meer weg. Am Straßenrand meterhohe Poinsettienstauden mit leuchtend roten Blättern. Yvette zeigte darauf. »Die sieht man hier überall, das ist wohl ein typisches Tropengewächs?«

»Keineswegs. Das ist eine kleine schweizerische Topfpflanze, sie heißt Weihnachtsstern. Ein G.M. aus der Schweiz hat sie vor mehreren Hundert Jahren hierhergebracht, wo sie nun wild ins Kraut schießt und Poinsettie genannt wird.«

»Du spinnst. Und die Topfpflanze gibt's bei uns auch.«

»Dir kann man nichts vormachen, *doudou*.«

»Vergiss das nicht.« Sie küsste mich.

»*You are in love today, Daniel*«, sagte hinter uns Darryl, ein G.M. aus New York, der seit Anfang der Woche jeden Tag mit mir nach Pigeon fuhr.

»Bis über beide Ohren«, sagte ich. Es war einer von diesen Tagen, an denen nichts schiefgehen konnte.

Wir rasten durch Pointe-Noire, wo die Wellblechdächer der Hütten in der Morgensonne gleißten, später fuhren wir an Bananenplantagen und Palmenhainen vorbei. Unterhalb der Brücke über den Petite Plaine wuschen Frauen bunte Wäsche und breiteten sie zum Trocknen auf den Steinen aus. Es sah aus wie auf einer Postkarte, worauf man von der Mühsal nichts sieht. In Baie-Mahault mussten wir ein paar Minuten warten, weil uns ein Trauerzug den Weg versperrte. Die kleine Gruppe war ganz in Schwarz gekleidet, die Männer trugen Anzüge, die Frauen lange

Kleider. In dem armseligen Dörfchen, wo die Wellblechhütten unter dürftigen Palmen Schutz vor der brennenden Sonne suchten, wirkten sie in ihrer europäischen Aufmachung wie Fremde im eigenen Land.

Außerhalb von Baie-Mahault führte die Straße um einen hohen Landvorsprung, dann lag wieder das offene Meer vor uns. In geringer Distanz ragte ein mächtiger Felsen aus dem Strand, davor lagen zwei kleine Inseln. Wir rasten die Straße hinunter und hielten auf dem Parkplatz neben dem Felsen.

Ich wandte mich an die G.M.: »Willkommen in Pigeon. Ihr könnt noch etwas entspannen, die Taucher aus La Caravelle sind noch nicht da.«

Annabel und Jean-Marie, die beiden G.O., die das kleine Clubrestaurant hier führen, kamen in Pareos die Treppe herunter und begrüßten uns. Ich trat zu ihnen und küsste Annabel.

»Wie geht's, Daniel?«, fragte sie. »Du bist schuld, dass ich zugenommen habe. Ich habe letzte Woche ganz allein den Rest von deinem Geburtstagskuchen aufgegessen.«

»Was macht Fort Royal?«, fragte Jean-Marie. Er blickte auf Yvette, die zu uns getreten war, und fügte hinzu, er sehe schon, es gehe gut.

Ich stellte ihnen Yvette vor, und wir gingen die Treppe hinauf. Auf halber Höhe befindet sich unser Tauchlokal mit den Tauchgeräten, Ausrüstungen und Ersatzteilen und zwei Luchard-Kompressoren.

»Geh schon nach oben«, sagte ich zu Yvette, »ich komme nach.«

Ich klaubte den Schlüssel unter dem Stein neben dem Eingang hervor und schloss das Lokal auf. Die Geräte waren sauber neben den Kompressoren aufgereiht. An der rechten Wand die Werkbank, darauf lag der fingerdicke Ast einer schwarzen Koralle. Didi hatte ihn vor ein paar Tagen auf einem Tauchgang mit Carl, dem G.O. aus Florida, in über fünfzig Metern Tiefe abgesägt. »Dieser Carl ist ein Arschloch«, hatte Didi nach dem Tauchgang geschrien, »fünf Minuten hat er an einer Fächerkoralle herumgesäbelt. Der *rosbif* weiß nicht einmal, wie eine schwarze Koralle aussieht.«

»Du bist das Arschloch«, hatte Zach gesagt, »wir brechen hier keine Korallen ab. Versteck sie wenigstens vor den G.M. Außerdem sollt ihr Carl und Kevin nicht *rosbif* nennen.«

»*Rien à foutre*«, hatte Didi geschrien.

Jetzt lag der Korallenstock achtlos auf der Werkbank. Ich ging in den hinteren Teil des Raums, wo die Tauchanzüge hingen. Auf dem Boden standen Plastikkästen mit unseren Namen daran. Ich überprüfte meine Ausrüstung. Das Messer fehlte. Ich durchsuchte die anderen Kästen, fand es bei Enzo und legte es zu meinen Sachen. Den Tauchanzug legte ich oben drauf. Dann trat ich hinaus.

Auf dem nächsthöheren Absatz standen Achtertische in Nischen. Die Nischen waren von tropischen Pflanzen umwuchert und mit Palmwedeln überdeckt. Zuoberst neben der Treppe befand sich eine Aussichtsplattform mit einem breiten Holzgeländer. Yvette saß auf dem Geländer und blickte aufs Meer. Ich trat zu ihr und legte einen Arm um ihre Hüften.

»Es ist unglaublich schön hier«, sagte sie, »du hast gestern Vormittag nicht übertrieben.«

»Komm, ich zeig dir den Rest.«

Hinter der offenen Bar neben der Küche waren Eliane, eine junge Kreolin, und Simao, ein Riese mit blauschwarzer Haut, dabei, die Theke abzuräumen. Sie gehörten zum *personnel local*. Ich küsste Eliane und schüttelte Simao die Hand und stellte ihnen Yvette vor.

»Daniel ist dein *doudou*?«, fragte Eliane Yvette.

Yvette nickte.

»Das ist gut, er ist sehr nett.«

»Das ist wahr«, sagte Yvette.

»Hört auf, über mich zu reden.«

»Was hast du? Bist du verlegen?«, sagte Eliane.

»Verstehst du die Frauen?«, fragte ich Simao.

»Mach dir keine Gedanken, nimm sie, wie sie sind.«

»Klug gesprochen«, sagte ich.

»Hör nicht auf Simao«, sagte Eliane, »er ist schon zum dritten Mal verheiratet.«

Hinter mir schrie jemand: »Schau mal, da ist ja Papa Daniel.«

Didi und François und Patou traten zu uns.

»Wie geht's, Leute?« sagte ich.

»*Salut* mein Kleiner«, sagte François. Er ist mehr als zehn Jahre jünger als ich.

»*Ça va, la Suisse*«, sagte Patou. »*Ça qu'a maché, Eliane. Salut Simao.*«

»Wer ist denn das hübsche Fräulein?« Didi blickte auf Yvette. Er ist groß und mager und braun gebrannt, mit langen, wirbligen blonden Haaren, die nach allen Seiten abstehen, und einem blonden Schnurrbart. Er trägt stets eine winzige Badehose, die seine braunen Hinterbacken kaum verdeckt und aus der sich vorn dichte hellblonde Haare kräuseln.

»Das ist Daniels Verlobte«, sagte Simao.

»Sehr erfreut, Daniels Verlobte«, schrie Didi und küsste Yvette die Hand.

»Ach so, Daniels Verlobte?«, sagte Patou, der Kapitän der *Saintoise*. Er ist untersetzt und stämmig und hat einen gewaltigen Schädel und eine knollige Stupsnase, man kann in seine Nasenlöcher sehen. Er trägt einen dunkelroten Vollbart, wie es sich für einen Kapitän gehört, und sieht viel älter aus als seine siebenundzwanzig Jahre. »Er hat einen guten Geschmack, unser kleiner Daniel. Wie heißt du, *ma chérie*?«

»Yvette.«

»Sie spricht Französisch, die Hübsche«, schrie Didi und stieß einen Jauchzer aus. Mehrere G.M., die auf die Aussichtsplattform gekommen waren, drehten sich zu uns um. »*Rien à foutre*«, schrie Didi, »ich scher mich nicht drum. Stimmt's nicht, *ma beauté*?«

Yvette nickte lachend.

»Papa Daniel zieht in Fort Royal eine Riesenschau ab«, sagte François. Er hat ein Kindergesicht und trägt im linken Ohrläppchen einen kleinen Ring, wie die meisten von uns. Er ist ein ausgezeichneter Taucher und kennt sich auch in der Theorie aus. »Wir haben immer gewusst, dass aus dir noch was wird.«

»Tauchst du, mein Schätzchen?«, fragte Didi Yvette.

»Ich habe gestern den Schnorcheltest bestanden. Ich möchte mit der Schule anfangen.«

»Das trifft sich ausgezeichnet. Ich mache am Nachmittag die Schule.«

»Dann würde ich an deiner Stelle den Nachmittag auslassen«, sagte François zu Yvette.

»Misch dich nicht ein, du Hund«, schrie Didi.

»Warum kommst du nicht mit uns aufs Tauchschiff«, sagte Patou, »ich werde mich um dich kümmern, während Daniel im Wasser ist.«

»Am besten bleibst du hier oben bei uns, Schätzchen«, sagte Eliane, »da bist du in Sicherheit.«

»Was sagst du da, meine Schöne?«, schrie Didi. Er setzte sich mit einem Sprung auf die Theke und küsste Eliane auf den Hals.

»Hör auf«, sagte Eliane.

»Was soll das heißen, hör auf«, schrie Didi und begann, sie zu vernaschen.

»Du bist verrückt«, kicherte Eliane.

»*Rien à foutre*«, schrie Didi.

Zach und Enzo und Jeanjean, der kleine Korse, waren hinzugekommen. Die Begrüßung ging von neuem los. Als Zach Eliane küsste, schrie Didi: »Hey, lass meine Braut in Ruhe.«

»Schrei nicht immer so«, sagte Zach.

»Ich schreie ja gar nicht«, schrie Didi.

»Wie viele seid ihr?«, fragte mich Enzo.

»Fünf Taucher und drei für die Schule.«

»Wie läuft's in Fort Royal?«, fragte Zach.

»Alles okay.«

»Ich habe gehört, Simon braucht einen Tauchbericht von dir.«

»Schreib ich morgen.«

»Gut.« Zu allen gewandt sagte er: »Fangen wir an.«

Während wir die Treppe hinuntergingen, flüsterte Yvette, meine Kollegen seien alle etwas verrückt, das gefalle ihr. Ich fragte, ob sie die erste Lektion machen wolle. Sie wusste es noch nicht und wünschte mir viel Spaß beim Tauchen.

Als ich ins Tauchlokal trat, war Issa, der schwarze ehemalige Boxer aus Senegal, dabei, die leeren Geräte an die Kompressoren zu schließen.

»Wie geht's, Theo?«

»Papa Daniel, du hast dich verlobt. Ist es eine Amerikanerin?«

»Eine Kanadierin.«

»Die sind die Besten.«

»Du musst es wissen, du Oberficker.«

Er grinste und schlug mir eine Finte ans Kinn.

Im hinteren Teil des Lokals waren die Kollegen beim Anziehen. Didi stand nackt herum. Er trägt nie eine Badehose unter dem Tauchanzug. Er ist überall braun, er geht oft an den Nudistenstrand.

»Sie ist nicht schlecht, die *nana* von Daniel«, sagte er laut zu François, als er mich sah. »Hoffentlich besorgt er's ihr auch, wie sich's gehört.«

»Bestimmt«, sagte der junge François, »er hat ja hier die besten Lehrer.«

Zach stellte die Liste mit den Tauchgruppen zusammen. Ich sagte, er solle mir die Taucher aus Fort Royal geben. Dann lud ich mir das Doppelgerät auf den Rücken und ging mit dem kleinen Plastikkasten mit meiner Ausrüstung die Treppe hinunter. Sie war von schattenspendenden Bougainvilleen überwuchert, die demonstrierten, wie viele Schattierungen von Rot es gibt. Wo die Stauden aufhörten, waren die Stufen glühend heiß, man konnte nicht stehen bleiben. Unten auf dem Schiffssteg hüpften die G.M. von einem Fuß auf den andern. Ich legte die Sachen ab, nahm den Wasserschlauch und spritzte den Steg ab. Dann trat ich zu Tracy, einer Hostess aus La Caravelle. Sie trug einen Pareo, der auf der einen Seite bis zu den Hüften aufgeschlitzt war, und ein Bikinioberteil mit demselben Muster. An einem feinen Goldkettchen hing ihr eine Flamingoschnecke um den Hals. Sie hatte eine ebenmäßig braune Haut und zwischen den Brüsten und im Gesicht ein paar Sommersprossen. Hinter dem Ohr trug sie eine Hibiskusblüte. Sie war seit kurzem mit Zach zusammen.

»Wie geht's, Tracy?« Wir küssten uns.

»Es geht so.«

»Was ist los?«

»In wenigen Tagen geht Zach nach Cancún. Du ja auch.«

»Du nicht?«

»Sie wollen keine Paare, du kennst doch den Club.«

»Und Zach?«

»Er hat eine Telegramm nach Paris geschickt, aber da kommt wohl nicht viel heraus.«

Die *Saintoise* war herangekommen. Sie ist ein dreizehn Meter langer ehemaliger Lastkahn. Auf dem weiß gestrichenen Deck steht eine zum Heck hin offene Kabine, daran schließt sich ein schattenspendendes Sonnensegel an. Fünfundzwanzig bis dreißig Taucher finden hier bequem Schutz vor der Sonne. Die *Saintoise* hat zwei starke neue Motoren und ist trotz ihres behäbigen Aussehens schnell und wendig.

Als wir ablegten, sah ich Yvette die Treppe zur Aussichtsplattform hinaufsteigen.

Die Fahrt zu den beiden Inselchen dauerte nur ein paar Minuten. Ich trat unter das Sonnensegel und zog mich an. Den Reißverschluss ließ ich offen. Auf einer Wandtafel außen am Steuerhaus waren die Tauchgruppen notiert. Ich sammelte die Taucher aus Fort Royal um mich und erläuterte ihnen den Ablauf des Tauchgangs. Wir müssen diese Erklärungen, vor allem die Unterwassersignale und das Verhalten in Notfällen, vor jedem Tauchgang wiederholen. Dann ging ich in den Bug. Der Fahrtwind bewahrte mich vor dem Hitzetod.

Die *Saintoise* glitt schnell über die stille Wasserfläche. Holzscheite und billige Plastikkanister markierten die Stellen, wo die Fischer aus der Umgebung ihre Reusen ausgesetzt hatten. Schon waren wir nahe bei den zwei kleinen Inseln. Weit draußen mehrere Schiffe einer modernen Fangflotte. Die fischten den Kreolen die Fischgründe leer. Im Dunst der Vormittagshitze waren ihre spinnennetzartigen Kräne auszumachen.

»Wo tauchen wir?«, fragte ich Patou durch das Fenster des Steuerhauses.

»Pointe aux barracudas.«

Die *Saintoise* hatte die größere der beiden Inseln umrundet. Patou drosselte die Motoren, und wir trieben an die rote Boje heran, die in geringem Abstand vom Ufer dümpelte. Félicien, der junge kreolische Seemann, fischte sie mit dem Bootshaken auf und vertäute das Schiff daran.

Ich ging aufs Hinterdeck und schloss am Tauchanzug die Reißverschlüsse, nur am Hals ließ ich ein paar Zentimeter offen. Ich zog die Fénzy-Weste, die Flossen und die Handschuhe an, stemmte das Doppelgerät auf den Rücken und trat mit der Maske in der Hand zur Bordwand.

»Bist du bereit, Daniel?«, fragte Kevin.

Ich nickte.

Kevin ist ein G.O. aus Liverpool. An der rechten Hand fehlen ihm zwei Finger. Er ist erst seit fünf Wochen hier. Er ersetzt Hervé, den Zach nach dem großen Streit wegen der Tauchschule nach Frankreich zurückgeschickt hat. Es war das einzige Mal, dass ich Zach wütend gesehen habe. Kevin stand bei der Luke in der Bordwand. Er hatte bei jedem G.M. die Ausrüstung zu prüfen.

»Okay«, rief Kevin, »Daniels Gruppe.« Er las die Namen von der Tafel ab: »Ray, Sue, Darryl, Joe, Becky, Geräte auf den Rücken.«

Ich schob den Lungenautomaten in den Mund, hielt das Gerät am Gurt fest und ließ mich mit einem lässigen Überschlag ins Wasser fallen.

Am Hals drang Wasser unter den Tauchanzug und kühlte mich ab. Ich setzte die Maske auf und blies das Wasser aus. EINATMEN. *Der Blasenschwall, der beim Eintauchen entstanden war, schwebte zur Oberfläche, das Wasser wurde wieder durchsichtig. Über mir der breite Kiel der* Saintoise. *Neben mir hing die Dekostange.* AUSATMEN. EINATMEN. *Unter mir eine Wand, die sich im dunkler werdenden Blau verlor. Ich drehte mich auf den Rücken und blickte zur Oberfläche. Nacheinander kamen die G.M. herunter. Ich fragte jeden, ob alles in Ordnung sei. Dann gab ich das Signal zum Abtauchen.* AUSATMEN. EINATMEN. *Ich schloss den Reißverschluss am Hals, kippte rückwärts ab und ließ mich Kopf voran in die Tiefe sinken. Die Riffwand kam rasch näher, schon konnte ich einzelne Korallenstöcke unterscheiden. Über mir schwebten die G.M. im Gegenlicht.* AUSATMEN. EINATMEN. *In achtzehn Metern Tiefe erreichten wir das Unterwasserriff.*

Ich blickte in einen der Vasenschwämme, die aussehen wie römische Amphoren. Am Innenrand klebte ein Gorgonenhaupt, ein faustgroßer Seestern mit dünnen, zu einem Knäuel verschlungenen Tentakeln. Auf dem Boden des Schwamms saßen mehrere Schlangensterne, die zur Seite glitten, als ich sie mit dem Finger anstieß. Ein dunkelblaues Rabenfischchen schoss zwischen den Wänden der Vase hin und her und versuchte, mich zu vertreiben. AUSATMEN. EINATMEN. *Wir gingen gemächlich tiefer und schwammen gegen die leichte Strömung. Unter uns ein Feld von Hirschhornkorallen. Sie sahen aus wie ein Haufen abgebrochener Äste, die ein Holzsammler zurückgelassen hatte. Aber die Korallen waren lebendig, winzige Polypen formten einen Flaum um die spitzen Geweihe.* AUSATMEN. EINATMEN. *Zwischen den Ästen schwammen kleine Riffbarsche, Rabenfische und blaugelb gestreifte Grunzer hin und her. Mehrere Trompetenfische standen bewegungslos mit dem Kopf nach unten zwischen den Korallenzweigen. In den Gabelungen saßen Diademseeigel, ihre langen Stacheln bewegten sich leicht in der Strömung.* AUSATMEN. EINATMEN. *In sechsundzwanzig Metern Tiefe hielt ich an. Darryl schwamm mit seiner aufnahmebereiten Nikonos an mir vorbei. Ich fasste ihn am Fußgelenk und bedeutete ihm, er solle über mir bleiben. An der Oberfläche der Schatten der* Saintoise, *darunter schwebte eine Gruppe von Tauchern herab. Ich stieg einen Meter höher und begann, den Steilhang entlangzuschwimmen.* AUSATMEN. EINATMEN. *Das Trümmerfeld der Hirschhornkorallen war abrupt zu Ende. Von hier an war der Hang mit Tafelkorallen bedeckt, großen, zerbrechlichen, ineinander verschachtelten Platten, die wie steingewordene Seerosenblätter aussahen und das Korallenriff in einen japanischen Garten verwandelten. Unter den Platten schossen Fische herum, schnellten ins offene Wasser und huschten, als wir uns näherten, in die Deckung der Korallen zurück. Ich nahm den Lungenautomaten aus dem Mund, löste den Schlauch von der Rettungsweste und blies Luft in die Fénzy, bis ich austariert im Wasser schwebte.* EINATMEN. *Ich schwamm ganz nahe an die Tafelkorallen heran. Unter einer Platte ragten zwei Stäbchen hervor. Mit dem Rücken nach unten hing eine Languste an der Koralle und blickte mich aus ihren Stielaugen an. Ich hielt meine Hand hin. Die beiden Antennen fuhren tastend über den Handschuh.* AUSATMEN. EINATMEN.

Aus dem Dunkel hinter der Languste glitt eine Seespinne hervor. Sie hatte Stielaugen wie die Languste und mächtige Greifzangen. Nahe bei meiner Hand stand sie still. Neben der Maulöffnung bewegten sich wie kleine Maschinchen die Fresswerkzeuge. Die Zangen näherten sich meiner Hand. Ich zog die Hand zurück und stieß mich leicht ab. AUSATMEN. EINATMEN. *Ich sah Darryl in meiner Nähe und winkte ihn herbei und zeigte ihm die Seespinne. Er fotografierte. Dabei musste sich seine Maske verschoben haben, ich sah ihn daran zerren. Sie löste sich und sank unter ihm weg. Ich schwamm rasch zu ihm hin. Er machte große Augen, aber sein Atemschwall blieb regelmäßig. Ich nahm seine Hand, legte sie auf meinen Bleigurt und bedeutete ihm, er solle sich an mir festhalten.* AUSATMEN. EINATMEN. *Becky, die Taucherin mit den langen Haaren, die wie ein Schleier hinter ihr herwehten, hatte den Zwischenfall bemerkt. Sie tauchte auf den nahen Grund und brachte die Maske zurück. Das Maskenband hatte sich auf der einen Seite gelöst.* AUSATMEN. EINATMEN. *Ich führte das Band wieder durch die Öse. Darryl setzte sich die Maske auf und blies das Wasser aus. Er nickte und gab mir das Okay-Zeichen.* AUSATMEN. EINATMEN. *Dann waren wir von einem Schwarm von Barracudas umgeben. Sie waren plötzlich da, wie meist. Diesen Teil des Riffs nennen wir* Pointe aux barracudas. *Die meterlangen Fische standen steif im Wasser und schienen jeder unserer Bewegungen zu folgen. Die großen Mäuler mit den Zahnreihen öffneten und schlossen sich.* AUSATMEN. EINATMEN. *Als wir an ihnen vorbeischwammen, rührten sie sich kaum. Die G.M. blieben nahe bei mir, bis die Barracudas aus unserem Gesichtskreis verschwunden waren. Ich schaute auf die Uhr. Zwanzig Minuten. Ich führte die Taucher etwas höher, und wir begannen den Rückweg. Wir brauchten uns nicht anzustrengen, die leichte Strömung trug uns langsam zur* Saintoise *zurück.* AUSATMEN. EINATMEN. *Wir waren auf achtzehn Meter hinaufgekommen. Hier standen Hirnkorallen, Blumenkorallen, Sternkorallen, Pilzkorallen und Fingerkorallen ungeordnet durcheinander. Dazwischen wiegten sich Fächerkorallen und Gorgonien, die aussahen wie Stauden und Sträucher. An den Fächerkorallen klebten Flamingozungen, von denen ich eine an einer Schnur unter dem Tauchanzug trug. Ich ließ sie in Ruhe und vergewisserte mich, dass auch die G.M. den begehrten Halsschmuck nicht anrührten.* AUSATMEN. EINATMEN. *Auf den Korallenstöcken standen Büsche von Seeanemonen und Zylinderrosen, das Riff glich hier einer exotischen Blumenwiese. Es war, als setzte sich die Fülle von Formen und Farben der karibischen Vegetation unter Wasser fort. Die Anemonen wiegten ihre Tentakel in der Strömung. Die anderen Meerestiere, sogar die aufdringlichen Rabenfischchen, hielten sich von ihren giftigen Tentakeln fern. Wenn man aber nahe genug heranschwamm, sah man zwischen den Armen der Anemone ein weniger als daumenlanges oranges Fischlein mit einem weißen Streifen über den Kiemen. Der Clownfisch lebt mit der Anemone, und ihr Gift kann ihm nichts anhaben.* AUSATMEN. EINATMEN. *Neben dem Felsen, an dem unsere Boje verankert war, glotzten zwei Augen aus dem Sand. Ich winkte Ray und Sue herbei. Die beiden scheuchten mit ihren Flossenschlägen die Flunder auf, die sich hier in den Sand eingegraben hatte. Sie flatterte auf, wellenförmige Bewegungen gingen durch ihre Flossen. Ihre Oberseite hatte dieselbe hellbraune Farbe wie der Sand. Als sie über die dunklen Korallenstöcke davonschwamm, färbte sich ihr Körper dunkel.* AUSATMEN. EINATMEN. *Über dem aufgewirbelten Sand schaukelte ein winziger Kofferfisch. Mit dem schachtelartigen Körper und den schwarzen und weißen Tupfen sah er aus wie ein Spielwürfelchen.* AUSATMEN. EINATMEN. *Ich zeigte auf das Fischchen und winkte die beiden G.M. noch mal herbei. Sie hielten beständig etwa zwei Meter Abstand zur Korallenwand und verpassten all die kleinen Lebewesen im Riff.* AUSATMEN. EINATMEN. *Ich zwängte mich mit Kopf und Schultern unter den Felsen, an dem die Boje befestigt war. Im Halbdunkel konnte ich einen keilförmigen Fisch ausmachen, der in der kleinen Höhle schwerfällig hin- und hergondelte. Behutsam schob ich ihn mit der Hand aus seiner Höhle.* AUSATMEN. EINATMEN. *Er hatte wulstige Lippen, von denen mir der alte Serge einmal gesagt hatte, er könne einem damit den Finger abbeißen. Der Diodon blickte mich aus hellblauen Augen an. Er öffnete das Maul, und an seinem Körper richteten sich kurze, spitze Stacheln auf. Stoßweise füllte sich sein kleiner Leib mit Wasser.* AUSATMEN. EINATMEN. *Schließlich war er kugelrund und so groß wie ein Fußball. Kein anderer Fisch im Riff konnte ihm jetzt etwas anhaben. Darryl fotografierte. Der Kugelfisch blieb eine Weile stehen, nur die kleinen Flossen neben den Augen beweg-*

ten sich unablässig. Dann ließ er sich sinken und verlor allmählich seine Kugelform. AUSATMEN. EINATMEN. *Als er seine Höhle erreichte, hatte er seine Keilform zurück. Mit wenigen Schwanzschlägen verschwand er im Riff. Darryl zeigte an, er habe die Reserve gezogen. Ich gab das Signal zum Auftauchen.* AUSATMEN. EINATMEN. *Schon waren auf dem Grund keine Einzelheiten mehr zu erkennen. Das Riff verwandelte sich wieder in eine blaugrüne Wand, die sich in der Tiefe verlor.* AUSATMEN. EINATMEN. *Als wir bei der Dekostange ankamen, war François mit seiner Gruppe bereits da. Ich winkte meine Taucher zum Ende der Stange. Schwalle von Luftblasen hüllten uns ein. Unter uns kam Didi mit seiner Gruppe herauf.* AUSATMEN. EINATMEN. *Dann wurde mir die Maske vom Gesicht gezogen. Das Salzwasser brannte in den Augen, trotzdem musste ich lachen. Ich hatte mich wieder einmal erwischen lassen. Schemenhaft schwebte François neben mir und drückte mir die Maske in die Hand. Ich zog sie an und blies das Wasser aus.* EINATMEN. *Als ich wieder klar sah, kam Didis Gruppe eben bei der Dekostange an. Didi schwamm von hinten an François heran und öffnete mit einem schnellen Griff das Ventil an François' Fénzy. Mit einem lauten Zischen füllte sich die Rettungsweste mit Luft. François schoss wie ein Korken an die Oberfläche. Ich verschluckte mich vor Lachen.* AUSATMEN. EINATMEN. *Ich schwamm zu Didi und schüttelte ihm die Hand. Da wurde ich von hinten gepackt, und eine Hand drehte kräftig an meiner Notflasche.* AUSATMEN! *Dann war ich an der Oberfläche.*

»Da ist ja der kleine Daniel«, sagte François im Wasser neben mir.

»Stimmte was nicht?«, fragte Patou vom Deck der *Saintoise*.

Ich schloss das Ventil an der Notflasche. »Welches Arschloch hat mich heraufgeschossen?«

»Der Chef persönlich.«

Ich blickte hinunter. In drei Metern Tiefe schwebte Zach auf dem Rücken und winkte neckisch zu mir herauf. Neben ihm schwamm Tracy und hielt sich die Seiten. François und ich ließen die Luft aus den Fénzys und tauchten wieder ab.

Die G.M. an der Dekostange applaudierten. EINATMEN. *Inzwischen waren auch die anderen Gruppen unter der* Saintoise *angekom-*

men. Nacheinander schickten wir die Taucher an Bord. Am einen Ende der Dekostange hatte Zach beide Beine um Tracys Hüften gelegt und machte allerlei Sachen mit ihr. Die G.M. schauten interessiert zu. AUSATMEN. EINATMEN. *Schließlich waren alle G.M. aufgetaucht. Die Tauchlehrer folgten ihnen. Ich blieb als Letzter im Wasser. Ich genoss diese Augenblicke, in denen ich hier unten allein war. Ich ließ mich mit geschlossenen Augen ein paar Meter sinken.* AUSATMEN. EINATMEN. *Als ich die Augen öffnete, kamen vom offenen Wasser her zwei Schatten auf mich zu. Ich erschrak, und dann waren sie bereits da, zwei große graue Delfine. Nebeneinander schwimmend, umkreisten sie mich. Ich hörte auf zu atmen. Ich sah ihre Gesichter mit den schnabelartigen Mäulern und den Lachfalten in den Maulwinkeln und den waagerechten Schwanzflossen der Meeressäuger und ihre kleinen Augen, die mich anblickten und sich in Rucken nach mir drehten. Ich wollte, dass dieser Augenblick nicht aufhörte. Dann hatten sie mich zweimal umkreist. Nebeneinander schwimmend, verschwanden sie wieder im offenen Wasser.* AUSATMEN. EINATMEN. AUSATMEN. EINATMEN. AUSATMEN. EINATMEN. *Ich hielt mich an der Dekostange und wartete, bis sich mein Atem beruhigt hatte. Dann tauchte ich auf.*

Als ich die Leiter hinaufstieg, schrie Didi: »Da kommt Papa Daniel. Wir haben schon gedacht, du bleibst gleich unten bis zum nächsten Tauchgang.«

François trat zu mir und packte mein Gerät, um mir beim Ausziehen zu helfen. Ich war ihm dankbar, ich war immer noch erregt. Patou fragte, was ich denn da unten so lange gemacht hätte. Bevor ich antworten konnte, packten sie mich unter den Achseln, schleppten mich über das Deck und warfen mich auf der anderen Bordseite wieder ins Wasser.

Durch den Schwung des Eintauchens wurde ich mehrere Meter in die Tiefe gerissen. Ich schob den Lungenautomaten in den Mund und blies mit dem Rest meiner Atemluft das Wasser aus. EINAT… *Es kam keine Luft. François hatte das Ventil zugedreht. Mit wenigen Flossenstößen war ich an der Oberfläche.*

François, Patou, Didi und mehrere G.M. standen an der Reling und grinsten.

»Ach, Papa Daniel«, sagte François.

»*Rien à foutre*«, schrie Didi.
»Arschlöcher«, sagte ich.
»Red anständig vor den G.M.«, sagte Patou.
»*What are they saying?*«, fragte eine G.M.
»Was ist denn das für ein Scheiß?« Neben mir schwamm der Plastikeimer, in dem wir vor dem Tauchgang die Masken spülten.
»Ach, Papa Daniel«, grinste der junge François.
»Was machst du mit meinem Eimer?«, fragte Patou.
Der Eimer war an meinem Tauchgerät festgebunden.
»*Bande de cons*«, sagte ich.
»Aber, aber, Daniel.« Das grinsende Gesicht von Zach erschien an der Bordwand.
Ich schwamm um die *Saintoise* herum und kletterte zum zweiten Mal an Bord. Patou packte mein Gerät.
»Hände weg.«
»Sei nicht blöd.« Er nahm mir das Gerät ab.
Ich zog die Ausrüstung aus und verstaute sie in der Plastikkiste. Die Tropensonne wärmte mir die Haut. Ich trat zu meinen Tauchern aus Fort Royal, die im Heck durcheinanderredeten. Wir waren uns einig, der Kugelfisch war so groß gewesen wie ein Fußball und der Kofferfisch unglaublich klein, Seespinnen lebten oft mit Langusten in derselben Höhle, und Barracudas waren bei weitem nicht so gefährlich, wie sie aussahen. Sue sagte, als die Flunder davongeschwommen sei, hätte man meinen können, sie wechsle die Farbe, und Joe sagte, sie habe wirklich die Farbe gewechselt. Darryl sagte, er danke mir, er könne nicht begreifen, wie sich das Maskenband habe lösen können, und ich sagte, er solle Becky danken und er habe ausgezeichnet reagiert, und Becky sagte, fast so gut wie die G.O., wenn sie hinterrücks von ihren Kumpels an die Oberfläche geschossen werden. Ich sagte, da hätte sie aber hören sollen, was ich an der Oberfläche gesagt habe. Wir lachten und redeten durcheinander und fühlten uns einander nahe in diesem Hochgefühl, das sich nach einem Tauchgang einstellt. Schließlich sagte ich, ich hätte am Schluss noch zwei Delfine gesehen, und sie wollten von mir hören, wie

das gewesen sei, aber mir fehlten die Worte für meine Empfindungen, so sagte ich nur, es sei etwas Besonderes gewesen.

Als die *Saintoise* am Steg anlegte, sah ich Yvette oben auf der Aussichtsplattform. Ihr Gesicht war von der Sonnenbrille verdeckt. Sie winkte zu uns herunter, und ich gab ihr das Okay-Signal.

Ich wartete, bis die G.M. von Bord gegangen waren, dann trat ich mit der Ausrüstung unter die Dusche neben dem Schiffssteg. Das Süßwasser spülte mir die feine Salzkruste und den Schweiß vom Körper.

»Wie war's, Daniel?«, fragte Issa, als ich ins Tauchlokal trat.

»Die übliche Scheiße.«

»Hol dir einen runter.«

»Jetzt, wo ich meine *doudou* dabeihabe?«

»Du meinst, die kleine Kanadierin, die mir vorhin einen geblasen hat?«

»Du kannst mich mal, *macoumé*.«

Issa lachte und klopfte mir auf die Schultern.

Im hinteren Teil des Tauchlokals zog ich eine trockene Badehose an. Didi war dabei, seine Ausrüstung zu spülen.

»Sag mal«, sagte er, »du und Zach und Enzo und Issa und Kevin, ihr geht alle nach Cancún?«

»Ja. Und du?«

»Ich wollte mit François und Jeanjean nach Eilat, aber jetzt frage ich mich, ob ich nicht lieber mit euch nach Cancún kommen soll.«

»Das wäre ein Riesenspaß, Didi.«

»Vielleicht. Eigentlich habe ich die Nase voll vom Club. Diese Rituale, die sich ewig wiederholen, die G.O. und G.M., dieser ganze beschissene Kindergarten, ich scher mich einen Scheiß drum. Manchmal beneide ich dich um Fort Royal, dort sind die G.O. und G.M. etwas weniger kindisch. Das ist aber die Ausnahme. In Cancún wirst du noch sehen, wie primitiv sich diese Arschlöcher aufführen, wie sie hinter deinen *nanas* her sind, und all diesen Scheiß.«

Ich war überrascht. »Es scheint dir ganz schön zu stinken.«

»Ach, weißt du, eigentlich gefällt es mir ganz gut.« Er band sich den Pareo rekordtief um die Hüften. »Ich bin ja auch so ein kindisches Arschloch, das anderen die *nanas* wegnimmt.« Er ging grinsend hinaus.

Ich hängte meine Sachen auf, band den Pareo mit der Aufschrift G.O. *Fort Royal* um und folgte ihm.

Die G.M. und G.O. waren bereits beim Essen. Yvette wartete auf der Aussichtsplattform. Wir küssten uns.

»Der Pareo steht dir gut, *doudou.*«

»Ich sehe aus wie ein französischer Kellner.«

Sie lachte.

»Wie war's heute Morgen?«, fragte ich.

»Ich habe die Tauchlektion nicht gemacht. Eine G.O. aus La Caravelle hat für die Nichttaucher eine Yogalektion veranstaltet, da habe ich mitgemacht. Wie war der Tauchgang?«

»Schwer zu beschreiben«, sagte ich, »du musst mitkommen.«

»Heute Nachmittag fange ich an. Ich will doch mit meinem französischen Kellner einen Tauchgang machen.«

Wir gingen zum Tisch neben der Bar, wo die G.O. aßen, außer, wenn Zach wieder einmal darauf bestand, auch in Pigeon sollten nicht mehr als zwei G.O. am selben Tisch essen. François und Didi saßen da und Patou und Issa und Sue und Ray.

»Da kommt Papa Daniel mit seiner Verlobten«, sagte François.

»Wie geht's den Verliebten?«, fragte Patou.

»*Merci, ça va très bien*«, sagte Yvette.

»*Merci, ça va très bien*«, äffte Didi Yvettes kanadischen Akzent nach. »Ihr habt eine komische Aussprache. Reden bei euch alle so?«

»Natürlich. Ihr Franzosen habt ebenfalls eine komische Aussprache.«

»Ich bin kein Franzose«, schrie Didi, »ich bin Belgier. Die Franzosen sind mir scheißegal – *rien à foutre.*«

Wir grinsten.

»Hey, lacht nicht, davon versteht ihr sowieso nichts, nicht wahr, *ma chérie?*« Er fiel Yvette um den Hals und küsste sie schmatzend, dann stieß er einen Indianerschrei aus.

»Die G.O. sind wirklich etwas verrückt«, sagte Yvette zu Didi. Ihre Wangen waren gerötet.

»Was heißt hier, die G.O. sind verrückt?«, schrie Didi. Er wandte sich an Sue und Ray, die beiden G.M. aus Fort Royal, und schrie auf Französisch: »Sind die G.O. verrückt, *mes cheries? Crézy* G.O., *yes?*«

»*What is he saying?*«, fragte Ray Sue. Sie zuckte die Schultern.

»Siehst du, sie sind nicht deiner Meinung«, schrie Didi zu Yvette. Yvette kicherte.

»Hey Daniel«, sagte Patou, »ich glaube, Didi ist dabei, dir deine *nana* auszuspannen.«

»*Rien à foutre*«, sagte ich. Ich würde den blonden Didi mit seiner winzigen Badehose und seinem verrückten Charme im Auge behalten.

»Daniel«, Jean-Marie, der G.O., der das Restaurant führte, war zu mir getreten. »Ich habe dich gesucht. Man hat aus der Schweiz in Fort Royal angerufen. Dein Bruder wollte mit dir sprechen. Er wird in etwa zehn Minuten hier in Pigeon anrufen.«

»Mein Bruder? Was wollte er?«

»Keine Ahnung. Man hat ihm in Fort Royal gesagt, du seist hier. Er ruft um ein Uhr an. Wir haben ein zweites Telefon im Schlafzimmer. Da kannst du ungestört auf den Anruf warten.«

»Ist was, Daniel?«, fragte Yvette.

»Etwas muss passiert sein.« Ich hatte keinen Appetit mehr. »Ich gehe schon zum Telefon.«

»Soll ich dir das Essen aufheben? Soll ich mitkommen?«

»Ich weiß nicht. Iss nur weiter.«

Ich trat auf die Plattform und blickte auf die Wasserfläche und auf die beiden Inselchen und die Fangflotte am Horizont. Illy, dachte ich, Illy muss etwas zugestoßen sein. Vielleicht wollte mir mein Bruder verspätet zum Geburtstag gratulieren. Aber er hatte mir ja schon ein Glückwunschtelegramm geschickt. Vor genau zwei Jahren, an meinem Geburtstag vor zwei Jahren, war Nic gestorben. Seither war Illy unheilbar traurig. Konnte man daran sterben?

Ich betrat die Bambushütte, wo Jean-Marie und Annabel wohnten. Im Schlafzimmer setzte ich mich auf das breite französische Bett. Sonnenlicht flutete durch die Bambusstäbe.

Das Telefon läutete. »Monsieur Daniel Levi? Ein Anruf aus der Schweiz.«

»Hallo.«

»Hallo Daniel«, sagte mein Bruder, wie es mir gehe. Er sagte, es sei etwas passiert. Ein Unfall. Illy habe einen Autounfall gehabt, einen Unfall. Sie sei tot. Das habe ich schon einmal am Telefon gehört, dachte ich. Man könne es sich nicht erklären, sagte mein Bruder. Ich wisse ja, wie langsam sie fahre. Sie habe sich seit meinem Geburtstag vor ein paar Tagen, seit Nics Todestag, schwach gefühlt. Er habe ihr gesagt, sie solle besser nicht Auto fahren. Sie habe nur die kurze Strecke zu ihrem Bruder fahren wollen. Sie müsse am Steuer einen Schwächeanfall erlitten haben. Sie sei mit Wucht gegen eine Hausmauer gefahren. Sie sei sofort tot gewesen. Es tue ihm leid, dass er mir das am Telefon sagen müsse. Ich sagte, ich würde versuchen, noch am Abend einen Flug nach Paris und Zürich zu bekommen. Dann sehen wir uns also morgen in Zürich? Übrigens sei ihr kleiner Hund im Auto gewesen. Ihm sei nichts passiert. »Dann also bis morgen.«

Vor vier Monaten hatte ich Illy zuletzt gesehen, eine kleine, rundliche Frau mit hochgesteckten Haaren, die sie größer erscheinen lassen sollten, einer scharfkantigen Nase und einem breiten, seit Nics Tod verhärmten Mund. Vor vielem hatte sie Angst gehabt im Leben, nicht nur vor dem Fliegen, dem Autofahren, den Schiffsreisen, auch vor manchen Menschen. In meinen frühesten Kindheitserinnerungen, während des Krieges, ist ihre Angst gegenwärtig (aber auch ihre Fürsorge). Allein mit den beiden kleinen Buben, in einer mittelgroßen Schweizer Stadt, während Nic bei der Armee war, lebte sie in ständiger Furcht vor den Nazi-Armeen, die das kleine Land einkreisten, aber auch vor unseren Nachbarn, vor dem Bäcker, dem Metzger, die irgendetwas über uns wussten oder jedenfalls vermuteten. Sie war in kleinbürgerlichen Verhältnissen aufgewachsen. Die Eltern hatten ihr eingetrichtert, Juden hätten sich so wenig wie möglich bemerkbar zu machen. Erwachsen geworden in der Zeit der Wirtschaftskrise, hatte sie nach dem Schulabschluss monatelang Bewerbungsschreiben verschickt, ohne eine Stelle zu finden. Als sie endlich als Stenotypistin arbeiten konnte, wurde sie von ihrem Chef wie Dreck behandelt, obwohl sie alles tat, um nicht aufzufallen. Es sei damals für viele schwer gewesen, sagte sie später gelegentlich, aber für ein jüdisches Mädchen aus niedrigen Kreisen ganz besonders. Sie vermutete überall Antisemiten. Meinem Bruder und mir riet sie, falls wir nach unserer Religion gefragt würden, sollten wir antworten, wir seien Freidenker. Wollte jemand von uns wissen, was Levi für ein Name sei – er klang nicht so bodenständig wie Nötzli, oder Bietenholz oder Aplanalp –, sollten wir sagen, ein französischer. Als ich verkündete, ich wolle ein berühmter Filmregisseur werden, riet sie mir, den Namen zu ändern. Ich sagte, ich dächte nicht daran. Sie sagte, viele berühmte Künstler hätten das getan, auch Nichtjuden. Also gut, sagte ich, ich ändere meinen Namen in Moischele Blumenstein. Sie musste lachen, auch später habe ich sie damit noch oft zum Lachen gebracht.

Nic war anders. Er war erfolgreich und selbstsicher, und er brauchte und genoss den Umgang mit anderen Menschen. Er war gegen jede Opferhaltung. Levi ist ein jüdischer Name, sagte er zu Illy, warum sollen die Buben das nicht sagen? Wenn mein Bruder oder ich von einem Mitschüler verprügelt wurden, riet er uns, das nicht gleich als einen Beweis von Antisemitismus zu nehmen, sondern uns zu wehren und dem Mitschüler eine runterzuhauen.

Und nun war Illy, die sich vor jeder Gewalt gefürchtet hatte, ausgerechnet auf diese gewaltsame Weise umgekommen. Es war eine heillose Vorstellung. Bei Nics Tod hatte ich mir leid getan, jetzt, bei Illys Tod, tat sie mir leid.

»Was ist los, Daniel, du bist bleich.« Jean-Marie war ins Zimmer getreten.

»Meine Mutter ist gestorben.«

Er sah mich erschrocken an.

»Ich fliege zurück in die Schweiz. Am liebsten noch heute.«

»Warum rufst du nicht gleich in Fort Royal an und fragst Nadine, ob sie noch einen Flug nach Paris hat? Kennst du die Nummer?«

Ich schüttelte den Kopf.

Jean-Marie wählte die Nummer, und ich erzählte Nadine, was passiert war. Sie sagte, es gebe nachts um elf einen Air-France-Flug nach Paris, sie werde gleich anrufen. Ich bat sie, Simon alles zu erklären, ich würde im Laufe des Nachmittags nach Fort Royal zurückkehren.

Jean-Marie sagte, er bringe mich in seinem Wagen zurück ins Clubdorf.

Ich trat ins Freie. An den Außenwänden der niedrigen Bambushütte wuchsen Hibiskus und Bougainvilleen. Ein Kolibri schnellte mit lautem Surren von Blüte zu Blüte. Von der Liegewiese hinter den Esstischen ertönte ein Streichkonzert. Ich wischte mir den Schweiß aus den Augen. Gedanken und Gefühle überfluteten mich. Ich kam mir vor wie ein Ertrinkender. Im Wasser hatte ich das nie erlebt.

Auf der Treppe kam mir Yvette entgegen.

»Was ist, Daniel? Ist was passiert?«

»Ja«, sagte ich, »ja. Meine Mutter ist gestorben.«

»Oh.« Sie schaute mich bestürzt an, Tränen traten ihr in die Augen. »Das tut mir leid, Daniel. Ich weiß nicht, was ich sagen soll.«

»Du brauchst nichts zu sagen.«

»Jetzt hast du keine Eltern mehr.«

Ich nickte.

»Wie ist es passiert?«

»Sie hatte einen Autounfall und war sofort tot. Ich versteh das nicht.«

»Wie schrecklich.« Sie lehnte den Kopf an meine Wange. »Was wirst du jetzt machen?«

»Ich habe mit Fort Royal telefoniert und für heute Nacht einen Flug nach Paris reserviert. Jean-Marie hat mir angeboten, mich nach Fort Royal zu fahren.« Ich blickte sie an. »Es ist alles falsch. Wir haben uns eben erst kennengelernt.« Ich fühlte mich hilflos.

»Ich begleite dich nach Fort Royal.«

»Aber das sind doch deine Ferien. Du wolltest am Nachmittag mit dem Tauchkurs beginnen.«

»Jetzt nicht mehr. Ich komme mit.«

»Gut. Ich packe meine Tauchausrüstung ein. In einer Viertelstunde bin ich so weit.«

Im Tauchlokal standen Issa, François und Didi vor der Werkbank beisammen. Jean-Marie hatte ihnen offenbar bereits Bescheid gesagt. Sie blickten mich betreten an. Didi war bleich und aufgeregt.

»Es tut mir leid, Daniel«, sagte er.

Der junge François hatte Tränen in den Augen. Ich umarmte ihn.

»Ich reise ab«, sagte ich. »Heute Nacht um elf geht mein Flug. Ich wollte euch sagen, dass ihr mir gute Kollegen wart. Wir haben viel Spaß gehabt. Und ein paar Spitzentauchgänge gemacht. Ich werde euch nicht vergessen.«

Zach und Enzo betraten das Tauchlokal und schüttelten mir die Hand.

»Du willst abreisen?«, fragte Zach.

»Heute Nacht.«

Er nickte.

»Den Tauchbericht für Simon werde ich nicht mehr schaffen.«

»Mach dir deswegen keine Gedanken. Ich werde mit ihm sprechen.«

»Danke, Zach. Ich habe den Kollegen eben gesagt, wie wohl ich mich hier gefühlt habe. Dich und Enzo werde ich ja in Cancún wiedersehen.«

»Du hast deine Arbeit gut gemacht, Daniel. Du weißt selbst, wie gern die G.M. mit dir getaucht haben.« Er war verlegen. »Ich war auch zufrieden mit dir.«

»Sollen wir dir beim Packen helfen?«, fragte Enzo.

Ich sagte, ich schaffe das schon allein. Sie verließen schweigend das Lokal. Ich holte meine Tauchtasche aus dem Schrank, wo ich sie vor mehr als fünf Monaten verstaut hatte. Ich nahm den Tauchanzug vom Bügel. Er war noch feucht. Ich faltete ihn zusammen und verstaute ihn in der Tasche. Ich legte die Fénzy, das Messer, den Gurt, die Handschuhe, den Tiefenmesser, den Schnorchel und die Maske dazu und schloss den Reißverschluss.

Ich wäre ohnehin bald abgereist. Jetzt fuhr ich eben ein paar Tage früher, um Illy zu beerdigen, auf dem jüdischen Friedhof hoch über der Stadt, wo schon Nic beerdigt war. So war das. Ich setzte mich auf die Tauchtasche. Nach einer Weile stand ich auf und wusch mir am Waschbecken das Gesicht und ging mit der Tasche hinaus.

Yvette und Jean-Marie standen vor dem Lokal im Schatten der Bougainvilleen. Jean-Marie sagte, ein amerikanisches Paar aus La Caravelle habe gehört, wir führen nach Fort Royal, sie möchten mitkommen. Er habe nicht Nein sagen können. Ich wäre lieber mit Yvette und Jean-Marie allein gewesen. Eine unvernünftige Wut stieg in mir auf. Am liebsten hätte ich Jean-Marie gesagt, er solle die beiden zum Teufel schicken.

Auf dem Parkplatz warteten die G.O. Tracy trat zu mir und umarmte mich.

»Auf Wiedersehen, Tracy, hoffentlich in Cancún.«

Sie nickte.

Ich schüttelte Zach und Enzo und Kevin und dem bärtigen Patou und Issa und Carl und Jeanjean die Hände. Didi und François nahm ich auf die Seite. Ich legte die Arme um ihre Schultern.

»Wir sehen uns vielleicht nie mehr. Ihr wart hier meine besten Freunde.« Dem jungen François liefen Tränen über die Wangen. Didi wandte sich ab.

»François, erinnerst du dich an das Fest bei Jean-Loup? Du warst so blau, ich musste dich zum Auto tragen. Aber fidel war's trotzdem.«

François nickte.

»Und du, Didi, weißt du noch, wie wir nach dem großen Essen der Sportequipe im Januar um Mitternacht noch nach La Caravelle zurückgesegelt sind? Wir haben Zach ins Wasser geschmissen und hätten ihn in der Dunkelheit beinahe nicht mehr gefunden.«

Didi stand mit dem Rücken zu mir. Er zuckte mit den Schultern.

Ich umarmte François und küsste ihn auf beide Wangen. Dann umarmte ich Didi.

Ich stieg neben Jean-Marie in den kleinen Wagen. Yvette saß hinten neben den beiden G.M. Wieder spürte ich diese unvernünftige Wut.

Als wir losfuhren, winkten die Kollegen. François und Didi standen immer noch abseits.

Dann kam die erste Kurve, und ich verlor sie aus den Augen.

Als wir in Fort Royal ankamen, fühlte ich mich etwas besser. Ich vereinbarte mit Yvette, wir würden uns in einer Stunde in unserem Bungalow ganz hinten am Strand treffen. Dann ging ich an den Tennisplätzen vorbei zum Schwimmbecken. Simon, im Pareo, eine Hibiskusblüte hinter dem Ohr, stand mit ein paar G.O. an der Bar und blickte mir entgegen. Sie schüttelten mir die Hand und Simon sagte, es tue ihm leid wegen meiner Mutter. Er sagte, ich hätte einen Platz in der Air-France-Maschine. Ich sagte, das sei nun bereits das zweite Mal, dass ich überstürzt aus Fort Royal abreiste, diesmal würde ich nicht zurückkommen. Von Zürich aus würde ich direkt nach Cancún fliegen. Er wollte wissen, ob er mich beim Abendessen noch sehen werde, und ich sagte: »Nein, ich esse auswärts und fahre dann direkt nach Pointe-à-Pitre.« Dann dankte ich ihm und sagte, es habe mir gefallen in seinem Dorf, er solle die G.O. von mir grüßen.

»Auf Wiedersehen, Daniel.«

»*Adieu*, Simon.«

Ich ging am Strand entlang zum Hotel. Vom dicht besetzten Wasserskifloß ertönte lautes Geschrei. Jemand war beim Start gestürzt, ich sah, wie Helga sich über den Rand das Wasserskiboots beugte. Auf der Veranda vor der Sporthütte saßen mehrere G.M. vor der Wandtafel und folgten Momos Erläuterungen. Etwas abseits saß Serge und blickte auf das Meer. Ich ging zum Hotel hinauf und erledigte in der Administration den Papierkram und verabschiedete mich von Gilles. Er sagte, er könne sich vorstellen, wie mir zumute sei, er habe seine Eltern mit dreizehn im Kongo verloren.

Als ich meinen Bungalow betrat, war Gabor nicht da. Es war heiß. Ich schaltete das Klimagerät ein und begann zu packen.

Später ging ich in den Bungalow unten am Strand. Die Jalousien waren geschlossen. Yvette lag im Halbdunkel nur mit einem Slip bekleidet auf dem Bett und hatte einen Arm über die Augen gelegt. Als ich eintrat, blickte sie auf.

»Ach, *doudou*«, sagte sie, »du tust mir so leid.«

Ich setzte mich aufs Bett und küsste sie. Dann zog ich ihr den Slip aus. Sie schaute mich an. Ich zog das T-Shirt und die Badehose aus und legte mich zu ihr, und wir begannen, uns zu liebkosen.

Wie kannst du das jetzt tun, ging es mir durch den Kopf, jetzt, da Illy seit wenigen Stunden tot ist, das gehört sich nicht. Daraufhin hätte ich beinahe laut gelacht. Illy ist tot, dachte ich, sie ist tot. Aber Yvette ist lebendig und liegt neben mir, und ich bin auch lebendig und habe mir diese Umstände nicht ausgesucht und habe wirklich unglaubliche Lust, sie zu ficken.

»*Rien à foutre*«, sagte ich laut.

»Was?«

»*Rien à foutre.*«

Yvette lächelte, sie wischte sich die Tränen weg. »Das gefällt mir, Daniel. Wir scheren uns um nichts – *rien à foutre.*«

Ich musste eingeschlafen sein. Als ich erwachte, drangen die roten Strahlen der untergehenden Sonne durch die Jalousien. Yvette lag mit offenen Augen neben mir. Ich legte meinen Kopf auf ihren Bauch. Ich blickte auf das dunkle Dreieck zwischen ihren Schenkeln. Sie fuhr mir mit der Hand durch die Haare und sagte, sie möge es, wenn ich sie anschaue.

»Ich bin ganz konfus«, sagte ich. »Ich kriege es nicht zusammen, was ich seit gestern alles erlebt habe.«

Nach einer Weile sagte ich: »Ich möchte dich besser kennen, *doudou*, aber dazu ist jetzt keine Zeit mehr.

»Wann geht dein Flug?«

»Um elf.«

»Ich begleite dich zum Flughafen. Wie kommen wir hin?«

»Mit einem Taxi. – Heute Vormittag, auf der Fahrt nach Pigeon, habe ich gesagt, wir könnten einmal zusammen in Deshaies Langusten essen, erinnerst du dich? Jetzt bleibt uns nur noch dieser Abend. Magst du?«

»Ja.«

»Dann geh ich jetzt fertig packen.«

Sie hielt mich zurück. »Sag, wenn wir diesen Bungalow jetzt verlassen, werden wir uns dann je wieder lieben?«

Ich zögerte. »Ich weiß es nicht, Yvette.« Was erwartete sie von mir? Ich sagte, diese zwei Tage mit ihr würde ich nicht vergessen. Es war nicht das, was ich hatte sagen wollen.

»Geh jetzt, Daniel. Ich bleibe noch ein paar Minuten hier.«

Ich zog die Badehose an. Yvette lag auf dem Rücken und hatte wieder den Arm über die Augen gelegt. Ich trat in die heiße Abendsonne.

In unserem Bungalow lag Gabor nackt auf dem Bett und las in einer alten Ausgabe von *L'equipe.*

»Guten Abend, mein kleiner Lulu. Man hat mir gesagt, deine Mami sei gestorben.«

Ich nickte.

»Das Leben ist eine einzige Scheiße, stimmt's etwa nicht? Meine Alte lebt immer noch. Warum kratzt sie nicht ab?« Er rülpste. »Wann fährst du?«

»Sobald ich mit packen fertig bin.«

»Soll ich dir helfen?«

»Ich bin fast fertig.«

Gabor schaute mir zu. Nach einer Weile fragte er, ob ich von dem Zwischenfall heute beim Wasserball gehört hätte. Ich schüttelte den Kopf. Er sagte, Ernie – ich erinnere mich doch an Ernie? – sei während des Spiels plötzlich zusammengebrochen. Er habe sich die Eier gehalten und habe nicht mehr stehen können. Sie hätten ihn aus dem Schwimmbecken hieven müssen, sechs Mann. Er habe gestöhnt, wenn er den Kerl erwische, zerreiße er ihn in der Luft. Gabor habe versprochen, Ernie dabei zu helfen.

»Wie ist das Spiel ausgegangen?«, fragte ich.

»Neun zu eins für uns. Die kleinen Lulus hatten Tränen in den Augen.«

Als ich mit dem Packen fertig war, verabschiedete ich mich von Gabor. Er umarmte mich und küsste mich schmatzend auf beide Wangen. Er erinnerte mich noch einmal daran, dass das Leben eine große Scheiße sei, und wünschte mir alles Gute.

Ich ging die Treppe hinunter und über die Wiese hinter den Essräumen zum Parkplatz. Mitten auf der Wiese standen verlassen die Zielscheiben für das Bogenschießen. Die Sonne war vor wenigen Minuten untergegangen, es wurde rasch dunkel. Die Luft war feucht und warm wie immer, die Grillen und die winzigen Frösche begannen ihr Konzert.

Yvette und Julien standen neben dem wartenden Taxi. Yvette trug wieder das Kopftuch, das ihre kurzen Haare verbarg, und die Snoopy-Tasche. Sie sah ernst aus und anmutig.

Julien kondolierte mir.

»Nach Deshaies«, sagte ich zum Fahrer, »*Chez Mimi*.«

Während der kurzen Fahrt hielt ich Yvettes Hand.

In Deshaies hielten wir in der spärlich beleuchteten Hauptstraße mitten im Ort. Die Bewohner standen vor ihren Hütten herum und unterhielten sich. Sie blickten uns neugierig an. Ein paar Halbwüchsige in Badehosen kickten im Licht einer Straßenlampe mit einer verbeulten Cola-Dose. Alte saßen auf Hockern neben den offenen Fenstern und Türen. Im Innern einer der Wellblechhütten flackerte ein schlecht eingestelltes schwarzweißes Fernsehbild, und eine sonore Männerstimme berichtete in gepflegtem Französisch von Wirtschaftsgesprächen zwischen Giscard d'Estaing und Helmut Schmidt.

Chez Mimi war ein grün gestrichener, von zwei Neonröhren grell erleuchteter kleiner Raum. Vor der winzigen Bar vier wackelige Tische mit Plastikstühlen. An einem der Tische saß ein junges Paar, an einem anderen waren mehrere Gäste in ein lebhaftes Gespräch vertieft. Als wir eintraten, verstummten sie. Wir grüßten höflich, und sie grüßten ebenso höflich zurück. Wir setzten uns an einen der beiden freien Tische. Die Wände und die Decke des kleinen Raums waren mit Fischernetzen geschmückt, an denen Seesterne, Kugelfische, Steckmuscheln, der Rückenpanzer einer Schildkröte und der Kieferknochen eines Hais befestigt waren. Auf der Theke standen halbleere Rumflaschen und eine Flasche mit Punch Coco. Dahinter an der Wand hing ein vergilbtes Foto von General de Gaulle. Aus einem Kofferradio über der Bar tönte eine lebhafte *béguine*, eine Frauenstimme sang »*Ba moi en 'tibo, deux 'tibo, trois 'tibo, doudou*«, die inoffizielle Nationalhymne der Französischen Antillen.

Die rundliche Mimi trat an den Tisch und schüttelte uns die Hände.

»Bist du nicht ein G.O.?«, fragte sie mich.

Ich nickte.

»Wie geht's bei euch im Club?«

»Gut. Und wie geht's dir?«

»Mir geht es gut.« Sie lachte: »Mir geht es immer gut.«

»Was kochst du heute?«

»Ich habe frische Seeigel. Ich kann euch *beignets d'oursin* machen und Muscheln und Salat und natürlich Langusten. Gut so?«

»Wunderbar. Lass dir Zeit, wir haben keine Eile.«

Mimi blickte auf Yvette. »Sie ist hübsch, deine *doudou*. Redet sie Französisch?«

»*Oui, madame*«, sagte Yvette.

»Oh, entschuldigen Sie.« Mimi lachte.

»Aber wieso denn? Sie sind sehr liebenswürdig.«

»Ich mach euch jetzt euer Essen.« Mimi ging in die Küche.

»Die Leute hier gefallen mir«, sagte Yvette.

»Mir auch, sie sind nicht so trübsinnig wie meine Landsleute.«

»Die Schweizer gefallen mir auch.«

»Du bist voreingenommen, *doudou*.«

»Sag mal, was habt ihr jetzt für Wetter in der Schweiz?«

»Es ist kühl, es hat meist Wolken, es regnet oft. Manche dieser Frühlingstage, wenn das Wetter alle paar Stunden wechselt, sind unglaublich schön.«

Sie wollte wissen, ob ich Illy nahe gewesen sei. Was sollte ich antworten? In den letzten Jahren hatte es Spannungen gegeben und Missverständnisse.

»Es war schwierig«, sagte ich, »ich habe das Gefühl, versagt zu haben. Es fällt mir schwer, darüber zu sprechen.«

Yvette sagte, ich sei nicht der Einzige, der Schwierigkeiten mit seinen Eltern habe, damit könne ich mich trösten. Sie hatte wohl recht. Und ich brauchte das, mich überkam ein Gefühl von Trostlosigkeit, wenn ich an Illy dachte.

Dann brachte Mimi das Essen, und es schmeckte ausgezeichnet. Wir aßen eine Weile schweigend. Die Frauenstimme im Radio sang »Adieu foulard! Adieu madras!«. Schließlich mussten wir aufbrechen.

Im Club holte ich meinen Koffer und die Tauchausrüstung aus dem Bungalow. Ich war froh, dass ich keinem G.O. begegnete. Das Taxi wartete solange. Wir passierten die Schranke, und ich grüßte zum letzten Mal den Wächter. Dann fuhren wir in Richtung Pointe-à-Pitre.

Während der Fahrt liebkosten wir uns, und mit der Zeit begannen wir uns heißzumachen. Wir hätten im Taxi gefickt, wenn der Rücksitz des Peugeot etwas geräumiger gewesen wäre und wenn uns der Taxifahrer nicht ständig im Rückspiegel angegrinst hätte. Wir pressten uns aneinander und nach einer Weile beruhigten wir uns und lockerten unsere Umarmung und begannen zu dösen. Im Licht der Scheinwerfer huschten Palmen vorbei und dunkle Gestalten am Straßenrand, und irgendwann erreichten wir die Häuser von Sainte-Rose und Lamentin, und das Meer schimmerte im Mondlicht. Schließlich sahen wir am Horizont die Lichter von Pointe-à-Pitre. Nach etwas mehr als einer Stunde Fahrt kamen wir am Flughafen an.

Es war zehn Uhr abends, und bei der Abfertigung sagte man mir, der Flug habe eine Stunde Verspätung. Wir waren nicht hungrig und setzten uns in die fast leere Wartehalle. Wir redeten wenig, wir waren beide erschöpft. Meine Gefühle waren aufgebraucht, ich war leer und gleichgültig, es war kein unangenehmer Zustand. Ich hätte den Rest der Nacht in diesen abgewetzten Plastiksesseln verbringen können, gleich weit entfernt von der Vergangenheit wie von der Zukunft.

Kurz nach Mitternacht wurde mein Flug aufgerufen.

»Ich werde dich wiedersehen«, sagte ich zu Yvette.

»Jetzt bist du auf einmal sicher?«

»Das kann zwischen uns nicht alles gewesen sein.«

Yvette lächelte.

»Ich werde dich nicht vergessen«, sagte ich.

»Ich weiß. *Au revoir, doudou.*«

Hinter der Schranke drehte ich mich noch mal um und sah sie da stehen, in der leeren Halle des Flughafens von Pointe-à-Pitre, eine junge Frau mit einem Kopftuch und einer Schultertasche mit Snoopy als Roter Baron. Ich winkte, und sie winkte zurück, und der Zöllner sagte: »*Votre passeport, s'il-vous-plaît.*«

Kurz nach ein Uhr morgens hob der Jumbojet der Air France in Pointe-à-Pitre ab. Zwölf Stunden später war ich in Zürich.

Cancún,
Ende Oktober 1977

»Hast du sie gefickt?«

Enzo nickte.

»Und ihr Mann?«

»Hat zugeschaut.«

»Ehrlich?«

»Dann hat sie ihm einen geblasen.«

»Ehrlich?«

»Das ist noch nicht alles«, sagte Enzo. »Ich sollte bei ihr noch mal ran, aber mit taten die Eier weh.«

»Und?«

»Ich habe Patrick geholt.«

»Ehrlich?«, sagte Zach schon zum dritten Mal.

»Ich hab sie ebenfalls gevögelt«, sagte Patrick.

»Und ihr Mann hat wieder zugeschaut?«

»Als er meine Latte sah, wurde er ganz scharf. Aber sie hat mich gleich aufs Bett gezerrt. Er ist mit Enzo weggegangen.«

»Er hat mir an der Bar einen Drink spendiert«, führte Enzo den Bericht zu Ende, »er hat gesagt, wenn ich mal nach New York käme, solle ich sie besuchen. Er hat mir seine Adresse gegeben.«

»Die würd ich besuchen«, sagte Zach, »die werden …«

»Achtung«, sagte Patrick, »da kommen sie.«

Ein Paar kam die Stufen neben dem Tauchlokal herunter.

»Hi Lenny«, sagte Zach, »hi Muriel.«

Die beiden waren um die vierzig. Lenny war schmächtig, trug eine Brille und sah noch in der Badehose und dem violetten T-Shirt mit dem Sonnenuntergang und der Aufschrift *Club Med Cancún* aus wie ein Bankbeamter. Muriel war klein und rundlich und hatte ein fröhliches Gesicht. Sie trug eine Baseballmütze mit der Aufschrift *NY Yankees* und einen knappen Bikini. Auf dem Bauch hatte sie mehrere helle Streifen. Die beiden sahen nicht so aus, als ob sie in der vergangenen Nacht all die Dinge getan hätten, von denen Enzo und Patrick berichteten. Andererseits wusste ich nicht, wie solche Menschen auszusehen hatten.

»Kommt ihr zum Tauchen?«, fragte Zach.

»Selbstverständlich«, sagte Muriel, »dazu sind wir doch hier.«

Patrick und Enzo warfen sich Blicke zu.

»Ihr könnt zwei Geräte nehmen«, sagte Zach, »bis gleich.«

Ich trat mit den beiden in den Kompressorraum und stemmte Muriel ein Gerät auf den Rücken. Sie fragte, ob sie heute wieder mit mir tauchen könnten, und ich sagte, dass mich das freuen würde.

Als sie hinausgegangen waren, meinte Issa, Muriel sehe nicht gerade aus wie eine Oberfickerin. Er war zur selben scharfsinnigen Schlussfolgerung gelangt wie ich.

»Das kann unheimlich täuschen«, sagte ich. »Du siehst ja auch nicht aus wie ein Schwede.«

»Arschloch.« Er drehte mir den linken Arm auf den Rücken. Ich ging in die Knie.

»Hör auf«, stöhnte ich, »du reißt mir den Arm aus, Idiot.«

»Sag's anständig.« Er hielt meinen Arm in seiner Boxerfaust wie in einem Schraubstock.

»Hör auf, ich sag's anständig.«

Er ließ meinen Arm los. Ich rieb mir das Handgelenk. »Scheißschwede«, sagte ich. Er grinste.

Es war neun Uhr vormittags. Kevin und Issa saßen in den Plastiksesseln unter dem niedrigen Strohdach, das schattenspendend über die Außenwand unseres neuen Tauchlokals hinausragte. Patrick lag in der Hängematte, die vor dem alten Tauchlokal aufgespannt gewesen war. Jetzt hatten wir sie zwischen zwei neu gepflanzten, ebenfalls mickrigen Palmen aufgespannt. Ich setzte mich zu Zach und Enzo auf die Holzbank neben dem Eingang.

Das neue Tauchlokal lag direkt am Strand, etwa zweihundert Meter südlich der Palapa, wo wir den ganzen Sommer über mühsam die Geräte vom Chevy auf den *gommier* umgeladen hatten.

Vor dem Tauchlokal führte ein Steg mehr als fünfzig Meter in die Lagune hinaus. Der Steg war ursprünglich nur etwa zehn Meter lang gewesen, dann hatte sich herausgestellt, dass die *Emilio Adolfo* nicht anlegen konnte, weil sie zu viel Tiefgang hatte. Daraufhin wurde der Steg Meter um Meter in die seichte Lagune hinaus verlängert, bis er diese blödsinnige Länge erreichte. Als wir vor sechs Wochen das neue Tauchlokal mit Champagner und Discomusik einweihten, wurde uns zum ersten Mal klar, wie mühsam es für die G.M. werden würde, die Tauchgeräte bis ans Ende des Stegs zu schleppen. Wir hatten die alte Plackerei durch eine neue ersetzt. Sonst aber war das neue Tauchlokal in jeder Hinsicht besser. (»Nachdem ihr gegangen wart«, hatte Patrick am Morgen nach der Einweihung gesagt, »haben Enzo, Richard und ich das Lokal noch inoffiziell eingeweiht, mit den drei Kanadierinnen, die am Nachmittag den Schnorcheltest bestanden hatten. Ich glaube, ich bin für eine Woche invalid.«)

In einigem Abstand vom Steg lag die *Emilio Adolfo* bewegungslos im grünblauen Wasser der Lagune. Hinter dem Tauchschiff flitzten Windsurfer hin und her, die G.O. vom Windsurfen nutzten die Zeit vor dem Ansturm der G.M. Weiter draußen, wo sich die Wellen am Riff brachen, markierten noch immer die gelben Bojen die Durchfahrt zum offenen Meer. Über der Lagune kreisten Pelikane. Sie waren während der unerträglich heißen Sommermonate verschwunden gewesen. Seit Anfang Oktober war es etwas weniger heiß, und eines Tages waren sie zurück.

Zach fragte Enzo, ob er schon gepackt habe.

»Das meiste. Die Tauchausrüstung packe ich vor dem Mittagessen.«

»Du hast Glück«, sagte Zach. »Ich weiß immer noch nicht, wann ich abhauen kann. Ich habe schon dreimal nach Paris gekabelt.«

»Vielleicht bringen uns die Neuen heute Abend Nachrichten mit«, sagte Patrick.

»Wir wissen nicht, ob Taucher dabei sind«, meinte Enzo.

Issa sagte, beim Frühstück habe er gehört, es kämen mehr als dreißig Neue an, bestimmt würden Taucher darunter sein.

»Das hoffe ich auch«, sagte ich, »ich reise übermorgen ab.«

Von der Tauchequipe war ich der Erste, der nun schon sechs Monate hier war. Richard, der noch ein paar Tage vor mir angekommen war, war vor fünf Wochen plötzlich verschwunden. Ich blieb damals mit einer Erkältung zwei Tage im Zimmer. Als ich wieder tauchen konnte, war er nicht mehr da. Issa erzählte, der *adjoint* habe wieder einmal auf dem Tauchschiff die G.M. wie ein Feldwebel herumkommandiert. Daraufhin habe Zach diesen König der Arschlöcher zum Teufel geschickt. Seither war Enzo der neue *adjoint*. Der junge Brian war noch eine Woche vor Richard abgereist, sein Vertrag lief nur bis Anfang September. Er ging nach Oxford oder Cambridge, um Meeresbiologie zu studieren. Seine Abreise hatte mir leidgetan. Auch Yves, der Halbvietnamese, war nicht mehr da. Er hatte eines Morgens zu Zach gesagt, er habe die Schnauze voll von diesem Scheißladen, er haue ab. »Du bist nicht recht bei Trost«, hatte Zach geantwortet, »du kannst doch nicht einfach verduften.«

»Leck mich am Arsch, du Ficker«, hatte Yves geantwortet. Von da an war er nicht mehr zum Tauchen erschienen. Zwei Tage später lief er an der Bar in mich hinein, wie es seine Art war. »Zach, dieser Oberarsch, will mich nicht gehen lassen«, sagte er, ohne mich anzublicken.

»Warum willst du denn ums Verrecken weg?«, fragte ich.

»Ich hab doch gesagt, dass es mich hier ankotzt«, sagte er. »Ich kann Enzo und Patrick und Richard und all die anderen Schwanzlutscher nicht mehr sehen. Ich komme nicht genug zum Ficken, dafür muss ich mir ständig eure Wichsgeschichten anhören. Wen interessiert das schon, ob einer seine *nana* von hinten oder von vorn vögelt.«

Am Abend hatte ich Zach gegenüber eine Bemerkung gemacht. Er sagte, es sei ihm klar, dass es mit Yves nicht mehr gehe, er werde mit Cliff reden. Ein paar Tage später war Yves verschwunden.

»Ich werde Kevin vor dir gehen lassen«, sagte Zach zu mir, »er hat zwischen Guadeloupe und Cancún keinen Tag Ferien gehabt, während du zwei Wochen in der Schweiz warst.«

Gerade lang genug, um Illys Haus auszuräumen.

»Außerdem verlässt du ja den Club«, sagte Zach, »da kommt es auf ein paar Tage nicht an. Wohin gehst du überhaupt?«

»Nach Montréal.«

»Weißt du das nicht?«, fragte Issa, »Papa Daniel besucht seine Verlobte aus Fort Royal.«

»Welche?«

»Die Kanadierin, mit der ich am Tag meiner Abreise nach Pigeon gekommen bin.«

»Du hast aber auch gar nichts gelernt«, sagte Enzo, »die vögelt längst einen anderen.«

»Ich bin nicht eifersüchtig«, sagte ich. Immerhin, die Sprüche der G.O. hatte ich gelernt.

Das winzige Beiboot der *Emilio Adolfo* mit Antonio und Juan-Miguel hatte sich vom Steg gelöst und bewegte sich auf das Tauschschiff zu. Juan-Miguel wriggte kräftig, die Nussschale kam kaum vom Fleck.

Enzo fragte Kevin, was er mache, falls er nicht nach Tahiti geschickt würde. Kevin sagte, dann verlasse er den Club. Zach sagte zu ihm, er sei erst ein Jahr im Club, er könne nicht erwarten, dass Banane ihn bereits nach Tahiti schicke.

»Und wieso wird Issa nach Tahiti geschickt?«, fragte Kevin. »Er ist auch erst ein Jahr im Club.«

»Banane liebt die Schwarzen«, sagte Enzo, »sie sind die besten Schwanzlutscher.«

Zach sagte: »Issa ist verantwortlich für die Kompressoren. Das ist etwas anderes.«

»*Shit*«, sagte Kevin, »wenn er Issa schickt, kann er mich auch schicken.«

Das Beiboot hatte die *Emilio Adolfo* erreicht.

»Eure Probleme habe ich nicht«, sagte Patrick, »in zwei Wochen fahre ich in Val d'Isère Ski.«

»Im Club?«, fragte Issa.

»Nein. Als Skilehrer verdiene ich privat viel mehr.«

»Dafür kommst du nicht so häufig zum Ficken.«

»Hast du eine Ahnung. Im Vergleich zu Val d'Isère ist das hier ein Kloster.«

Oben an der Straße fuhr der blaue Elektrobus vor.
»Hier kommen die G.M.«, sagte Zach.

Wir latschten mit den Doppelgeräten hinter den G.M. her bis ans Ende des elend langen Schiffsstegs. Nach wenigen Schritten lief mir der Schweiß über den Rücken. Sechs Monate lebten wir nun mit dieser Hitze. Ich hatte immer noch den Hautausschlag in der Achselhöhle.

Auf der *Emilio Adolfo* verstaute ich meine Ausrüstung und trat ins Ruderhaus. Die Luft war stickig, man konnte kaum atmen. Juan-Miguel, der kleine Seemann, lag in einer Koje und blätterte in einem Sexheftchen. Er blickte auf und grinste. Antonio war dabei, das Gestänge neben dem Steuerruder frisch zu streichen.

»*Dos días de más, capitán*«, sagte ich.

»*Y después, adonde vas?*«

»Nach Kanada. Ich besuche meine Verlobte.«

»*Comprendo*«, sagte Antonio und machte eine obszöne Geste. Er lachte, dabei fügten sich die schiefen Züge zu seinem lustigen Gesicht zusammen.

»Nein«, sagte ich, »du verstehst nicht. Ich liebe sie.«

»Das ist doch dasselbe, oder?«

Ich grinste.

Zach schaute ins Ruderhaus und sagte, wir könnten ablegen. Juan-Miguel sprang auf den Steg hinunter, und Enzo und ich folgten ihm. Wir lösten die Leinen und stemmten uns gegen die Bordwand und stießen den schweren Kahn vom Steg weg. Im letzten Augenblick kletterten wir an Bord. Zach nahm mich auf die Seite und fragte, ob ich mit Muriel und Lenny tauchen wolle. Ich nickte.

»Gut. Vielleicht wirst du unter Wasser vernascht.«

»Von ihr oder von ihm?«

Ich sammelte meine Taucher um mich und besprach mit ihnen den Tauchgang. Dann schraubte ich den Doppelautomaten an mein Gerät und öffnete das Ventil. Auf einen Daumendruck blies an beiden zweiten Stufen Luft ab. Ich zog die Ausrüstung an und ging in den Bug. Die *Emilio Adolfo* hatte sich bereits etwa eine halbe Seemeile vom Riff entfernt. Die Küste war ein Strich zwischen Himmel und Meer. Im klaren grünen Wasser am Bug sah ich mehrere große Schatten.

»Delfine«, rief ich.

Die Taucher drängten sich in den Bug. Etwa ein halbes Dutzend der kraftvollen grauen Leiber rollten in der Bugwelle, dicht unter der Oberfläche. Von Zeit zu Zeit tauchten sie schnaubend auf. Sie drehten sich auf die Seite und blickten zu uns herauf. Die G.M. fotografierten.

»Warum stoppt ihr nicht das Schiff«, sagte Muriel neben mir, »wir könnten zu ihnen ins Wasser springen.«

»Wenn man reinspringt, verschwinden sie.«

»Hast du schon mal beim Tauchen Delfine gesehen?«

»Ein einziges Mal, vor sechs Monaten in Guadeloupe.«

Sie blickte mich erwartungsvoll an.

»Es ist schwer zu beschreiben. Man hat da starke Gefühle ...»

»Das kann ich mir vorstellen.«

»Was kannst du dir vorstellen?«

»Dass du darauf intensiv reagierst. Das spürt man unter Wasser und auch, wenn du nachher über den Tauchgang sprichst.«

Ich blickte sie überrascht an.

»Ich bin es gewohnt, Menschen zu beobachten«, sagte sie, »ich bin Lehrerin.« Sie fügte hinzu, sie sei Professorin für Soziologie am City College in New York.

»Und Lenny?«

»Ist am selben College Dekan.«

Es war mir nicht neu, dass die lärmigen, aufgedrehten G.M., die sich im Club die Tage und Nächte mit Fressen und Saufen und, soweit möglich, mit Ficken um die Ohren schlugen, einundfünfzig Wochen im Jahr ein ziemlich anderes Leben führten. Aber ich wunderte mich noch immer darüber, wie sie im Club derart außer Rand und Band geraten konnten. Lag es an uns G.O. mit unserem Lebensstil? An den üppigen Büfetts, dem freien Tischwein, den *soirées tequila*? War es die ständige Gegenwart fast nackter Körper? Setzte ihnen der Alltag derart zu? Nach dem Ende des Zweiten Weltkriegs hatten ein paar linke Idealisten aus Belgien mit Überschusszelten der US-Armee am Mittelmeer mehrere

Feriendörfer eingerichtet. Dort sollten die entwurzelten und entmutigten Menschen der Nachkriegszeit ein paar Wochen im Jahr ein gemeinschaftliches Leben führen können, außerhalb der Zyklen von Zerstörung und Wiederaufbau, von Ausbeutung und Profit, die scheinbar nicht zu durchbrechen waren. Aber im falschen Leben ließ sich auf Dauer kein richtiges Leben führen, hatte ich mal irgendwo gelesen. Der Erfolg der Zeltdörfer war groß, bald nahmen sich gewiefte Manager der Sache an. So wurde aus der Gegenwelt der Zeltgemeinschaften eine supererfolgreiche Ferienmaschine, eine Stütze jenes Systems, als dessen Alternative sie einst erdacht worden war.

»*Mucho corriente*«, sagte Antonio neben mir.

Wir hatten die blaue Boje erreicht. Sie lag, von einem kräftigen Wirbel umströmt, halb unter Wasser. Antonio eilte zurück ins Ruderhaus, das Motorgeräusch brach ab, das Tauchschiff verlangsamte seine Fahrt. Juan-Miguel ließ den Anker ins Wasser krachen. Zach und Enzo kamen in den Bug und betrachteten die Oberfläche.

»Wir befestigen eine Sicherheitsleine am Ankerseil«, sagte Zach, »redet mit euren Tauchern.«

Ich versammelte nochmals meine G.M. und erläuterte die neuen Anordnungen: »Am Ankerseil ist eine Sicherheitsleine befestigt. Sie läuft an der Oberfläche entlang der Bordwand. Haltet euch daran fest und hangelt euch nach vorn. Versucht nicht zu schwimmen, die Strömung ist zu stark. Am Ankerseil wartet ihr auf mich. Wir ziehen uns am Ankerseil in die Tiefe. Am Grund ist vermutlich keine Strömung. Lasst das Ankerseil erst los, wenn die Strömung nachlässt. Auf dem Rückweg geht es umgekehrt. Den Dekohalt machen wir am Ankerseil, statt an der Dekostange. Anschließend hangelt ihr euch an der Sicherheitsleine entlang zurück zur Leiter. Lasst die Leine nicht los, sonst treibt ihr am Schiff vorbei.«

»Was ist dann?«, fragte Bruce, ein bleicher Amerikaner mit einer dicken Brille.

»Du bläst deine Weste auf und lässt dich treiben. Wir fischen dich mit dem PB auf.«

»Soll ich meine Nikonos an Bord lassen?«, fragte der Kanadier mit dem Vollbart, der Lou hieß.

»Wie lange fotografierst du schon?«

»Seit Jahren.«

»Nimm sie mit, aber fotografiere nur, wenn es da unten keine Strömung hat.«

Er nickte.

Amy, die Frau von Bruce, bat Lou, unter Wasser ein Bild von ihnen zu machen. Sie war schmal und trug ein weißes T-Shirt mit der Aufschrift *I love New York*, das ihr bis an die Knie reichte. Sie hatte einen Sonnenbrand, ihre Nase und die Arme und Beine waren mit einer weißen Creme eingeschmiert.

Ich vollzog das Ritual, das jedem Tauchgang vorausgeht. Ich schloss die Reißverschlüsse an den Armen und Beinen und zog die Flossen an. Ich schlüpfte mit den Armen durch die Schultergurte, stemmte das Doppelgerät hoch und hakte den Schrittgurt am Bleigurt ein. Ich zog die Handschuhe an, spuckte in die Maske, spülte sie im Plastikeimer aus und zog sie an. Zach nickte mir zu. Ich blies Luft in die Fénzy, schob den Lungenautomaten in den Mund, hielt Gerät und Maske fest und sprang ohne jede Show mit den Beinen voran ins Wasser. Ich kam sofort wieder an die Oberfläche und ergriff die Sicherheitsleine. Die Strömung riss mir beinahe die Maske vom Gesicht.

»Sie ist ziemlich stark«, sagte ich zu Zach, »mach schnell.« Dabei schluckte ich Wasser und fluchte.

Zach schickte die Taucher herunter. Ich packte jeden am Arm und gab ihm die Leine zu fassen. Sie verschwanden in Richtung Bug. Als alle fünf im Wasser waren, stellte ich die Uhr auf null und folgte ihnen.

Ich hangelte mich an den Tauchern vorbei und erreichte als Erster die Stelle, wo die Sicherheitsleine dicht unter der Oberfläche am Ankerseil befestigt war. AUSATMEN. EINATMEN. *Ich wartete, bis die* G.M. *zu mir aufgeschlossen hatten. Die Maske von Bruce war halbvoll Wasser, und es dauerte einen Moment, bis er begriff, dass er der Strömung den Rücken kehren musste, um sie auszublasen. Ich gab das Signal zum Abtauchen und hangelte mich kopfüber am Ankerseil in die Tiefe.*

AUSATMEN. EINATMEN. Das Seil führte in einem flachen Winkel durch das undurchsichtige Wasser. Es war aufs Äußerte gespannt und vibrierte unter dem Stampfen der Emilio Adolfo. In etwa zwölf Metern Tiefe ließ die Strömung nach. Ich hielt inne. AUSATMEN. EINATMEN. Die G.M. folgten nahe über mir. Ich blies Luft in die Fénzy. EINATMEN. Dann ging ich langsam tiefer. Die Sicht besserte sich. In etwa achtzehn Metern war der Grund zu erkennen. Ich drehte mich auf den Rücken. Alle Taucher waren da. Ich ließ das Ankerseil los und schwebte kopfvoran dem Grund entgegen. AUSATMEN. EINATMEN. Ich landete nur wenige Meter vom Riff entfernt. Der Boden war sandig und flach, wie überall in Cancún. Ich wartete, bis die G.M. bei mir ankamen. Gemeinsam schwammen wir das Riff entlang. AUSATMEN. EINATMEN. Mehrere Zackenbarsche kamen rasch heran und blieben vor uns stehen. Sie öffneten ihre wulstigen Mäuler. Ich streckte meinen Arm aus. Einer der großen Fische stieß leicht gegen meine Faust, seine gezackte Rückenflosse richtete sich auf. Ich fuhr behutsam über den massigen Leib. Der Barsch wich zur Seite, ein Kugelauge musterte mich. Die Rückenflosse legte sich wieder. Während Monaten hatte ich nun mit den Zackenbarschen getaucht. Mir wurde bewusst, wie sehr ich das vermissen würde. AUSATMEN. EINATMEN. Die niedrige Riffwand war zerklüftet, voller Risse und Spalten und Höhlen. Es gab hier weniger Korallen, weniger Fischarten, weniger Schnecken, Krebse und Schwämme als in Guadeloupe, es fehlte die ganze Fülle des tropischen Riffs. Was es in Cancún zu sehen gab – und es war gerade das, was es in Pigeon nicht gab –, waren große Fische. AUSATMEN. EINATMEN. Ich wurde an der Flosse gezogen und drehte mich rasch um. Bruce deutete auf die Riffwand. Seine Augen wirkten hinter der Maske mit den eingekitteten Brillengläsern übergroß, als hätte er sie vor Schreck weit aufgerissen. Die übrigen Taucher blickten gebannt auf eine Felsspalte. Ein schlangenartiger Kopf ragte hervor, starre Augen, das Maul halboffen, die Zahnreihen entblößt. AUSATMEN. EINATMEN. Ich zog das Messer aus der Beinscheide. Die Taucher wichen zurück. Ich bewegte das Messer vor der Felsspalte hin und her. Die Klinge blitzte auf. Langsam glitt die Muräne aus dem Versteck. AUSATMEN. EINATMEN. Ihr Schlangenleib wurde sichtbar, dick wie ein Oberschenkel. Das lange Maul mit den Zahnreihen schloss und öffnete sich. Die

Atembewegungen der Fische sehen aus, als bleckten sie die Zähne, bei den Barracudas ebenso wie bei den Haien, bei den Barschen und auch bei der Muräne. AUSATMEN. EINATMEN. Ein Blitz, die Muräne verschwand rückwärts in der Felsspalte. Lou nahm die Nikonos herunter und zuckte entschuldigend die Schultern. AUSATMEN. EINATMEN. An der oberen Riffkante wiegten sich Gorgonien, dazwischen glitten Rabenfischchen hin und her. Als wir uns näherten, wurde ihr Zickzack immer hektischer, einer der winzigen Fische schnellte gegen meine Maske, ein anderer zupfte an meinem Handschuh. Sie verteidigten ihr Revier. Das war etwa so, als wenn ich einen Eindringling angegriffen hätte, der so lang war wie ein Fußballfeld. Ich wich zurück, die Fischlein sollten ihren Erfolg haben. AUSATMEN. EINATMEN. Wir schwammen die Oberkante der Felswand entlang. Das Wasser war klar, aber nur wenig Licht drang von der Oberfläche herunter. Ich blickte auf die Uhr. Elf Minuten. Alle Taucher waren in meiner Nähe. AUSATMEN. EINATMEN. Ich drehte mich auf den Rücken. Über uns ein Schwarm von silbrigen Fischen. Als ich mich wieder umdrehte, glitt zwischen den Felsen der ovale, auf dem Rand stehende Leib eines Drückerfisches hervor. AUSATMEN. EINATMEN. Er war der farbigste Fisch im Riff. Die obere Hälfte seines Körpers war von einem grellen Hellgrün, sein Bauch gelb und orange. Vom Maul führten hellblaue Streifen zum Bauch. Die kräftigen Zähne in seinem Unterkiefer standen über die Oberlippe vor, wie bei einer Bulldogge. Das Auge saß mitten in dem grellen Grün, weit genug vom Maul entfernt, damit es durch die Stacheln der Seeigel, von denen er sich ernährte, nicht verletzt werden konnte. Es war von einem türkisen Ring eingefasst, von dem strahlenförmig zittrige beige Striche wegliefen. Eine hellblaue Linie rahmte die Rücken- und Bauchflossen und die Schwanzflosse ein. Die Rückenflossen und die Schwanzflosse liefen in langen dünnen Fäden aus, die er hinter sich herzog. Er sah unwirklich aus. AUSATMEN. EINATMEN. Er schwamm nicht mit Schlägen der Schwanzflosse, wie die meisten Fische, sondern mit wellenartigen Bewegungen der Rücken- und Bauchflossen. Als er uns sah, hielt er inne. Sachte schlängelten sich seine Flossen. Lou schwamm zu ihm hin und blitzte. Ohne Hast glitt der Drückerfisch auf den Grund, legte sich auf die Seite und verschwand unter einem Felsen. AUSATMEN. EINATMEN. Ich führte die G.M.

zum Fuß des Riffs. Mein Tiefenmesser zeigte achtundzwanzig Meter. Ein Schatten näherte sich uns aus dem offenen Wasser. AUSATMEN. EINATMEN. Er war flach und breit und hatte die Form eines Trapezes. Ich stieß Muriel neben mir an. Mit weichen Schlägen seiner Schwingen glitt der Adlerrochen auf uns zu. AUSATMEN. EINATMEN. Ein gedrungener Kopf, ein Schnabel wie ein Raubvogel. Die Unterseite seines Körpers war weiß, der dunkle Rücken mit hellen Tupfen übersät. Sein langer dünner Schwanz ragte wie ein Stab nach hinten. Ohne uns zu beachten, schwebte er über uns hinweg. AUSATMEN. EINATMEN. Muriel schüttelte den Kopf. Ich fragte, ob alles in Ordnung sei, und sie nickte heftig. Bruce machte mit beiden Händen das Okay-Signal. Zwanzig Minuten. Die Emilio Adolfo konnte nicht weit sein, wir waren langsam geschwommen. Patricks Gruppe kam uns entgegen. Wir winkten einander zu. AUSATMEN. EINATMEN. Vor mir tauchte die Felskante mit den breiten Kerben auf. An dieser Stelle gab es eine Unterbrechung in der Wand. Jenseits liefen Riff und Wasser grau ineinander. Ich hörte meine eigenen Atemgeräusche und empfand die vertraute leichte Beklemmung. AUSATMEN. EINATMEN. Die G.M. folgten noch immer nahe hinter mir. Ich schaute auf die Uhr: vierundzwanzig Minuten. Langsam umrundete ich die Felskante, und da stand er im offenen Wasser und füllte mein ganzes Gesichtsfeld aus. AUSATMEN EINATMEN AUSATMEN EINATMEN. Sein Leib schimmerte matt im fahlen Licht. AUSATMEN. EINATMEN. Die hervorquellenden Augen glotzen zu uns herüber. Sein Maul war offen, Fische glitten in dem mächtigen Schlund hin und her, Putzergarnelen kletterten zwischen den Zähnen herum wie Zwerge in Berggipfeln. Seine blaugrünen Schuppen waren von Algen bedeckt und durchfurcht von Schrunden und Narben. Die Algen gaben seinem Leib das Aussehen eines von Moos bewachsenen Felsblocks. Meergrundeln weideten in dem Algenbewuchs. AUSATMEN. EINATMEN. Der gewaltige Körper wiegte sich in der leichten Strömung, die Kiemendeckel öffneten und schlossen sich. Mein linker Oberarm schmerzte. Muriel hielt ihn umklammert. Die übrigen G.M. waren dicht neben uns. Sie hatten übergroße Augen. Ganz langsam richtete der Judenfisch seine mächtige Rückenflosse auf, der Vorgang schien kein Ende zu nehmen. Stilettartige Zacken ragten aus der Rückenflosse. AUSATMEN. EINATMEN.

Die Flosse senkte sich wieder. Er blickte uns unverwandt an. Er war das fremdeste Wesen auf der Welt. AUSATMEN. EINATMEN. *Überwältigt schaute ich ihn an, es war alles, was ich tun konnte.* AUSATMEN. EINATMEN. AUSATMEN. EINATMEN. *Er bewegte seine Schwanzflosse. Ein Knall, wir wurden gegeneinandergepresst. Mit wenigen Flossenschlägen verschwand er in der Dämmerung. Das Wasser war heftig in Bewegung, Sand wurde vom Grund aufgewirbelt, Meergrundeln und andere Fische flatterten wie welke Blätter durcheinander.* AUSATMEN. EINATMEN. *Ich blickte auf die Taucher. Blasenschwalle stiegen aus ihren Lungenautomaten. Muriel hatte sich an den Kopf gefasst. Lenny zuckte mit den Schultern. Amys Gesicht war trotz des Sonnenbrands weiß wie ihr T-Shirt. Bruce streckte die Arme weit auseinander. Lou zeigte auf die Nikonos und schüttelte den Kopf, er hatte vergessen zu fotografieren.* AUSATMEN. EINATMEN. *Bruce schwamm zu mir und bewegte die Faust auf und ab, er hatte die Reserve gezogen. Ich zeigte mit dem Daumen nach oben, und wir begannen den Aufstieg. Bald wurde das Ankerseil sichtbar, das in einem flachen Winkel zur Oberfläche führte. Wir hielten uns daran fest.* AUSATMEN. EINATMEN. *Die Strömung nahm wieder zu. Drei Meter unter der Oberfläche machten wir unseren Dekohalt. Die Strömung war so heftig, dass wir waagerecht im Wasser lagen.* AUSATMEN. EINATMEN. *Nacheinander schickte ich die Taucher an Bord. Ich erreichte als Letzter die Leiter, zog die Maske ab, Meerwasser wusch über mein Gesicht. Ich tauchte auf.*

»Ihr habt den Judenfisch gesehen?«, fragte Zach vom Deck herunter.

Ich nickte.

»Ganz schön groß, was?«

Ich nickte abermals und kletterte an Bord und nickte erneut. Ich stellte das Gerät ab, öffnete den Reißverschluss am Kinn und streifte die Kopfhaube zurück.

»Er hat die Sprache verloren«, sagte Enzo.

Ich grinste.

»Es ist bestimmt derselbe, den Kevin vor zwei Wochen gesehen hat«, sagte Zach, »davon gibt's nicht viele.«

Ich zog die Flossen und die Handschuhe aus. »Er war riesig«, sagte ich. Ich konnte doch noch sprechen.

»Stand er wirklich im offenen Wasser?«

»Drei Meter von der Wand entfernt.«

»Du hast vielleicht Schwein«, sagte Enzo, »wir haben ihn bisher nur in der Höhle gesehen.«

»Unglaublich«, sagte ich. Ich war immer noch nicht ganz da.

»Okay, Daniel.« Zach klopfte mir grinsend auf den Rücken.

Ich ging zu meinen Tauchern. Wir blickten einander fast verlegen an.

»Unglaublich«, sagte Amy. Ihr Wortschatz versagte genauso wie meiner.

»Ich habe gedacht, ich habe einen Tiefenrausch«, sagte Bruce.

»*Jesus H. Christ*«, sagte Lou, »*Jesus H. Christ.*«

»Als er davonschwamm«, sagte Muriel, »wollte ich ihm hinterherrufen, er solle noch bleiben. Könnt ihr das verstehen?« Sie hatte am ganzen Körper eine Gänsehaut.

»Wie lange stand er da wohl?«, fragte Bruce.

»Eine Minute«, sagte Lou, »höchstens eine Minute.« In der Erregung sagte er alles zweimal.

»Ich hatte Schiss«, sagte Amy. Das nasse T-Shirt klebte an ihrem schmalen Körper, als hätte es ebenfalls Angst.

»Ist er gefährlich?«, fragte Lenny.

Ich zuckte die Schultern. »Er gehört zu den Zackenbarschen, mit denen wir immer herumspielen. Aber ich möchte nicht von seiner Schwanzflosse getroffen werden.«

»Als er den Schwanz bewegte, gab es einen mächtigen Knall«, sagte Lou, »einen gewaltigen Knall. Oder hab ich mir das eingebildet?«

»Das habe ich auch gehört«, sagte Muriel.

»Ich auch«, sagte Amy, »ich bin ganz schön erschrocken.«

Lenny sagte, wir sollten uns mal vorstellen, was er für eine Kraft in der Schwanzflosse haben müsse, um sein Gewicht in Bewegung zu setzen, und Amy sagte, er wiege bestimmt eine Tonne. Muriel schätzte ihn auf dreihundert oder vierhundert Kilo, und wir fanden, das könne stimmen.

»*Jesus Christ*«, sagte Lou, »vierhundert gottverdammte Kilo, *Jesus H. Christ.*«

Die übrigen Gruppen waren von ihren Tauchgängen zurückgekommen und umringten uns.

»Im Grunde«, sagte Muriel später zu mir, »kann man das gar nicht beschreiben. Es war nicht nur sein Aussehen, es war auch dieses Gefühl, so nahe bei ihm zu sein. Es war wie eine chemische Reaktion zwischen ihm und uns.«

»Hast du das auch empfunden?«

»Ich fange an, dich zu beneiden, Daniel. Es muss großartig sein, jeden Tag zu tauchen.«

»Ist es auch.«

In zwei Tagen war meine Zeit im Club um. Ich hatte beschlossen, es noch einmal mit der Filmerei zu versuchen. Aber in diesem Moment schien es mir nicht vorstellbar, das Tauchen aufzugeben.

Die *Emilio Adolfo* lag noch immer am Anker. Antonio, Zach, Enzo und Patrick standen im Bug und schauten auf das Ankerseil. Ich trat zu ihnen. Das Ankerseil war zum Zerreißen gespannt.

»Der Anker ist eingeklemmt«, sagte Zach zu mir. »Du steckst noch fast komplett in deiner Montur. Geh mit Patrick runter und sieh nach.«

Ich zog die Maske und die Flossen an, trat zur Bordwand und schloss den Reißverschluss am Kinn. Enzo brachte mir ein gefülltes Einzelgerät. Er stemmte es hoch, ich schlüpfte durch die Schultergurte und hakte den Schrittgurt ein. Neben mir erschien Patrick. Zach nickte uns zu. Die G.M. hatten sich um uns versammelt und schauten interessiert zu. Ich genoss es.

»*Allons-y*«, sagte Patrick.

»Macht nicht zu lange da unten rum«, sagte Enzo, »schaut auf eure Tabellen.«

Wir hangelten uns an der Sicherheitsleine zum Bug und folgten dem Ankerseil in die Tiefe. AUSATMEN. EINATMEN. *Nach wenigen Sekunden hatten wir den Grund erreicht. Der Anker hatte sich in einem kleinen Krater am Fuß des Riffs verfangen.* AUSATMEN. EINATMEN. *Wir zerrten mit allen Kräften am Ankerseil. Der Anker bewegte sich nicht. Patrick deutete auf seine Fénzy. Wir packten das Ankerseil und öffneten unsere Notflaschen. Die Westen füllten sich mit lautem Zischen.* AUSATMEN. EINATMEN. *Der Anker begann sich zu bewegen. Wir stemmten uns gegen die Felsen, Sand wirbelte auf, man konnte nichts mehr sehen.* AUSATMEN. EINATMEN. *Plötzlich gab etwas nach. Ich spürte einen Schmerz an der Hand und wurde gegen die Wand gedrückt. Ich ließ den Anker los und schoss gegen die Oberfläche.* AUSATMEN! *Hastig löste ich den Entleerungsschlauch von der Fénzy, hielt ihn über den Kopf und drückte auf das Ventil. Die Fénzy leerte sich, und ich begann wieder zu sinken. Ich war außer Atem.* EINATMEN. AUSATMEN. EINATMEN. *Nahe unter mir schwebte Patrick.* AUSATMEN. EINATMEN. *Ich bewegte die Hand. Sie schien in Ordnung. Ich schaute auf die Uhr und auf die Dekotabelle. Wenn wir den Anker innerhalb von drei Minuten frei bekamen, hatten wir einen Dekohalt von acht Minuten zu machen, wenn es länger dauerte, waren es bereits siebzehn Minuten.* AUSATMEN. EINATMEN. *Patrick war zum selben Schluss gekommen, er zeigte auf seine Uhr: schnell, schnell. In dem Loch hatte sich der Sand inzwischen gelegt, der Anker lag frei in der Mitte.* AUSATMEN. EINATMEN. *Wir stellten uns an den Rand, hielten uns an der Ankerkette fest und öffneten abermals die Notflaschen. Dann zogen wir mit allen Kräften am Ankerseil, und langsam kam der Anker hoch. Ich atmete heftig, in wenigen Augenblicken würde ich in Atemnot geraten, dann musste ich das Seil loslassen.* AUSATMEN. EINATMEN. AUSATMEN. EINATMEN. *Wir zerrten den Anker auf den Rand des kleinen Kraters. Ich ließ die Luft aus der Fénzy.* AUSATMEN. EINATMEN. AUSATMEN. EINATMEN. *Wir stiegen zur Oberfläche auf.*

Als wir auftauchten, war die *Emilio Adolfo* bereits etwa hundert Meter abgetrieben. Wir winkten. Die G.M. applaudierten.

»Wir holen euch mit dem PB!«, rief Zach.

Wir tauchten auf drei Meter ab. AUSATMEN. EINATMEN. *Bald hörten wir den PB. Das Beiboot fuhr in der Nähe vorbei und entfernte sich wieder, es suchte unsere Luftblasen.* AUSATMEN. EINATMEN. *Dann hörten wir den Motor erneut. Diesmal hielt der PB über uns, und der Motor wurde abgestellt.* AUSATMEN. EINATMEN. *Nach acht Minuten tauchten wir auf.*

»Na, endlich«, sagte Enzo aus dem Beiboot, »habt ihr euch da unten noch einen geblasen?«

Er half uns in den PB, und wir preschten hinter der *Emilio Adolfo* her. Knapp vor dem Riffeingang hatten wir sie erreicht. Wir drehten eine Ehrenrunde um das Tauchschiff und rasten über die reglos daliegende Lagune, nahe an einer Caravelle vorbei, die in unseren Wellen Fahrt verlor. Wir vertäuten das Gummiboot auf der Hinterseite des Schiffsstegs, luden unsere Ausrüstungen aus und warteten auf das Tauchschiff. Wenige Meter vom Steg entfernt stürzte sich ein Pelikan mit steifen Flügeln ins Wasser und verschwand unter der Oberfläche. Als er wieder auftauchte, hatte er einen Knollen im Hals, der langsam hinunterrutschte. Die *Emilio Adolfo* kam zu schnell längsseits und krachte in den neuen Schiffssteg. Enzo fluchte und Antonio lachte und fasste sich an die Eier. Wir halfen den G.M. von Bord. Amy dankte mir für den Tauchgang und sagte, sie und Bruce wollten mir vor dem Mittagessen an der Bar einen Drink spendieren, und Lou und Lenny und Muriel sagten, sie kämen ebenfalls. Unsere Euphorie war noch längst nicht verflogen.

Wir versorgten die Ausrüstungen und kletterten die Düne hinauf zur Straße, wo der Chevy geparkt war. Als wir auf die Ladefläche stiegen, kroch unter dem Wagen ein Leguan hervor und verschwand mit hastigen Bewegungen im stacheligen Gras. Sand rieselte in seine Spuren.

Wir brausten durch den Tunnel. Das Wandbild war längst beendet. Bébert, den wir regelmäßig mit Gehupe und Geschrei bedacht hatten, war vor zwei Monaten abgereist. Er hatte die eine Wand des Tunnels mit fantastischen Fischen bemalt, die andere mit geometrischen Darstellungen von Mayasymbolen und exotischen Formen und Mustern. Das Ergebnis war bunt und fröhlich und konfus.

Wir parkten den Chevy neben dem alten Tauchlokal. Ich ging hinter dem Amphitheater zum Strand. Wind war aufgekommen, das Wasser war trüb, die Wellen rollten wuchtig auf den gleißenden Sand. Über dem Clubdorf schien die Sonne, aber am Horizont hingen Regenwolken tief herunter, der Strand war in der Ferne grau. Die Jahreszeit der Hurrikane hatte begonnen. Regen, Sturm und hohe Wellen seien im Herbst üblich, hatte ich von Antonio gelernt. Auch die Temperatur ging in dieser Zeit etwas zurück. In Guadeloupe war das Klima angenehmer gewesen. Ich dachte an Pigeon, an Didi und François und Patou, den Kapitän der *Saintoise*, an das kleine Restaurant auf dem Felsen mit der Aussichtsplattform und dem Garten mit den Kolibris. In wenigen Tagen würde ich Yvette wiedersehen. Hatte sie sich verändert? Wie war sie denn gewesen? Ich hatte ihre Briefe, das war alles. Weniger als achtundvierzig Stunden hatten wir miteinander verbracht.

Hier in Cancún hatte ich nur zu wenigen Menschen eine nähere Beziehung gehabt. Zu Lucy, der kleinen Schwimmlehrerin. Zu Issa und dem jungen Brian, zu Zach und Tracy. Ende August, als ich schon vier Monate hier war, hatte ich erwogen, abzureisen. Ich fand keinen Weg, mit Illys Tod umzugehen. Dann war der amerikanische G.M. beim Schnorcheltest verunglückt, und sein Tod war wie eine Wiederholung gewesen von etwas, das ich schon einmal durchgemacht und für abgeschlossen gehalten hatte. In jenen Wochen waren mehr als ein Dutzend G.O. abgereist: Lülü der Barmann und Nanette von der Boutique und Annik, Cliffs Sekretärin; auch Nanard von der Unterhaltungsequipe hatte den Club verlassen und Michel der Pianist, Jeanot von der Schnorchelequipe, France und Jojo, zwei Hostessen, und Jean-Loup der Patissier und Tim vom Landsport. Die einen sagten, es sei wegen des Klimas, die anderen, sie kämen mit der G.O.-Equipe nicht zurecht. Ich war schließlich doch geblieben. Im Sommer geriet ich in eine Klemme. Das Clubdorf war überbelegt, wir mussten noch enger zusammenrücken, Issa zog zu Patrick und mir, er schlief auf dem Boden auf einer Matratze. Das war mir zu viel. Issa schätzte die engen Zimmerverhältnisse so wenig wie ich. »Mach das«, nickte er, als ich sagte, ich wolle mich bei Cliff beschweren. Cliff sagte, die Situation sei für die G.O. nicht angenehm, den ganzen Tag sich mit den G.M. abgeben und in den freien Stunden zu dritt zusammengepfercht. Überbuchungen kämen eben vor, ich solle Geduld haben. Als ich schon aus dem Büro trat, fragte er, wer denn mit mir und Patrick das Zimmer teile. »Issa«, sagte ich. Er blickte mich einen Moment an. Als ich draußen war, hätte ich mir auf die Zunge beißen können.

Was, wenn Cliff nun dachte, ich wolle nicht mit einem Schwarzen zusammenwohnen? Was, wenn die mich für einen Rassisten hielten? Wenn die mich nach Hause schickten? Dabei war Issa mein bester Kumpel. Ich schämte mich in Grund und Boden. Während der nächsten Stunden und Tage schlich ich so unauffällig wie möglich herum, ständig gewärtig, zu Cliff zitiert zu werden. Als nichts geschah, atmete ich auf. Ich verlor kein Wort mehr über die Zimmerbelegung, und nach einigen Wochen kehrte Issa in sein früheres Zimmer zurück.

Ich ging an *Mi preferida* vorbei und durch den Gang bei *Mi dulce hogar* zu *Progreso*. Im Zimmer war es kühl, und ich öffnete die Balkontür. Unter dem Balkon schlugen wie immer kleine Wellen gegen die Mauer. Zuoberst auf einem kahlen Baum, der wenige Meter vom Balkon entfernt in der Lagune stand, hockte ein weißer Reiher. Er drehte den Kopf zu mir. Über der Lagune kreiste ein Pelikan, in der Ferne die Wolkenwand. Ich blickte auf das Wasser. Ich hätte vor meiner Abreise noch einmal den Alligator sehen wollen, der sich hier im Frühjahr gelegentlich auf der Sandbank gesonnt hatte.

Als ich in die Dusche trat, gab es wieder einmal kein Wasser. Ich öffnete den Wasserhahn und legte mich aufs Bett und blätterte in alten Zeitschriften. Groucho Marx war gestorben und Bing Crosby und Maria Callas. Die Mitglieder der Baader-Meinhof-Gruppe hatten ein Flugzeug entführt, es hieß *Landshut*. Ich würde auf die nächsten G.M. aus der Bundesrepublik warten müssen, um zu erfahren, wie die Sache ausgegangen war. Amnesty International hatte den Friedensnobelpreis erhalten. Muhammad Ali war erneut Boxweltmeister, und der deutsche Arbeitgeberpräsident Schleyer, der sich über die Forderungen der Gewerkschaften und die sinkenden Gewinne beschwert hatte, war ermordet worden, im früheren Leben war er ein Nazi gewesen. Im Fernsehprogramm wurde Antonionis *Profession: reporter* angekündigt. Als ich den Film zum ersten Mal gesehen hatte, war ich fast bis zum Schluss nicht klug daraus geworden. Dann kam die minutenlange Kamerafahrt im Gefängnishof, die bei Jack Nicholson in der Gefängniszelle endet. Die Kamerabewegung hatte annähernd die Form eines Ω. Ich war davon hypnotisiert. Ich sah den Film noch mehrere Male, nur um diese Einstellung zu studieren. Ich dachte, der Film sei für Antonioni nur ein Vorwand gewesen, um diese Kamerafahrt zu drehen.

In der Dusche rauschte das Wasser. Ich duschte und wusch meine kleine Flamingoschnecke vom Salzwasser rein. Ich trocknete mich ab, schob ein paar Barkügelchen in die Badehose, nahm einen zusammengefalteten Pareo und ging nach vorn.

An der Bar das Gedränge von fast nackten Körpern. Amy und Bruce standen unter dem vergilbten Poster des VfB Stuttgart. Amys Nase war mit weißer Creme bestrichen. Ich bestellte einen Kahlúa mit Milch, und wir redeten über den Fisch. Später kamen Muriel und Lenny und Lou mit seiner Frau. Auf seinen Wunsch hin musste ich der Frau bestätigen, dass der Fisch so groß gewesen sei wie ein VW Käfer.

»Du und dein Fotoapparat«, sagte Lous Frau zu Lou. »Jetzt könnt ihr nie beweisen, dass ihr ihn wirklich gesehen habt.«

»Wir haben ihn gesehen«, sagte Muriel, »das genügt.«

Als *Les Soupers du Roy* ertönte, luden sie mich ein, mit ihnen zu essen. Ich sagte, ich hätte schon eine Verabredung, und wünschte ihnen einen guten Appetit. Neuerdings scherten wir uns nicht mehr um die Regel, die G.O. hätten mit den G.M. zu essen. Ich ging zu der breiten Treppe. Auf der anderen Seite des Platzes kämpften die G.M. um jeden Zentimeter Büfett. Stimmengewirr und Lachen drangen herüber.

Die Fanfare war zu Ende. Aus den Lautsprechern über der Bar ertönte halblaut Mariachi-Musik.

Zach und Enzo traten zu mir. Zach fragte, ob ich mit ihnen essen wolle. Ich sagte, ich wolle noch warten.

»Auf Lucy?«

Ich nickte.

»Du willst sie wohl vor dem Mittagessen noch vernaschen«, sagte Enzo.

»Ich vergreife mich nicht an Minderjährigen. Für wen hältst du mich?«

»Für einen kleinen Schlingel.«

»Außerdem«, fuhr ich unbeirrt fort, »sehe ich in zwei Tagen meine *nana*.«

»Gehen wir«, sagte Enzo zu Zach, »ich muss nachher noch fertig packen.«

»Um wie viel Uhr fährst du?«, fragte ich.

»Um vier. Wenn du nach dem Essen gleich in mein Zimmer kommst, darfst du mir zum Abschied noch einen blasen.« Den Schluss des Satzes sagte ich gleichzeitig mit ihm. Er grinste: »Aus dir ist doch noch ein richtiger G.O. geworden.«

Lucy kam die Treppe herauf. Sie war in Uniform: Pareo und winziges Bikinioberteil mit demselben Muster, dazu der blaue Mützenschirm mit der Aufschrift G.O. *Cancún*. Zwei Zöpfchen fielen auf ihre Schultern. Ihr kräftiger Körper war jetzt, am Ende der Saison, von der Sonne tief gebräunt. Auf dem flachen Bauch und an den Unterarmen wuchsen hellblonde Härchen.

»*Hi* Danni.« Wir küssten uns. »Ich habe gehört, ihr habt heute Morgen einen Riesenfisch gesehen. Das ganze Dorf redet davon.« Ich nickte.

Die Menge vor den Büfetts hatte sich gelichtet, die Auswahl ebenfalls. Wir setzten uns an einen Tisch an der Lagune, die keine Lagune ist, sondern ein Meeresarm.

»Du lebst immer noch von mexikanischen Spezialitäten«, meinte Lucy mit einem Blick auf meinen Teller mit Quesadillas und Guacamole.

»Nicht mehr lange«, sagte ich. »Leider.«

»Jetzt tut es dir doch leid, dass die Saison zu Ende ist.«

»Ich weiß es selber nicht, meine Stimmung wechselt alle drei Minuten. Und du, weißt du, wo du nachher hingehst?«

Sie sagte, im Club werde man sie wohl nicht wieder nehmen, ihr Französisch sei nicht gut genug. Sie gehe nach San Francisco zurück und werde versuchen, an die Uni zu kommen. Die sechs Monate im Club hätten ihr in manchem die Augen geöffnet. Sie sei ja vorher noch nie im Ausland gewesen. Ich sei einer der wenigen, mit denen sie hier vernünftige Gespräche habe führen können. Dann sprachen wir über unseren Ausflug nach Chichén Itzá vor ein paar Wochen. Wir konnten uns immer noch nicht vorstellen, wie sie vor tausend Jahren die riesigen Steinbrocken herbeigeschleppt hatten, durch das endlose, unwegsame Yucatán, wo es keine Flüsse oder Seen gab, auf denen man sie hätte transportieren können. Lucy sagte, man sollte nicht nur die großen Baumeister der Maya bewundern, sondern auch die kleinen Leute, die die Arbeit gemacht hatten. Sie sagte, sie würde gern noch mehr von diesen Bauwerken sehen, nicht nur hier in Yucatán, sondern auch in Guatemala, sie hätte noch Palenque besuchen wollen und Uxmal und Tikal.

Cliff und Don der Sportchef und Hank, der neue Verantwortliche für den Landsport, der Tim ersetzte, erschienen im Restaurant. Sie waren über und über mit Verbänden bedeckt. Cliff sah aus wie eine Mumie, Don trug beide Arme in Schlingen, Hank ging an Krücken. Aus dem Verband auf seiner Brust sickerte eine rote Flüssigkeit. Cliff kletterte mühsam auf die niedrige Lagunenmauer. Die G.M. klatschten vor Begeisterung. Er sagte, wie man sehe, habe die Volleyballequipe der G.O. ein kleines Missgeschick erlitten. Trotzdem seien sie bereit, am späteren Nachmittag gegen jedes beliebige G.M.-Team anzutreten. Jedes Trio, das gegen ihn und seine beiden Kollegen gewinne, erhalte eine Flasche Champagner. Die Ankündigung wurde mit Applaus und Grölen quittiert, dann humpelten die drei davon.

Lucy sagte, ich solle ihr von dem Fisch erzählen.

»Ich glaube, ich wäre zu Tode erschrocken«, sagte sie nachher.

»Wir sind ganz schön erschrocken. Aber es war mehr als nur Schrecken und außerdem etwas anderes.«

Dann ertönte überall im Dorf »Big Bisou« von Carlos. Es war eines jener Musikstücke, die unser Leben hier geregelt hatten und auf die unsere Körper inzwischen reflexhaft reagierten. Wir erhoben uns und schlossen uns dem wachsenden Strom von G.O. und G.M. an, der sich auf den Parkplatz ergoss. Ich entfaltete meinen Pareo und knüpfte ihn tief um die Hüften.

»*Attention, sur la joue, embrassez-vous*«, dröhnte Carlos' Stimme aus den großen Lautsprechern auf beiden Seiten des Parkplatzes.

Drei klimatisierte Busse der Aeroméxico mit verdunkelten Fenstern standen mit laufenden Motoren bereit. Großes Abschiednehmen, es wurde fotografiert, Küsse und Adressen wurden ausgetauscht.

»*Attention, sur le cou, embrassez-vous*«, sang Carlos. Wir klatschten im Rhythmus der Musik und tanzten, weil wir auf dem heißen Boden barfuß nicht still stehen konnten.

»*Attention, sur la bouche, embrassez-vous.*« Cliff und Don, die sich ihrer Verbände entledigt hatten, gingen von Bus zu Bus, schüttelten Hände und verteilten Küsse.

»*Encore, encore, encore, encore*«, grölte Carlos, die Lautsprecher vibrierten.

Lautes Hupen, die Letzten stiegen ein. Die Musik begann von vorn. Wir stellten uns neben dem Tunneleingang auf und tanzten auf dem heißen Asphalt und winkten den abfahrenden G.M. zu. »*Attention, sur la main, embrassez-vous.*« Die G.M. hatten die Busfenster geöffnet und machten Abschiedsfotos von den braun gebrannten, halbnackten Gestalten in den bunten Pareos.

Als der letzte Bus verschwunden war, brach die Musik ab, und wir Zurückgebliebenen wanderten an die Bar. Ich ging über den staubigen Hof hinter dem Küchenareal zum alten Tauchlokal. Zach, Patrick und Issa waren schon da. Gleich darauf kam Kevin. Wir kletterten auf die Ladefläche des Chevy, und Issa fuhr uns zum neuen Lokal.

Ich setzte mich in einen der Plastiksessel im Schatten der Hüttenwand. Die Sonne brannte aus einem blauen Himmel, aber am Horizont ballten sich Wolken. Außerhalb des Riffs gab es jetzt Schaumkronen.

Die Lagune war noch immer spiegelglatt. Ein Wasserskiboot zerschnitt die Fläche. Jemand fuhr regelmäßige Slalomkurven und ließ das Wasser hoch aufspritzen. Neben dem Schiffssteg, wenige Meter vom Strand entfernt, schaukelte ein Pelikan. Über uns kreiste ein schwarzer Fregattvogel.

Zachs Stimme drang aus dem Tauchlokal: »*Maybelline, why can't you be true*«, er sang den Chuck-Berry-Song laut und falsch.

»Cancún kotzt mich an«, sagte ich zu Issa, der in der Hängematte lag. »Allerdings vermute ich, die meisten Orte auf der Welt würden mich sehr viel mehr ankotzen.«

»Du weißt nicht, was du willst. Jedes Mal, wenn du davon redest, wie sehr es dir hier stinkt, kommen dir die Tränen.«

»Du hast eben keinen Sinn für die Schönheiten der Natur. Außerdem hast du den Judenfisch heute Morgen nicht gesehen.«

»Ich scheiß auf deinen Judenfisch. Ich sehe doch dich jeden Tag. Du bist ja auch ein Jude.«

»Du bist übergeschnappt.« Ich gab der Hängematte mit dem Fuß einen Stoß. Sie begann heftig zu schaukeln.

»Hör auf, du Arschloch.«

»Hör auf womit?« Ich gab der Hängematte noch mehr Schwung. Sie kippte beinahe um.

»Hör auf«, schrie Issa, »ich breche mir den Hals, verdammt noch mal.«

»Du hast ja Schiss, du schwedisches Milchbübchen.« Ich gab der Hängematte einen letzten, heftigen Stoß und ging ins Lokal.

Nach und nach kamen mehrere G.M. und schrieben sich für die Tauchschule ein. Zach studierte seinen Wochenplan.

»Patrick und Kevin, ihr geht ins Wasser. Daniel bleibt an Bord. Okay? Kommt nachher zur Abreise der europäischen G.M., wir wollen uns von Enzo verabschieden.«

Als wir auf den Steg hinausgingen, kamen noch zwei Nachzügler.

»Ihr seid zu spät«, sagte Kevin. Die beiden waren enttäuscht. Kevin fragte, wann sie abreisten, und als sie sagten, am nächsten Tag, meinte er, dann lohne es sich ohnehin nicht. Der eine G.M. fragte, ob das bei uns eine Regel sei.

»Keineswegs«, sagte Zach, der dazugetreten war und uns einen warnenden Blick zuwarf, »holt zwei Geräte. Daniel wird euch die erste Lektion erklären.«

Jetzt, am Ende der Saison, hing bei vielen G.O. die Geduld nur noch an einem Faden. Bei uns Tauchern kamen noch die Schwierigkeiten der Verständigung unter Wasser hinzu. Wir mussten alles vorher erklären, und am Ende unserer Erklärungen hatten die G.M. die Hälfte wieder vergessen. Warum auch nicht, sie waren schließlich in den Ferien. Unter Wasser konnten die Verständigungsschwierigkeiten in lächerliche Pantomimen ausarten. Jeder von uns hatte sich ein Repertoire an Gesten zugelegt. Wenn ein G.M. den Lungenautomaten statt mit der linken Hand mit der rechten aus dem Mund nahm, war ich auf die einleuchtende Idee verfallen, ›links‹ anzudeuten, indem ich auf meine Uhr zeigte. Dann kam es vor, dass der Tauchschüler zu mir schwamm und auf meine Uhr blickte. Ich deutete auf *seine* Uhr, an seinem *linken* Handgelenk. Er blickte auf seine Uhr. Dann verglich er seine Uhr mit meiner Uhr. Ich hob meine linke Hand und bedeutete den übrigen G.M., die vielleicht noch keinen Tiefenrausch hatten, ›links‹. Sie blickten verwundert auf ihre Uhren. Nun bedeutete ich einem anderen Tauchschüler, er solle die Übung machen. Der ergriff, weil er es beim Vorgänger so gesehen hatte, den Lungenautomaten ebenfalls mit der rechten Hand. Um solche Verwirrspiele zu vermeiden, hatten wir begonnen, vor den Schultauchgängen immer längere und ausführlichere Erläuterungen zu geben, bis Zach uns zusammenrief und sagte, wir sollten mit unseren Vorlesungen aufhören, es gehe hier nicht um Atomphysik. So wurden wir unter Wasser immer ungeduldiger. Wir zerrten den G.M. die Hände weg, wenn sie die Uhrenpantomime nicht begriffen, und gaben ihnen bei der Wechselatmung den Lungenautomaten nicht zurück, wenn sie ihn versehentlich losließen. Durch dieses ungehobelte Benehmen hatten wir in letzter Zeit einige Tauchschüler verloren. Sie waren wahrscheinlich in ihren Bungalows geblieben und hatten wütende Briefe nach Paris geschrieben. Wenn ich an die üblichen Gespräche zwischen G.O. und G.M. dachte, schien mir allerdings, das erzwungene Schweigen unter Wasser habe auch sein Gutes.

Die *Emilio Adolfo* war am Ende des langen Stegs vertäut. Antonio und Juan-Miguel lagen in der drückenden Hitze in ihren Kojen und dösten. Jenseits des Riffs fuhr eine der Motorjachten vorbei, die man zum Hochseefischen mieten konnte. Ich setzte mich mit meinen beiden G.M. auf die Bordwand. Schatten gab es auf dem Tauchschiff noch immer nicht.

Später führten Patrick und Kevin mit den G.M. im Wasser die Übungen durch. Ich half den Tauchern beim Ausrüsten und nachher beim Ablegen der Ausrüstung. Nach eineinhalb Stunden waren wir fertig. Im Lokal schlossen wir die leeren Geräte an die Kompressoren an, dann gingen Patrick und Kevin mit den G.M. zurück ins Dorf.

Ich setzte mich zu Issa in den Schatten vor dem Lokal. Die graue Regenfront kam jetzt rasch näher. Die *Emilio Adolfo* legte vom Schiffssteg ab und glitt auf die Lagune hinaus, in der sich Wellen kräuselten.

Issa fragte, wie lange ich in Montréal bleiben wolle. Wir sprachen laut, um den Lärm der Kompressoren zu übertönen.

»Zwei Wochen.«

»Und dann?«

»Gehe ich zurück in die Schweiz.«

»Und Yvette?«

»Das wird sich zeigen.«

»Und in der Schweiz machst du Spielfilme?«

»Ja.«

»Und wenn das nicht geht?«

»Es muss gehen.« Ich schwieg. »Sonst mache ich mit dem Tauchen weiter.«

»Ich sage ja, du weißt nicht, was du willst.«

»Und du, Kumpel? Heiratest du etwa Garance und betreibst in Kanada eine Autowerkstatt?«

»Ach wo. Mit Garance ist es längst vorbei. Ich besuche Pierrette, die *nana*, die Anfang September hier war. Dann gehe ich in den Club nach Tahiti, das weißt du doch.«

Antonio und Juan-Miguel hatten die *Emilio Adolfo* in der Lagune verankert. Das Beiboot bewegte sich im Schneckentempo durch die Wellen auf den Schiffssteg zu.

»Du bleibst im Club?«

»Nach der nächsten Saison höre ich ebenfalls auf. Ich gehe zurück in den Senegal. Ich habe von einer Tante ein Stück Land geerbt, vielleicht baue ich da meine Werkstatt.«

»Ich komme dich besuchen.«

»Du kannst bei mir wohnen. Ich stell dir ein paar nette *nanas* vor, nicht diese Fickweiber, die man im Club kennenlernt.«

Ich sagte, wir beide könnten uns nicht beklagen, und er sagte, wir seien Ausnahmen. Er wolle mit einer Frau auch mal was reden können, sonst habe die Fickerei keinen Sinn.

»Klug gesprochen«, sagte ich, »ich glaube, die Erkenntnis stammt von mir.«

»Arschloch.«

»Menschenfresser.«

Er grinste. »Gib mir deine Adresse in Montréal. Wir treffen uns mit unseren Verlobten zum Essen.«

Aus dem Lokal ertönte ein Knall. Wir schraubten die gefüllten Geräte ab und schleppten sie auf die Seite und schlossen eine neue Serie an. Issa startete die Kompressoren erneut. Ich holte eine Cola aus dem Kühlschrank. Wir setzten uns wieder vor das Lokal und tranken die Flasche leer.

Als alle Geräte gefüllt waren, öffnete Issa an beiden Kompressoren die Überdruckventile. Mit ohrenbetäubendem Zischen entwich die Luft. Er schloss das Lokal, und wir kletterten die Düne hinauf und fuhren mit dem Chevy zurück zum Parkplatz.

Schon von weitem hörten wir den stampfenden Rhythmus von »Big Bisou«. Auf dem Parkplatz standen zwei Busse der Aeroméxico. Enzo war von G.O. umringt. Er trug ein Paar saubere Jeans und ein frisches weißes Hemd, das seine Haut noch brauner erscheinen ließ, und Schuhe und Socken. Die Aufmachung schuf einen Abstand zwischen ihm und uns.

»Gute Reise, Kumpel«, sagte ich.

»Fick heute Abend noch eine für mich.« Er grinste sein Al-Pacino-Grinsen.

»*Encore, encore, encore, encore*«, plärrte Carlos.

Die Busse hupten, und die G.M. und Enzo stiegen ein. Cliff ging im Pareo zu beiden Bussen und verabschiedete sich. Wir winkten, bis die schweren Brummer im Tunnel verschwunden waren.

Issa hatte ausnahmsweise Barkügelchen dabei und lud mich zu einem Kahlúa ein.

Auf dem Weg zu meinem Zimmer sah ich auf der Hafenmauer an der Lagunenseite, wo die Motorjachten für die Hochseefischerei vertäut waren, einen Auflauf. Das Holzgerüst, an dem die toten Fische aufgehängt wurden, war verdeckt. Beim Aufgang zu *Mi preferida* wurde ich stutzig. Die Menge auf der Hafenmauer war seltsam still. Ich kehrte um und ging zu der Ansammlung. Von allen Seiten eilten Neugierige herbei. Als ich bei der Menge ankam, sah ich zwischen den Köpfen hindurch, dass das Holzgerüst zusammengebrochen war. Mein Herz begann zu klopfen. Ich drängte mich durch die Menge, man machte mir Platz. Es herrschte betretenes Schweigen. Ich blickte auf die Hafenmauer. Alles begann sich vor meinen Augen zu drehen, ich hielt mich an einem G.M. neben mir fest.

»Mir ist auch zum Kotzen zumute,« sagte der G.M., ein Taucher, »wie zum Teufel konnten sie das tun.«

Ein monströser Fleischberg lag krumm unter dem zersplitterten Gerüst. Traniger Gestank ging von ihm aus. Ein dickes Seil führte beim Kiemendeckel hinein und aus dem Maul heraus. Seine wulstigen Lippen waren von Schleim bedeckt, der mir zugewandte Mundwinkel zerfetzt. Ein dicker Blutfaden rann aus dem Maul auf die Steinplatten. In der Blutlache zappelten Putzergarnelen. Das Auge war eingeschlagen und hing als grünliche Masse aus der Augenhöhle. Über dem Auge war der Kopf aufgerissen, wahrscheinlich von einem Fischerhaken. Der massige Leib war matt, der Schleim und die Algen, die die mächtigen Schuppen bedeckten, waren am Eintrocknen. Die Rückenflosse mit den stilettartigen Zacken war halb aufgestellt, die Schwanzflosse, mit der er das Riff zum Erbeben gebracht hatte, seine mächtige Schwanzflosse, war zu einem Klumpen zusammengedrückt. Die tiefen Schrammen an seinem Körper waren deutlich zu sehen. Was immer sie verursacht hatte, er hatte es überlebt. Aber einen x-beliebigen Feriengast, der vielleicht zum ersten Mal in seinem Leben zum Fischen gefahren war, dem man eine tadellose Ausrüstung in die Hand gedrückt und den man an die richtige Stelle geführt hatte, den hatte er nicht überlebt.

Er schien kleiner als am Morgen. Das hing nicht nur mit dem Brechungsindex von Wasser zusammen, der alles größer erscheinen ließ. Das war der Tod. Ich hatte das schon beim Anblick von Nics Leichnam empfunden. Der Tod machte alles kleiner.

Er ist noch fast derselbe Fisch, dachte ich, nur das Leben fehlt. Das Leben, das kein sichtbarer Körperteil ist und auch kein unsichtbarer, das nicht aus Fleisch und Blut und Knochen besteht und auch nicht aus Molekülen und Atomen, das Leben, das nur ein Wort ist für die ruckartigen Bewegungen seiner Augen und für das Öffnen und Schließen der Kiemen und den Knall, den er mit seiner Schwanzflosse machte, dieses Leben ist ihm abhanden gekommen.

»Weißt du, wo sie ihn gefangen haben?«, fragte ich den Taucher neben mir.

»Bei der blauen Boje. Das ist doch der Judenfisch, den ihr heute Morgen gesehen habt.«

Zwei G.M. waren zu dem Fisch getreten, das mussten die erfolgreichen Fischer sein. Sie rissen an dem Seil, das durch sein Maul führte. Sie versuchten, ihn herumzuzerren, damit er gerade lag. Es gelang ihnen erst, als noch drei weitere G.M. anpackten.

»*Jesus Christ*, ist der schwer.«

»Ein Abendessen für alle siebenhundert G.M. und G.O.«, sagte grinsend einer der beiden Fischer.

»Kann man den essen?«

»Das bezweifle ich«, sagte eine Zuschauerin. »Die Fische hier enthalten ein Gift, Ciguatoxin.«

»Wieso habt ihr ihn denn gefangen?«

»Aus demselben Grund, wie andere den Mount Everest besteigen«, sagte der zweite Fischer, »weil es ihn gibt.«

»Es ist nicht dasselbe, ob man einen Berg besteigt oder ohne Grund einen riesigen Fisch tötet, den man nicht einmal essen kann«, sagte der Taucher neben mir.

»Das ist Ansichtssache«, sagte der Fischer.

»Die blaue Boje markiert einen Tauchplatz der Gerätetaucher«, sagte ich mühsam zu dem Fischer, »habt ihr das nicht gewusst?«

»Nein.«

Die beiden Fischer stellten sich mit ihren Frauen neben dem Fisch auf. Erinnerungsfotos wurden gemacht. Einer der Fischer stellte seinen Fuß auf den toten Fisch.

»*That's great, Stan*«, sagte der Fotograf, »du siehst aus wie ein Großwildjäger in Afrika.«

»Ich finde das eklig«, sagte eine junge Amerikanerin.

»Ich auch«, sagte jemand neben ihr, »warum müsst ihr ein so wunderbares Tier töten.«

»Ein wunderbares Tier?«, höhnte einer der beiden Fischer, »schau ihn dir doch einmal an. Sieht aus wie ein Alptraum.«

Ich drängte mich zurück durch die Menge. Ich sah kaum, wohin ich lief. Vor *Mi preferida* eilten mir Cliff und Don entgegen.

»Cliff«, rief ich, »hast du gehört, was diese Arschlöcher getan haben?«

»Ja, aber schrei nicht so, Daniel. Du kannst nicht in diesem Ton über die G.M. reden.«

»Das war unser Tauchplatz, wir hatten die Stelle mit einer Boje markiert. Die Fische sind dort zutraulich, die Barsche haben wir sogar von Hand gefüttert. Jedes Kind hätte ihn fangen können. Da gehen diese …«

»Ich bin ja deiner Meinung«, unterbrach mich Cliff, »wir wollen mit ihnen reden. Beruhige dich, es ist nun mal geschehen.«

»So ist es«, sagte ich, »der Fisch ist hin, und nichts macht ihn wieder lebendig.«

Die beiden ließen mich stehen und eilten zur Hafenmauer.

Ich erreichte den Strand und ging im weißen Sand Richtung Norden. Die Wellen schlugen jetzt mit einer solchen Wucht gegen den Strand, dass der Boden zitterte. Das zurückfließende Wasser riss und zerrte an meinen Beinen. Die Regenfront war fast über mir, ich konnte mit bloßem Auge sehen, wie der Regen auf die weiße Gischt niederprasselte.

Als ich zurückblickte, war ich weit vom Clubdorf entfernt. Ich setzte mich in den Sand. Ich spürte warme Tropfen auf meinem Gesicht.

Es begann heftig zu regnen.

Als ich mich erhob, hatte es längst zu regnen aufgehört. Das Meer war immer noch aufgewühlt, aber die Wolken lösten sich auf. Die Sonne stand tief über Yucatán, ihre Strahlen trockneten meine Haut. Ich blickte aufs Meer. Vor einigen Jahren war Thor Heyerdahl, der einst auf einem Floss den Pazifik überquert hatte, auf einem zweiten Floss auch noch über den Atlantik gesegelt. Einer seiner Begleiter, der mexikanische Wissenschaftler Santiago Genovés, hatte hier im Club einen Vortrag über die Expedition gehalten. Auf einem seiner Lichtbilder war ein Hai zu sehen, den sie mitten im Atlantik gefangen hatten. Für das Foto hatte man ihm das Maul aufgesperrt, die Zähne sollten sichtbar sein. Sie waren bis in die hinterste Zahnreihe von Rohöl überkrustet. Warum fiel mir das gerade jetzt ein? Was hatte es mit dem toten Judenfisch zu tun? Waren der Hai und der Judenfisch nicht nur zufällige Opfer? Waren bald auch die winzigen Kofferfische dran, die aussahen wie Spielwürfel, und die Putzergarnelen, die Drückerfische mit ihren unwahrscheinlichen Zeichnungen, die Seespinnen und Langusten, die Trompetenfische, die Muränen und Adlerrochen und Barracudas, die Hirschhornkorallen und Seeanemonen, die Schnecken und Schwämme und Seegurken, die aussahen wie ein Stück Kot, niedrigstes Leben, wem würden die schon fehlen?

Ich spürte eine Wut, zugleich überkam mich ein elendes Gefühl von Hilflosigkeit. Da war nichts, was ich hätte tun können, um den übelriechenden Fleischberg auf der Hafenmauer wieder in jenes unvergleichliche Lebewesen zurückzuverwandeln, das er bis vor wenigen Stunden gewesen war. Etwas war im Gange, im Vergleich dazu war der Tod des Judenfisches ohne Bedeutung. Allerdings nicht für mich. Für mich verbanden sich aller Sinn und alle Bedeutung mit diesem Fisch und auch alle Tode, die mich befallen hatten, und alle achtlose Vernichtung und alles, was unwiederbringlich verloren war.

Als ich ins Zimmer trat, gab es schon wieder kein Wasser. Ich drehte den Hahn in der Dusche auf, legte mich aufs Bett und schlief ein. Wasserrauschen weckte mich. Nachdem ich geduscht hatte, fühlte ich mich besser. Ich schob das Band von Johnny Nash in den Kassettenrekorder und hörte den Reggaerhythmen zu und der hohen, mitreißenden Stimme:

I can see clearly now, the rain is gone
I can see all obstacles in my way
Gone are the dark clouds that had me blind
It's gonna be a bright, bright, bright, bright sunshiny day

Patrick kam ins Zimmer und fragte, ob ich den toten Judenfisch gesehen hätte. Er sagte, es sei eine Schande, Cliff habe die beiden G.M. ganz schön zusammengeschissen. Ich sagte, man hätte sie aus dem Dorf rauswerfen müssen, und Patrick sagte, das wäre denn doch zu weit gegangen, wie hätten sie wissen sollen, dass sie bei der Boje nicht fischen durften. Er zog sich um. Nachdem er das Zimmer verlassen hatte, ging ich ins Bad und rasierte mich.

Als ich an die Bar trat, ertönte die Fanfare, und G.M. und G.O. strömten zum Abendessen. Ich bestellte einen Kahlúa mit Milch und setzte mich zu Zach und Tracy und Issa in die breiten Sessel vor der Bar. Zach sagte, er habe Cliff schon mehrmals gebeten, auf die Bojen der Gerätetaucher hinzuweisen. Tracy fragte, ob denn das Riff nicht geschützt sei. Cozumel und Isla Mujeres seien Schutzgebiete, sagte Zach, aber nicht Cancún. Daran könnten wir nichts ändern.

»Wir müssen etwas tun«, sagte ich. »Wer, wenn nicht wir Taucher?«

Zach sagte, er sei Pessimist. Er werde das Tauchen noch so lange wie möglich genießen. In ein paar Jahren lohne es sich wahrscheinlich nicht mehr, den Tauchanzug anzuziehen.

»Damit bin ich nicht einverstanden«, sagte Tracy, »man muss doch etwas tun können. Es gibt Leute, die ihr Leben riskieren, um ein paar Wale zu retten.«

»Das ist ein Tropfen auf den heißen Stein«, sagte Zach.

»Die können immerhin sagen, heute haben wir einen Wal gerettet«, sagte ich. »Früher habe ich gedacht, ich müsse die ganze Menschheit retten.«

»Ich hatte nie das Bedürfnis, die Menschheit zu retten«, sagte Zach, »die Menschheit kann mich kreuzweise.«

»Was kennst du schon von der Welt«, sagte Issa, »außer Belgien und dem Club. Wenn du einmal in Afrika gewesen wärst, würdest du anders reden.«

Zach sagte: »Jeder hat sein Schicksal. Es gibt Reiche und Arme, Mächtige und Schwache. So ist das nun mal. Das könnt ihr auch nicht ändern, oder?«

»Einer allein vielleicht nicht«, sagte Issa, »aber es gibt noch andere, die das auch ändern möchten.«

»Das glaubst du doch selber nicht.«

Später gingen wir in den Speisesaal. Den ganzen Sommer über hatten wir an der Lagune im Freien gegessen, während im oberen Stockwerk eine Klimaanlage eingebaut wurde. Vor wenigen Tagen war der Umbau fertig geworden.

Als wir bei der Nachspeise waren, ertönte »Big Bisou«, und wir begaben uns ein weiteres Mal auf den Parkplatz. Er war von Scheinwerfern hell erleuchtet. Fast alle G.O. waren da, schwatzten oder standen erwartungsvoll herum. Unten an der Straße wurde die Palapa in helles Scheinwerferlicht getaucht. Der Tunnel begann zu dröhnen, und zwei Aeroméxico-Busse fuhren auf den Parkplatz. Noch bevor sie zum Stillstand gekommen waren, drängten wir uns heran und zerrten die Türen auf. Aus dem ersten Bus stiegen etwa ein Dutzend G.M. Aus dem zweiten drängten an die vierzig neue G.O. Sie waren verschwitzt und müde und grinsten verlegen. Wir klatschten im Rhythmus der Musik und johlten und scharten uns um sie und wollten wissen, zu welchen Equipen sie gehörten und wen sie ersetzten. Mehrmals gab es ein großes Hallo, wenn einige einander wiedererkannten, die früher einmal am anderen Ende der Welt zusammen eine Saison gemacht hatten.

Patrick trat zu mir und sagte, es seien keine Taucher dabei, wir müssten alle noch eine Woche warten.

»Kommt, Leute.« Issa eilte an uns vorbei. »Drei oder vier Taucher sind angekommen. Sie sind mit Zach an der Bar.«

Zach stand an seinem Stammplatz am oberen Ende der Bar und unterhielt sich mit einem braun gebrannten schwarzhaarigen jungen Gott mit einem sympathischen Grinsen.

»Das ist Yannis, ein Tauchlehrer. Er kommt von einer Saison auf Mauritius«, sagte Zach. »Er erzählt gerade, wie er im Flugzeug eine Stewardess gebumst hat.«

»Hallo Yannis«, sagte ich, »bist du der einzige Taucher?«

»Es ist noch einer angekommen, La Bonite heißt er.«

Zach zwinkerte mir zu und sagte, ich könne abreisen. Zu Yannis meinte er, er solle weitererzählen.

Ich ging auf den kleinen Platz hinter der Bar. Das Meer lag wieder ruhig unter dem sternenübersäten Tropenhimmel, der Mond warf einen glitzernden Streifen auf die dunkle Wasserfläche.

In zwei Tagen würde ich den Club verlassen. Jetzt, wo es so weit war, tat es mir nicht leid. Ich würde nicht zur Filmarbeit zurückkehren, mehr wusste ich in diesem Moment nicht. Das Schwanken, all die Zweifel und Ungewissheiten der vergangenen Monate waren keineswegs überwunden, das Unerledigte blieb unerledigt. Aber nach der einjährigen Schonzeit in der abgeschirmten Welt des Clubs, nach einem Jahr ohne Verpflichtungen und Verantwortung, in dem mir mit Illys Tod auch noch die letzte Bindung an mein früheres Leben abhandengekommen war, war ich bereit für die nächste Runde.

Ich atmete tief ein.

ROTBUCH

Widerstand ist weiblich!

Robert Cohen
Exil der frechen Frauen
Roman

624 Seiten, gebunden mit Schutzumschlag
ISBN 978-3-86789-057-1 | 24,90 €

In den Zwanzigern gründen drei junge Schriftstellerinnen das »Café der frechen Frauen« in Berlin. Als der Krieg ausbricht, fliehen sie auf abenteuerlichen Wegen. Ruth Rewald, Olga Benario und Maria Osten kämpfen für eine bessere Welt. Doch über allem schwebt die Frage nach dem Sinn all der verlorenen Schlachten.

www.rotbuch.de